ライジング・ロード

高嶋哲夫

PHP
文芸文庫

○本表紙デザイン＋ロゴ＝川上成夫

ライジング・ロード◎目次

ライジング・ロード

第一章　海の見える町

1

降りたばかりのバスが港に続く道を下っていくのを見送ってから、私は背筋を伸ばした。

眼下には、青く穏やかな太平洋が広がっている。陽を浴びて輝く海面に、無数の漁船が玩具《おもちゃ》の船のように浮かんでいた。港は突き出た岬に抱かれるように囲まれている。

東北、宮城県、三陸日之出町《さんりくひのでちょう》。

まだ夏の気配を濃く残した三陸海岸の、のどかな光景だ。視線を反対側に向けると、バス停から小高い丘に続く道の先には白亜《はくあ》のマンションのような長方形の建物群が並んでいる。

もう一度、両手を握りしめて自分自身に気合を入れた。スーツの両端をつかんで伸ばし、通称〈ダラダラ坂〉を歩き始めた。

二度と着ることはないと思っていたリクルートスーツを今朝になって、まだ荷を解いていない段ボールから引っ張り出した。四年前のスーツは、かなりきつくなっていた。ショックを噛み締める間もなく、部屋を飛び出してきたのだ。

　五分ほどかけて小路を登ると海に向かって建つ正門に行き着いた。正門を数歩入って立ち止まった。巨大な御影石《みかげいし》の上から創立者の胸像が、入ってくる者たちを威嚇《いかく》するように見下ろしている。昔は銅像なんてなかった。

〈東北の地より、未来への光を〉

　御影石に刻まれた創立者の言葉だ。その背後の建物は窓が広くとられたモダンな七階建てだ。昔は古びた三階建ての校舎だったはずだ。

　この大学に来たのは十四年振りだ。兄の母校で、学園祭に友達と連れ立って来た。兄は焼そばの模擬店をやっていて、私と友達に大盛りをサービスしてくれた。

　当時、私は中学三年生だった。周りの大学生たちが底抜けに明るく楽しそうで、輝いて見えた。自分もこの大学で勉強したいと強く思った。

　それから一年後の高校一年生の夏、初めての全国模擬試験を受けたあと、担任の教師に職員室に呼ばれて志望理由を聞かれた。

「兄が行っています。学生さんたちは楽しそうで私も憧れました」

「お兄さんはお兄さん。きみはきみの人生を歩みなさい」

　担任は一瞬、戸惑った表情を浮かべたが、真剣な表情で言った。

それから一週間もたたない間に、担任の言葉の意味が理解できた。偏差値四十少しの大学。つまり、学力の高くない大学として世間には通っていたのだ。

たしかに中学、高校時代と、兄が勉強しているのを見たことがない。プロのサッカー選手になると言って、いつも暗くなってから泥だらけで帰宅していた。しかし、ある時期からは部屋でゲームばかりしている兄の姿しか記憶にない。

その兄が一年の浪人後、入学したのがこの大学だ。

東北科学大学、校名にちらりと視線を送って校内に入って行った。

「事務棟はどこですか」

私は歩いてきた女子学生に聞いた。

大きなデイパックを肩にかけた背の高い女性だ。どことなく暗い感じがするのは化粧気がなく長めの髪を後ろで束ねているせいか。それとも、大き目の黒ぶちメガネのせいか。服装も白のTシャツ、ジーンズにスニーカー。ここの学生にしてはかなり地味だ。

「正面の建物の右側です」

女子学生は答えて、私を見つめている。

「どうかしたの」

「就職ですか。だったら、ここやめたほうがいいですよ。そろそろ危ないらしいです。立派なのは校舎だけで、学生には人気がないから」

そのとき、笑い声とはしゃぎ声が聞こえてきた。見ると十人ほどの学生が建物から出てくる。中央にいるのは金髪の女の子だ。

女子学生はその集団を一瞥《いちべつ》すると足早に歩いていった。

私はその女子学生の後ろ姿と談笑しながら校門を出ていくグループを見ながら、事務棟に向かった。

富岡《とみおか》学長は満面の笑みを浮かべて手を差し出した。私がその手を握ると、思わぬ握力で握り返してくる。

「いや、美人だとは聞いていたがこれほどだとはね。これも大いに大学の宣伝になるというものです。そのメガネも知的な先生にはお似合いです」

あまりの直接的な言い方に私は一瞬表情を引きつらせたが、学長の浮かれようを見ると何も言うことができなかった。これは企業で百パーセント、セクハラ対象になる言葉と態度だ。

「さっそく、広報を呼んで大学の公式サイトに掲載させましょう。新任講師きたる。元大企業のエリート美人研究員。もちろん写真付きで」

学長は同意を求めるように横に立っている副学長の加藤《かとう》に視線を移した。

「美人だばらといって、契約違反は許さねえ。約束は守っていただく」

副学長が無表情なまま、念を押すように言う。えっと、聞き返すようなコテコテの宮城弁だ。

「私の研究テーマはソーラーカーですね」

「ソーラーカーを作ってレースに出る。そんで勝つことです」

目の前のデスクには署名捺印《なついん》した契約書が置いてある。

「あんだの身分は理工学部、エネルギー工学科の非常勤講師だ。契約は、とりあえず一年間。最終ミッションは、全日本ソーラーカーレースでの優勝。これはソーラーカーの日本一を決める大会だ。決勝レースは鈴鹿《すずか》で行なわれす。ただしこいづのレースに出場ばするには、二つの予選に勝ち抜がなければならね」

私は視線を副学長の頭越しに窓に移した。七階建ての事務棟、最上階の学長室からも陽に輝く海が見えた。その手前に港と町並みが模型のように続いている。たしかに、子供にとってはいいところだ。

副学長が眉根《まゆね》を寄せて私を見ている。

「オリエント電気では、半導体の研究をやっていました。でも、ソーラーカーならまかせてください」

私は話を聞いていることを示すために頷《うなず》いて言った。オリエント電気は私が五ヶ月前までいた、日本を代表する大手電機メーカーだ。

「まず宮城地区選抜レース。上位五チームが上のレースに進むことができっす。こいづのレースはソーラーカー同好会が集まる趣味的なものと考えてけらいん。一般、高校、大学、企業が出場しっす。これに落ちるようでは、話になりね」

「出場チームはどのくらいですか」

「それは――そんなにいっぺはないだべが。三位までは、毎年常連の三チームが追いつ抜かれつだ。残りは年によって新しいチームが入れ替わり立ち替わり――」

副学長は言葉を濁《にご》したが、詳しくは知らないのだろう。

「このレースに優勝すらば講師に昇格だ。給料も上がりすてば。優勝を逃しても五位入賞すらば、東日本ソーラーカーレースに挑戦する資格が与えられっす。こいづは東日本地区予選で、条件は同じだ。優勝すれば、来年度は准教授としてお迎えしす。あだりめぇだきと、給料は格段によくなりすてば。優勝がダメでも十二位以内に入らば、全日本ソーラーカーレースに出場資格が与えられす。日本一を決めるソーラーカーレースの本戦だ。レースは鈴鹿サーキットで行なわれす。そんで、こいづのレースに優勝すらば、教授でお迎えしす」

副学長は徐々に声のトーンを上げていく。じゃ、オーストラリアの世界レースで優勝すれば学長か。ここの非常勤講師の給料は破格の安さだ。身分保証も一年単位。なんとしても勝ち進んでいかなければならない。

「ただし、次のレースへの出場資格が得られなくなっだ時点で、プロジェクトは解散です」

つまり私はクビということだ。横で学長が満面の笑みを浮かべ、頷きながら聞いている。

「二位では昇進はダメなんですか」

「ダメ。メディアの取り上げ方が違おりす。こいづのプロジェクトは、わが校のさらなる発展に向けてのチャンスだと思っとりす」

プロジェクト。私が前の会社で扱っていたプロジェクトは、三十万キロワットのメガソーラー発電所だ。

「そのために破格の特別予算も用意すた。二百万円だ。わが大学の一研究室、それも講師以下に与えられる予算としては、過去最大の額です」

副学長は胸を張って言い切ったが、最新のソーラーパネルを数枚買えば消えてしまう。企業の研究室、とくにオリエント電気の中央研究所は私の任されていた研究でも六千五百万円の研究費がついていた。五百万円までの決済なら、二十九歳の私にもできた。最新式の測定装置一台の値段にも満たない。

「大学としても必死なんです。少子化、大学全入時代の到来。さらに中央志向で学生は都会に流れていきます。生き残りをかけて、大学としての目玉学科を作りたいのです」

学長はしみじみとした口調で言った。顔からは笑みが消え、悲愴感《ひそうかん》に溢れている。二年続けて定員割れらしい。あと二年、定員割れが続くと近くにある女子大に吸収されると聞いている。

「あとは谷本《たにもと》先生と相談してやってけらいん」

谷本博志《ひろし》教授は大学の先輩にあたり、ここの直属の上司でもある。私をこの大学に強力に引っ張ってくれた人物だと聞いている。

私は一礼して学長室を出た。ドアが閉まる瞬間振り向くと、学長と目が合った。思わず目を逸《そ》らせたが、私に向かって笑いかける顔が網膜《もうまく》に残った。

私は野口陽子《のぐちようこ》、二十九歳。五ヶ月前までは、オリエント電気の社員だった。東北大学大学院工学研究科、応用物理学専攻。博士課程中退後、オリエント電気の中央研究所の研究員として働き始めた。

当時オリエント電気では、地球温暖化に伴ない、再生可能エネルギーの研究開発を行なっていた。特に太陽光発電に力を入れ、家庭用のソーラーパネルから、大規模発電用のソーラーパネル、総合システムの開発まで幅広く手がけていた。私はそのメガ発電システム設計グループのリーダーとして、三人の若手と必死で取り組んだ。

しかし一年間かけて作り上げたメガソーラー発電所建設の提案書が却下された。紆余曲折《うよきよくせつ》がありながら、アメリカのエネルギー関係の学会誌にも掲載され、国の補助金の目処《めど》も付き始めたときの突然の撤退だった。会社は将来的なビジネスにはなり得ないと見限ったのだ。

「日本にとって絶対に必要な技術です。他社に先駆けて開発しておくべきです」

「すでに上で決定したことだ。これ以上、私にどうしろと言うのかね」

部長は私を見据えて言った。冷静を装ってはいるがデスクの上の指先は細かく震えている。

「上司の指示に従えないということは、ここにはきみの居場所はないということだ」

「分かりました。いずれ会社はきっと後悔すると思います」

売り言葉に買い言葉。引くに引けない状況だった。

翌日、私は辞表を出した。研究職とはいえ、しょせんサラリーマンだと思い知ったのはそのときだ。誰からの慰留《いりゆう》もなかった。その後は、自分の無力さをさらに自覚することとなる。

再就職は難しかった。と言うより、大した実績もない研究者にとって、道は険《けわ》しすぎた。私より遥かに実績を挙げている、優秀なオーバードクターが余っている時代なのだ。

　結局、失業保険で食いつなぐしかなかった。焦り始めたとき降ってわいたのが、東北科学大学での非常勤講師の仕事だった。

　藁《わら》をも掴《つか》むという心境だった私は、後先考えず飛びついたのだ。


　私は事務棟を出て校庭に立った。学生たちが行き交ってはいるが、兄がいたころの活気は感じられない。

　海に向かって五棟の教室と研究棟が並んでいる。

　谷本研究室は廊下のつきあたりにあった。ノックをしたが返事はない。時計を見るとすでに二時を回っている。昨日の電話では午後には研究室に戻っていると言っていた。もう一度、力を込めてドアを叩いた。

「壊すつもりかね。十分の一の力で十分聞こえる」

　振り向くと白髪の目立つ痩《や》せた男が立っていた。

「谷本先生ですね。オリエント電気の富山《とみやま》専務から紹介された野口です」

「オリエント電気の研究所でも指折りのキレ者と推薦されたが、とてもそうには見えんね」

　谷本は独り言のように呟《つぶや》きながら、鍵を開けて部屋に入った。部屋は六畳ほどの広さで、壁際の本棚には本とファイルがぎっしりと並んでいる。本の半分は英語だ。

谷本は持っていたスーパーのレジ袋から牛乳とバナナを出して冷蔵庫に入れた。

私は改めて谷本を見た。度の強そうなメガネをかけ、くたびれたブレザーを着ている。ここに来ると決まってからインターネットで調べたが、光電子関係の研究ではそこそこの功績を挙げている。私も大学時代に、論文をいくつか読んだことを思い出した。

「まず、ここで私がすることは？」

「学長から聞いただろう。ソーラーカーを作るんだ。そのために、僕がきみを推薦した」

「私はソーラーカー製作の経験がまったくありません。だから、もっと――」

「初めは誰もが未経験者だ。やってるうちに経験は蓄積《ちくせき》される」

「富山専務の言葉です」

「僕が彼に言った言葉だ。大学院時代に」

二人は大学時代の同級生、同じ研究室にいた。下宿も近くて、よく一緒に飲み歩いたそうだ。

富山は卒業後オリエント電気に就職し、谷本は大学に残った。その後も、いくつか共同研究をやっている。谷本が東北科学大学に教授としてまねかれたのは十年ほど前だ。

　富山は私が研究所に入ったころの直属の上司だった。その縁で、私が東北科学大学の非常勤講師に推薦されたのだ。

　しかし二年前に本社の専務になって研究所を去っていた。私のトラブルのときにはアメリカに行っていたはずだ。

「実験室を見せてください。ソーラーカーを作っているんですよね」

　谷本が立ち上がって、ドアのほうに歩いていく。私は慌ててあとを追った。

　研究棟を出て裏手に歩いていく。運動場の隅に、プレハブのガレージのような建物がある。シャッターの横のドアを開けて中に入った。

　埃《ほこり》とカビの混ざった臭《にお》いが全身を包んだ。壁のスイッチを入れると天井の高い空間が浮かび上がる。床はコンクリートだ。小学校の教室の半分ほどの広さで、ガランとしている。隅のデスクには埃が覆《おお》っていた。

「実験室だ。ここがきみの新しい職場」

　そう言って、部屋の鍵を私の手に落とした。私は言葉を失っていた。

「ちょっと狭いが少々の音は問題ない」

　隣に小さな部屋があって、デスクに全長二十センチほどのミニカーが数台置いてある。その上部には十センチ四方のソーラーパネルが二枚取りつけてあった。谷本が横にあった懐中電灯の光をパネルに当てると、車はゆっくりと動き出した。

「ソーラーカーだ」

私は唖然《あぜん》として車を見ていた。ソーラーカーには違いないが、これは玩具だ。手作り玩具。

谷本は何回か光を当てて外す動作を繰り返し、やってみるかという風に私に懐中電灯を差し出した。受け取りはしたが、とても遊んでいる気分ではなかった。

「まさか玩具の車のレースじゃないですよね」

「十五倍にすれば全長三メートルのりっぱな車だ。パネルの面積は二百二十五倍。そんなに難しい問題じゃない」

「難しくないって……経験はあるんですか」

「初めは誰もが未経験だと言っただろ」

「三ヶ月後には宮城地区選抜レースがあります。それまでに設計、製作、テスト、改良をするんですか」

「ソーラーカーの仕組みは単純だ。車体にソーラーパネル、蓄電池《ちくでんち》、モーターを積めばいい」

「車体はどこにあるんです。その他の部品は？」

「研究費は出てるんだ。買ってくればいいだろ」

「二百万円ですよ。ソーラーパネルが一枚いくらするか知ってますか」

谷本は答えない。おそらく、考えたこともないのだろう。

「研究室の学生は？　現在何人いるんです」

「うちの大学は三年の後期から研究室を選択させる。四年になってから卒論の研究室を決めると、色々問題が出るのでね」

「留年が多いということですか」

「ここの学生は一つのことをじっくり研究することが苦手なんだ」

私はため息をつかざるを得なかった。

「集中力、根気がないんじゃないですか。研究にいちばん必要なものです」

「いや、研究なんてしなくていいんだ」

「レースに勝ち残ればいいわけですね」

私はデスクの玩具のソーラーカーを見つめた。

「それで、現在、学生は何人いるんですか」

「ゼロだ。ゼロからの出発って聞いてないのか。私は学生に人気がなくてね。講義と大学院生を指導してるだけだ」

非常勤講師の話があってから大学の公式サイトを調べた。そこには各研究室の紹介が載っている。研究内容と共に、研究室や実験室の写真やイラスト入りのカラフルなものだ。所属学生のピース写真やコンパや研究発表会のスナップ写真が多い。谷本研究室は、「理論の構築こそ技術の柱」の言葉の下に、過去の論文が列挙してあるだけだった。

ミニカーから視線を上げたとき、窓際のデスクに置かれているデスクトップパソコンが目に入った。この実験室では異質のものだ。数十万円はする。

「大事に使ってくれ。大いに助けになるだろ」

「まさか研究費二百万円の一部じゃないでしょうね」

「安心しなさい。それはない」

「谷本先生は何をやってるんですか」

ミニカーを作っているんじゃないでしょ、と出かかった言葉を呑み込んだ。

谷本は壁のホワイトボードの前に立った。ホワイトボードには半分以上に数式がぎっしり書かれている。流体力学の方程式だ。

「車の形状計算もやってる。流体力学上、どの形がもっとも空気抵抗が少なくなるか。理想の形の追求だ」

「そういうのは、すでに他でやられてるんじゃないですか。新幹線なんか理想的な形なんですよね」

「用途によって微妙に違ってくる。あれは時速二百キロから三百キロで走る場合のスピードと安定性を最大限に考慮して考えられた形だ。飛行機はさらにスピードが千キロを超えての安全性、つまり安定性が重要になる。だから――」

谷本は話し続けている。この人は理論屋だ。実際にモノを作ったことはない。紙とエンピツと数式の世界の人だ。私は聞きながら考えていた。これじゃ、学生は敬遠する。ということは、私一人でゼロからやらなきゃならない。といっても、私も車作りには興味もなかったし、経験もない。運転免許は持ってはいるが、平均取得時間の一・五倍かかってやっととれたペーパードライバーだ。手元にあるのは二百万円。これでいったい、何ができる。

ホワイトボードに向かって数式を書きながらとうとうと話し続ける谷本を見ていると、心の奥に封じ込めていた不安が急激に膨《ふく》れ上がってくる。

マンションの部屋に戻って椅子に座ると、全身から力が抜けていく。

学長と副学長の顔が浮かんだ。私はなんとしても、レースに勝たなければならない。

どうぞと言われて持って帰ったミニカーを眺めた。たしかにソーラーパネルがついている。パネルを持ち上げると車体の中にはモーターがあり、車輪につながっている。ソーラーパネルを天井の蛍光灯に向けるとモーターが回り、車輪が回り出す。

「原理は簡単だ。車体を作り、モーターを積む。そのモーターを動かすためにソーラーパネルを付ければいい。余った電気は蓄電池にため、足らないときに使う」

声に出して言った。

「車体はできるだけ軽く、空気抵抗の少ない形。モーターは効率のよいもの。ソーラーパネルは世界最高水準のモノを探してこよう。あとはブレーキにハンドル。そして問題は蓄電池だろう。太陽は出ていても常に均等に太陽光を送ってくれるわけではない。雲と太陽高度、日照時間のために太陽光にはむらがある。その太陽エネルギーを電気に変換して蓄《たくわ》える蓄電池は、ガソリンタンクと考えればいい。できるだけロスが少なくて軽いもの。これはなかなか厄介だ」

母親の言葉に従って正解だったと思う。こんな状況ではとても子供を育ててはいけない。疲れ切って帰宅し、子供の顔を見ると抱きしめてしまう。しかしパソコンに向かって必死にキーボードを叩いているとき、まとわりついてくる子供は思わず突き離してしまう。

一瞬迷ったが、携帯電話のボタンを押した。

〈あんた、声が少し変よ。風邪でも引いてるんじゃないの〉

いつ聞いてものんびりした母親の声が聞こえる。

「丈夫に産んだはずだから、ちょっとやそっとじゃ壊れないって自慢してたのお母さんよ」

〈と言っても、あんたも歳だからね。もう三十路《みそじ》だっけ〉

「まだ二十九よ。加奈子《かなこ》に代わって」

カナちゃん、ママからよ、という声が聞こえた。

「何してたの」

〈テレビでマンガ見てた〉

「前もそうだったじゃない。まさか、いつもアニメ見てるわけじゃないでしょ」

〈今度、いつこっちに来るの〉

母親が割り込んでくる。答えを言わせたくないのだろう。

「当分、行けそうにない。私だって必死なのよ。どうしてもここで踏みとどまらなきゃ」

〈こっちに帰って、お兄ちゃんを手伝えばいいのに。ムリすることないよ〉

必要ならムリもする。何だってやる。しかし、私に農業をやれというのか。兄は機械工学科を卒業したが三つの会社を辞めた後、二年前から無農薬野菜を栽培して販売している。

「加奈子と一緒にアニメばかり見ないでね」

電話を切ってからも加奈子の声が耳の奥に残っている。私は両手の拳を突き上げせる研究室の紹介文を書き換えておかなければならない。

デスクの前に座ってパソコンのスイッチを入れた。明日中に大学の公式サイトに載なるだろう。心配なのは学力だが、あまり考えるのはやめよう。

て、雑念を振り払った。来週から各研究室の学生募集が始まる。十人いればなんとか

2

何も見えない。私は一条の光もない闇の中を歩いている。

加奈子はどこ。加奈子を探さなくては。私は走り始めた。息が切れる。胸が張り裂けそうに高鳴っている。どこかで声が聞こえる。加奈子なの。必死で辺りを見回したが視野の中は闇ばかりだ。加奈子は私が護《まも》る。大声で叫んでいた。

自分の声で目が覚めた。顔を上げるとパソコンのディスプレイが目の前にある。研究室の紹介文を書きながら寝てしまったのだ。首筋が汗で濡れている。窓に目を向けると陽はすっかり高くなっていた。

慌ててパソコンを閉じ、シャワーを浴びると部屋を飛び出した。

バス停に歩きながら昨日のことを考えた。学長、副学長、そして谷本教授に会った。しかし……力になってくれそうな人はだれもいない。

実験室に着いたときには昼近くになっていた。

デスクの埃を拭き取って、パソコンを立ち上げた。とりあえず、目先の仕事からやっていこう。ディスプレイを眺めながら、途中のコンビニで買ってきたおにぎりとお茶を出した。

おにぎりを一口食べたとき、突然ドアが開き一人の女子学生が入ってきた。彼女はドアの前に立ったまま食いつきそうな目で私を見ている。

「昨日、校門で会ったわね」

「でも、昨日は黒のスーツで……」

「学長と副学長に会う約束があったの。いつもあんな服着てるわけじゃないよ」

私は赤いTシャツにジーンズ、スニーカーを履いていた。突然、女子学生の表情が変わった。

「あなたが、新しい講師ですか」

私が頷くと、女子学生の顔が輝いた。

「ごめんなさい、知らなくて。失礼なことを言ったかもしれません」

「あの忠告、肝に銘じておくわ」

「早《はや》瀬《せ》友《とも》美《み》です。谷本研究室、大学院修士課程の一年生です。昨夜、谷本先生からメールがあって、実験室にいる新しい講師に挨拶に行くようにって。先生は東北大学の大学院出身ですよね」

女子学生は深々と頭を下げて言う。

「この研究室に学生なんていたんだ」

「ここに入ったのは、やることがないので受験勉強ができると聞いたからです」

「受験勉強？　あなた大学院生なんでしょ」

「受け直したいんです。今年はこの大学以外は全滅だったんで」

「どこが志望なの」

「もちろん東北大学です。研究生としてどこかの研究室に入りたかったんですが、知ってる教授もいなくて。先生なら、誰か知ってますか」

「知らないこともないけど」

私は言葉を濁した。あまり考えたくない話題だ。博士課程の二年目で、半分逃げるように大学院を中退して企業に就職した。

「紹介してください。お願いします」

友美は再度、深々と頭を下げた。

「すぐにってわけにはいかないけど、そのうちにね」

「私、絶対に先生の後輩になってみせます」

少々頭が混乱した。いったいこの子は何を考えているのだ。

「でも陽子先生は、なぜこの大学に来たんですか」

陽子先生……私のことだ。

「ソーラーカーを走らせるためよ」

「あれですか」

友美は中央のデスクにある模型に目を向けた。そしてその目を壁に移した。壁には写真付きの特大カレンダーが二枚貼ってある。

私は立ち上がって、カレンダーの前に立った。一枚はレース場に十台以上のソーラーカーが並んでいる写真だ。もう一枚は砂漠に昇る太陽を背景に、ブルーのソーラーカーが疾走している。私はこちらのほうが好きだ。隅に小さく日の出とあるが、私には夕焼けの中をひた走る孤独な車に見えた。なぜか、自分自身の姿と重なったのだ。

「谷本先生はなぜソーラーカーに興味があるの？」

「さあ。谷本先生は計算屋って呼ばれてます。いつも難しい計算ばかりしてるから」

「どんな計算？」

「分かりません。この大学に谷本先生のやってることが分かる人、いないんじゃないですか」

友美は何げなく言っているが、それがこの大学の現状なのだろう。

「陽子先生はなぜソーラーカーを作るんですか。応用物理出身と聞いてますが」

「大学では半導体の研究をしてた。あのパネルに使ってるやつよ」

半導体にはシリコン半導体と化合物半導体の二種類があるが、私はシリコン半導体の研究開発をやっていた。太陽電池は半導体に光を当てて、光起《こうき》電力効果を利用して光エネルギーを電気に変える装置だ。電気を起こす最小単位である太陽電池素子をセル、出力を上げるためこのセルを直列に並べて配線したものをモジュール、ソーラーパネルとも呼ぶ。ソーラーパネルは屋外でも使用できるように樹脂や強化ガラスで保護してある。

「先生一人でソーラーカーを作るんですか」

「学生がいるでしょ。三年生なら、力になってくれるんじゃないの。卒業研究にちょうどいいしね」

友美は考え込んでいる。

「でも、なぜ谷本先生の研究室は准教授や講師がいないの。学生だって、あなた以外に見ないよ」

「谷本先生のあだ名を知ってますか」

私は首を振った。

「撃墜王《げきついおう》です。赴任最初の年に張り切りすぎたんです。大量の学生を落として、大ひんしゅくを買ったんです。前の大学レベルの問題を出して、半分が零点で、半分が二十点以下だったらしいですよ。それ以来、学生が寄りつかない。この研究室は大学の鬼門《きもん》です」

「だったら、学内で問題になるんじゃないの」

「なってますよ。でも、学内唯一の本格派研究者なんで、誰もキツイことを言えないんです。たまに『フィジカル・レビュー・レター』なんかにも論文が載りますから」

物理関係では世界的に権威のある専門誌だ。私も彼の論文を読んだことがある。

「そんなすごい雑誌に論文が載る教授なんて、うちの大学にはいませんからね。希少価値があるんです」

「広告塔ってわけか」

「一応大学ですから、一人くらいアカデミックな教授や雰囲気も必要だと考えてるんじゃないですか。文科省対策です」

谷本先生が学内唯一アカデミックな教授か。意外を通り越して呆《あき》れるほかない。

「とにかく学生がほしいの。いい考えはない？」

「大学の公式サイトがあります。その中に、研究室紹介ページがあって、学生はそれを見て研究室を選びます」

「あれじゃ誰も見ないわよ」

私はパソコンを回して、作りかけていたページを友美に見せた。

「まともなのを作って、ここに学生募集を載せるつもり。手伝ってくれるわね」

友美は一瞬考え込んだが、仕方がないという感じで頷いた。

「さあ、研究室の看板作りよ。学内ページは明日が締め切りなんでしょ」

「私、そういうのけっこう得意かもしれません」

友美はそう言うと、自分のデイパックからノートパソコンを出した。

「学生が見て、一緒にやってみたいって思うページにするのよ。最低、十五人はほしい。車作りは、けっこう重労働になりそうだから」

少し多目に言った。なんせ、私と加奈子の生活がかかっているんだから。

私と友美は研究室紹介のページを作り替えていった。

友美は最初の印象とはまったく違っていた。自分で言うだけあって、かなり優秀だった。そして何より、この大学の学生気質を理解していて、学生の喜びそうなページに仕上げていく。イラストあり過激なキャッチフレーズあり、今風のページだ。


夕方になって、私は友美に案内されて学生食堂に行った。

食堂は事務棟の二階にあり、広い窓からは海が見える。

食堂には数人の学生と、その倍ほどの職員らしい人たちがいるだけだ。

「静かね」

「まだ、授業が始まってないですから。来週から騒がしくなります。ここの学生は元気で陽気なだけが取り柄です」

「元気がなくて陰気より、百倍もいいじゃない」

友美は何か言いたそうに私を見ていたが、私は無視してうどんを食べ続けた。

「なんでソーラーカーなんですか」

突然、友美が改まった顔で聞いた。

「ガソリンがいらないからよ。空気も汚さないし」

友美は納得いかない顔をしている。言った私も考え込んだ。たしかに、なぜソーラーカーなのだろう。学長と副学長がソーラーカーにこだわるのはなぜだ。大学おこしには、他にも色々あるだろうに。

「ソーラーパネルは、かつては日本の技術が世界一だった。世界シェアも日本企業が一番だった。でもいつの間にか日本は後退し続けている」

一九七三年の石油危機以来、普及に取り組み、世界一の実績を挙げてきた。しかし、二〇〇五年に経済産業省が補助金を打ち切ってからは、ドイツ、アメリカ、スペインに次ぐ第四位になっている。以後、乱高下が激しい。

これではかつての半導体産業と同じ道をたどるだろう。一九八〇年代、日本の半導体生産は世界一だった。このとき、アメリカは国を挙げて反撃を開始し、日米半導体協定なるものまで作り上げ、あっという間に日本を抜き去った。日本は八〇年代、D

RAMに関する限り世界シェアの九十パーセントを占めていたが、二〇〇〇年以降では二十パーセントにすぎない。

「自然エネルギーの研究開発には、政府も企業ももっと力を入れるべき。もちろん大学もね。これだけ地球温暖化が騒がれ、自然エネルギーに目が向けられているんだから」

「先生はオリエント電気の研究所にいたんですよね。なぜ、うちなんかに来たんですか」

「そういう言い方、やめましょ。自分の大学に誇りを持つべきよ」

友美は目を伏せて答えない。

「まあいいわ。いろいろあったのよ。そのうち、あなたにも分かると思う」

私は言葉を濁した。果たして自分の取った行動は正しかったのか。単にその場の怒りに突っ走ったのか。いずれにしろ、現在の自分の状況はその結果なのだ。自分の行動の正当性を証明し、会社を見返すには新しい道を切り開くしかない。

「あなたもソーラーカー作りに協力してよ。ちゃんとやれば、東北大学の教授に紹介してあげる」

友美の顔が輝いた。

私と友美は実験室に戻った。谷本が顔を出した気配はなかった。

友美はパソコンにはかなり詳しかった。

「太陽に向かって！　ソーラーカーは走る」「未来のエネルギー！　若い力を結集しよう」「目指せ、優勝。日本一」

ディスプレイいっぱいにカラフルな文字で書き上げていく。バックには青いソーラーカーが走っている。

「ポスターもいるわね。クラブ活動の勧誘ポスターみたいなの」

「自信ないです。今までクラブ活動なんて興味ありませんでしたから」

「大丈夫。センスあるわよ」

二人で夜の十二時近くまでかかって、研究室の紹介ページを作り上げて、大学の公式サイトにアップした。簡単で何の魅力もなかった谷本研究室のページが、一気に華やかになった。他の研究室に比べても、ひときわ目立っている。さらに、A3サイズのカラーポスターとチラシを作り上げた。

このポスターを学内の掲示板に貼って回るのだ。チラシは学生食堂と大学生協に置かせてもらう。しかしもっとも重要なのは研究室の内容だ。今のところ、何もない。

翌日から私と友美はポスターを学内に貼って歩いた。

チラシを食堂と生協に置いた帰り、掲示板のポスターを見ている学生に声をかけた。デイパックを背負った小柄な男子学生だ。

「ソーラーカー。未来の車よ。太陽の光だけで走るの。一緒に作ってみない」

「俺、車は嫌いなんです」

私と友美を見てぼそりと言うと、逃げるように走っていった。

「ヘンな人ね」

「彼、たしか一年生のとき同じ語学のクラスでした。明るくて軽くて、典型的な東北科学大生だったんですが……途中でいなくなって。一年以上たって、また見かけるようになりました。でも、雰囲気がまったく変わってて。彼が笑ったとこ見たことありません。二年も留年したからかな」

「ポスター、じっと見てたわよ。たぶん、十分以上」

「そりゃ、私たちが作ったポスターが素晴らしいからじゃないですか」

「そういうことにしておく。明日の面接予定者は三人ね」

書き換えたページをアップして一時間ほどで、すでに三人の学生から問い合わせがあったのだ。しかしそれだけで、以後は途絶えている。

3

さあ、帰るわよ、と友美を促《うなが》して実験室に戻った。

私は目の前の男性と学生証を交互に見た。

男性は椅子に座るなり、「いつも説明が必要なので」とデスクに学生証を置いたのだ。生年月日は一九五四年五月五日。こどもの日だ。父より一歳上か。座っている男性も年相応に見える。研究室紹介を見てやってきた学生第一号だ。しかし、学生としては歳を食いすぎている。

「大塚道隆《おおつかみちたか》です。五十六歳。ちょうど先生のお父さんくらいの年齢ですかね」

大塚は私に向かって微笑んだ。慌てて笑い返したがぎこちないものに違いない。

「三年前まで地方銀行にいました。銀行の早期退職に応じて、五十三歳で退行、翌年に社会人枠で大学に入学しました。私は昔から機械いじりが好きで、工業高校に進学しました。大学に行きたかったんですが、色々事情がありましてね。いずれちゃんと勉強しようと思っていましたが、やっと夢がかないました」

背筋を伸ばし、私を見つめているが決して威圧的ではない。年の功というか、相手を包み込むような穏やかな話し方だ。横では友美がメモを取りながら聞いている。

「工業高校を出て、なぜ銀行なんですか」

「親戚に勧められましてね。コネで入ったんです。高校卒業程度では大した専門知識もありません。努力次第でどうにでもなります。簿記《ぼき》や経理関係の資格は入行後勉強して取りました。同期の高卒で支店長までいったのは私一人です」

「それで、この研究室に入りたいと思った動機は」

「二ヶ月前に、わが家にもソーラーパネルをつけましてね。二百三十万円かかりました。そのうち県からの補助金は十五万円。高いとは思いましたが家内を説得しましてね。一般家庭で、太陽光パネルを取り付けた場合、補助金をもらっても二百万円以上が必要です。現在、余剰電力は定額買取制度で、電力会社が一キロワットあたり二十四円で買い取ってくれます。それでもうちの場合、元金が回収できるまでに金利を含めると、約二十年かかります。せめて買い取り電気代が四十円になれば、かなりの広がりが認められるはずなんですがね」

落ち着いた口調で話していた大塚の語調が話すにつれて高く強くなっていく。そして、ふと我に返ったように言葉を止めて私を見た。

「そのとき少しばかりソーラーパネルとエネルギーについて勉強しました。その知識を応用したいと思った次第です」

友美は頷きながら聞いている。

「それに、ここでソーラーパネルについてもっと勉強して、わが家のパネルの改良が自分でできればと考えました」

やる気はありそうだ。それに、私にない知識も持っている。しかし、父親より年を食っている。ぎっくり腰にでもなられたら困る。

「歳を食ってるとダメですか」

私の頭の中を覗《のぞ》き見たように聞いた。

「そうじゃありません。研究室にはまだなんの用意もありません。ゼロからの出発です。ご苦労をかけるかもしれないと思って」

「私は学生です。若い者と同じに扱ってください。歳で差別されると私も困ります」

「じゃ、一緒にやりましょ。来週から本格的に始めます」

大塚は立ち上がり深々と頭を下げた。私と友美も慌てて立ち上がった。

「ああいう人もいるんですね」

ドアが閉まるのを見届けてから、友美がしみじみとした口調で言う。

「勉強するのに遅すぎるってことないのよ」

「でも、私は焦ってるんです。このまま歳とるなんて絶対にイヤです」

何げなく言ったのだろうが、私にはズシリと響いた。

そのとき、ドアをノックする音が聞こえる。

同時にドアが開き、茶髪《ちゃぱつ》の顔が覗いた。耳に光っているのはピアスだ。

「入っていいですか」

「もう、入ってるでしょ」

細身の学生が滑り込むように入ってきた。茶髪は断りなく椅子に座るとデイパックから出した書類を私の前に置いた。三年前期までの成績表と履歴書だ。

「他の研究室では要求されましたから」

私は成績表から顔を上げた。

「橋本次郎《はしもとじろう》、二十歳。出身は宮城県、三陸日之出町。ここから全力で走ると十分というところです。趣味はパソコンと――」

「あなた、すごく成績がいいわね。この成績だと、どこの研究室にも入れるでしょ。なぜこの研究室にしたの。新設だし、就職のコネだってゼロ」

私は橋本の言葉をさえぎった。二年までと三年前期の成績はオールAだ。ただしこの大学でAがどれほどの学力なのかは分からない。

「どこでもいいんだけど、ここは自動車を作って動かすんでしょ。太陽の光で」

「ソーラーカーの知識はあるの」

「ソーラーパネルで発電して、その電気でモーターを回して走る自動車。太陽だったら、日本や世界のどこでも平等だし、こういうのも面白いかなと思って」

橋本は実験室の中を見回した。

「それで、ソーラーカーってどこにあるんですか」

「これから私たちで作るのよ」

あんな玩具は見せないほうがいい。

「やっぱりないのか。うちの大学で、そんなの聞いたことがないものな」

「なければ作ればいいでしょ。そんなに難しいものじゃない」

「それで日本一になれますか。目指せ、優勝って書いてあったでしょ。あれって、鈴鹿のレースですよね。つまり日本一」

たしかにブログには書いた。言われてみれば、すごい言葉だ。

「うちの研究室に来るの、来ないの。はっきりしてよ。まだ面接がつかえてるんだから。先生も早くしてください。夕方までに、あと八人の学生と会わなきゃならないんです」

友美が橋本から私に視線を移して、割り込んできた。

「たぶん、他の研究室に行くと思います。たぶん――」

橋本ははぐらかすように言うと立ち上がった。

ドアに向かって歩きかけた足を止めた。壁のほうに歩いていく。二枚のカレンダーの前に立ち、見つめている。もう一度、私たちに向かって一礼すると出ていった。

「なんですか、あれ。冷やかしですか」

友美が憮然《ぶぜん》とした表情でドアを見ている。私も答えようがなかった。

「でも、幸先《さいさき》がいいじゃない。一人は確保できた。あと八人も来れば、かなり期待できるんじゃない。いつ申し込みがあったの」

「彼で終わり。一人はキャンセルの電話がありました。他の研究室が決まったそうです。二人しか面接希望者がいないって言うの、しゃくじゃないですか」

私は何も言うことができなかった。

食堂で友美と遅いランチを食べていると谷本がやってきた。

「どうです。学生の集まり具合は」

「今日、二人の学生と面接しました。でも決まったのは一人です。最終的には、十名くらいほしいんですが」

「そんなに来たか。ソーラーカーは人気があるのかね。最近の学生は就職に有利な研究室や、企業に顔のきく教授の指導を受けたがるんだが」

「私たちの研究室は違うのですか」

谷本は一瞬、私を見つめて、笑いを押し殺すような表情をした。

「私がこの大学に来て五年になるが、今までに来た学生は十人に満たない。年々減っている。去年はゼロ。今年は――」

谷本は友美に視線を移した。

友美は不安そうな表情で私たちの話を聞いている。

「きみは来てくれたが、私は役に立てそうにない。こっちの先生の方が行動的だし、指導力もありそうだ。しっかり学んでくれ」

谷本は冗談めかして言っていたが、突然表情を引き締めて私に向き直った。

「申し訳ないと思っている。研究というより、きみはまずモノ作りに頑張ってくれ」

「覚悟はしています」

私は決意を込めて言った。


実験室に戻って椅子に座ると疲れがどっと出てくる。

夕方まで待ったが、面接にも見学にも一人の学生も来なかった。もっとも、見学に来られても見せるものなどない。

「こんな研究室も珍しいですね。よく学校が黙ってますよ」

「どうしても必要なのは、自動車の仕組みをある程度知っている学生。実際にモノ作りを経験した学生。コンピュータのプログラムを組める学生。人数が多けりゃいいってものでもない」

「学生に求めすぎです。でもプログラムなら多少は組めます」

半分ヤケになって言ったのだが、友美の真剣な声が返ってくる。

「あなたには私の助手になってほしいの。相談に乗ったりアドバイスをもらったり」

そして心の支えになってほしい。心底そう思った。わずか二日前に知り合ったばかりだが、もう何年も前からの知り合いのように感じている。「人は一人じゃ一人分の力しか発揮できない。しかし、組む相手によっては四人分、五人分、それ以上の力を出すことができる」そう言ったのは、やはり元上司の富山だ。

「私も大学に来るのが楽しくなりました。こんな気分になれたのは初めてです」

「あなたは頑張りすぎよ。それに自分に厳しすぎる。あなたは十分優秀よ」

「そういう風に言われたのは初めてです。なんだか、本当にソーラーカーが作れそうな気がしてきました」

「作るのよ。そして、日本一になるの」

世界一という言葉をかろうじて呑み込んだ。しかし二人で話していると、それも夢ではないという気がしてきた。


友美と一緒に食べようと買ってきたドーナツの袋を開けたとき、実験室のドアがそっと開いた。顔がのぞき、金髪に庇《ひさし》のようなまつ毛の女の子が中を窺《うかが》っている。

「ここ、谷本先生の研究室ですよね」

「そうだけど、ここにはいないわよ」

女の子が身体を滑り込ませるように入ってきた。

「あなた、何年生」

無言で突っ立っている金髪に聞いた。

「あの……三年生です」

「もちろん大学のよね。で、学部は理工学部なの」

そうに決まっているが、確認せずにはおれない風体《ふうてい》の女子大生なのだ。立っているだけで、化粧の匂いが流れてくる。

「はい、電子工学科です」

「何単位足らないの」

「八単位です。あと二教科取れば問題ないんですが」

冗談のつもりで聞いたのだが、すぐに返ってきた。

「だったら論外ね。うちは卒業論文の指導だから」

「谷本先生はいつ帰ってきますか。先生の基礎物理、落としてしまったんです。試験はちゃんとできたはずなんですが」

「できたって分かるの」

「八十点以上は取れてます。三年前と二年前の問題と同じでした。数値がちょっと変わってただけ」

私は眼鏡をかけなおして女の子を見た。数値を変えた同じ問題でも、これほど確信を持って八十点以上と言い切れる学生は少ない。

「じゃ、なぜ落ちたの。十分合格点だと思うけど」

「私にも分かりません。でも多分、出席日数が足らなくて――」

女の子は部屋の中を見回しながら言った。

「諦めて、来年もう一度取ることね。実力は問題なさそうだし」

「そんな時間ありません。そろそろ就職活動を始めなきゃならないでしょ。面倒なことに神経使いたくないんです」

「面倒なこと？」

「授業なんて面倒臭いでしょ。どうせ教科書に書いてあることなんだもの」

「頼んであげようか。条件によっては、単位をくれるかもしれない」

女の子の顔が輝いた。横で友美が無言で聞いていたが、ときおり眉が吊り上がっている。

「絶対に四年で卒業したいんです。家の都合もあるし。私、東京で働きたいんです」

「志望企業はどこ」

「ファッション関係に進みます。夜は専門学校に通ってデザインの勉強をしたいし」

友美の目が点になった。彼女にとっては考えられないのだ。

「じゃ、どうして理工学部になんて入ったの」

「高校時代につき合ってる子がいて、彼がここの理工学部志望だったんで――。でも、別れました。一年生の五月に。彼が本物のバカだって分かったから」

女の子は友美をちらりと見て言った。友美は唖然としている。

「だって、高校復習コースの数学が理解できないのよ。私があれほど教えたのに。あんなにひどいとは知らなかった」

この大学では一年の前期に特別コースをもうけて、基礎学力補強をやっているのだ。

「あなた、もう卒業論文の研究室は決めたの」

「コンピュータ関係に決めてます。どんな分野でもそこそこ使うし、知ってると便利でしょ」

「ソーラーカーを作らない？　そしてレースに出るの」

「私、モノ作りには向かないと思います。小学校のとき、夏休みの工作はいつも父が作ってました。母が作文で妹が絵です」

「あなたが手伝ってくれたら、谷本先生に単位が取れるように頼んであげる」

女の子は考え込んでいる。どっちが得か秤《はかり》にかけている表情だ。

「単位は保証されてるんですよね。あの……谷本先生のも」

私は躊躇《ちゅうちょ》なく頷いた。

「レースクイーンっているんですか。カーレースにはつきものじゃないですか。車のそばに立ってるスタイル抜群の女の子」

「まあ——いてもいいんじゃないの。そんな女の子がいればの話だけど」

「やってみようかな」

「絶対にやるべきよ。未来の車を作るの。それに、あなたのような華やかな人が必要なのよ」

「じゃ、やってみます。でも——谷本先生のほう、絶対にお願いします」

ぺこりと頭を下げた。とても大学三年生とは思えない幼さだ。

女の子が出ていってから、私は名前を聞いていなかったのを思い出した。慌てて実験室を出たが女の子の姿は見えない。

「いいんですか。役に立たないと思いますよ」

「まだあなたと私を入れて四人よ。正確には三人。あの子、けっこう頭はよさそう」

「贅沢《ぜいたく》は言えませんね。何かの役には立つでしょ」

友美は自棄《やけ》のように言った。

その日、私は早めに大学を出た。教務課に聞いた港の近くの住所に行った。

そこは「橋本モーター」の看板がかかった自動車修理工場だった。工場では、つなぎを着た数人の工員たちが働いていた。

「橋本次郎君はいますか」

私はガレージの奥に向かって怒鳴った。工場中の視線が私に集中する。

「次郎、お客さんだぞ。若い女の人だ」

私は思わず飛びのいた。目の前の車の下から声が聞こえたのだ。

隅のドアが開いて橋本が出てきた。昼間とはまったく違う橋本だ。頭にタオルを巻き、油染みで黒くなったつなぎを着ている。橋本は眉根を寄せて、何だという顔で私を見た。車に詳しそうなわけが分かった。

「次郎、事務所使ってもいいぞ。誰もいないだろ」

どこからか笑いを含んだ声が聞こえる。

「大学の先生だよ。俺になんか用ですか」

「ちょっと、話があるのよ。海のほうに行かない」

私は橋本を誘って港に出た。橋本は黙って私についてくる。港独特の磯とオイルと魚の入り交じった臭いが漂っている。

「いいところね。日本の漁港って感じ」

「海が荒れたらそんなこと言ってられない。防潮堤なんてないようなもんだ」

「工場で働いてるの。橋本君の実家でしょ」

「学費出してもらってるから。経理を含めてパソコン関係は俺がやってる」

「あなた、成績抜群なのね。オールAだった」

「試験が易《やさ》しいから」

「それでも合格点が取れない人が半分近くいる。あなた、なぜあの大学を選んだの」

「親父とお袋が大学には行けって。自分たちが高校だけだから」

「他の大学は受けなかったの」

「先生は受けろって言ったけど、歩いて通えるし、工場も手伝えるから。友達も大勢行ったし」

橋本は昼間とは別人のようにぼそぼそと話した。

「話はそれだけですか。俺、もう帰らなきゃ」

「あなた、実験室でカレンダーの写真を見てたでしょ。かなり長い間。あのときの目つき、普通じゃなかった」

橋本は視線を下げて足元を見つめた。

「男の子が好きな女の子を見つめるような目。内心はやりたいと思ってる。あなた、赤が好きなんでしょ。でも、そのTシャツとスニーカー、趣味悪すぎ。パンツまでが赤ければ最悪。つなぎだけのほうがよほど素敵よ」

橋本は顔を上げて私を睨《にら》んだが、反論はしなかった。

「私の研究室じゃ不満なの。教師は頼りなさそうだし、実験室といってもただの汚いプレハブ」

「親父がもっと就職に役立つことをやれって。両親は俺をサラリーマンにしたいんだ。大企業に入って安定した生活を送るのがいちばんだって」

「車の修理工場はダメなの」

「経営、大変なんだ。いつも金策に走り回ってる。だから俺だけが大学に行くの悪くって」

「車、好きなんでしょ。自分に素直になりなさいよ。やりたいことをやればいいじゃない」

自分の言葉に白々しさを感じた。果たして私は自分自身に忠実に生きてきたのだろうか。

自分の人生にさえ迷っている二十九歳の女が、二十歳そこそこの青年に向かって言える言葉ではない。しかし私は言った。

「ソーラーカーを作る気はないの。うちの研究室で。だったら――」

次の言葉を呑み込んだ。これ以上、勧めるのはためらわれた。私自身、これからどうなるのか、まったく判らない。その中に学生たちを巻き込むのはあまりに無責任だ。だが、一緒に考え、迷いながら進んでいくのもいいとも思えた。

「ゆっくり考えてね。まだ時間はあるから」

私は橋本を残し、バス停に向かって歩き始めた。

マンションの部屋に入って、ドアが閉まると同時に全身の力が抜けていく。私は思わずその場に座り込んだ。頭の中が白く染まり、意識が薄れていくのが分かる。しばらくそのままでいた。今日の記憶が形を整えてくるとともに、虚《むな》しさが胸を流れていく。

面接したのは三人。その中でもっとも優秀そうな男子学生はおそらく来ないだろう。

「友美と私を入れて四人か」

それも、中年男に金髪にピアスの女の子。まるで町内の同好会チームだ。リビングに行き、冷蔵庫から出した缶ビールを一口飲むと気分が落ち着いてくる。

携帯電話の通話ボタンに置いた指を止めた。

加奈子と話したい。でも声を聞くと、すぐにでも飛んで帰って抱き締めたくなる。大きく深呼吸して、カバンから出したパソコンを立ち上げた。今夜中に「ソーラーカー製作日程」を作り上げておかなければならない。しかし、あまりに未確定なことが多すぎる。分かっているのは、選抜レースの日程と、それまでに完成していなければ私はクビという事実だけだ。

私は頬を数回叩いてキーボードの上に指を置いた。

翌朝、私は谷本のところに行った。

「先生の授業で落とされたという女の子が来ました。金髪で大きなピアスの子です」

「向井優子《むかいゆうこ》君だろう。他の学生に示しがつかないから落としたんだ」

「試験は八十点以上だと言ってました」

「九十二点だった。問題が易しいんだから当然だがね」

「平均点は？」

「四十三点だ。彼女が最高点だった」

「だったら――」

「出席は最初の日と試験の日だけだ。そんな学生にAを与えたら不公平だろう」

「じゃ、試験はなんなんです。出席しても居眠りして何も聞いてない学生もいます」

「だったら、私の授業はなんなんだ。一度も聞かなくても理解できる程度のものなのか。大学は忍耐を学ぶところでもあるんだ。社会をなめるようなことでは困る。教育的配慮だ」

「今まで先生が言ってたことと矛盾してませんか。大学は自ら学ぶところだって。知識を得て、学ぶことの意義を知るところだとも言ってました」

と言った。

「不条理に免疫《めんえき》を付けることも大事だ。これは自分の経験からだ」

私は優子との約束を話した。谷本は黙って聞きながら考え込んでいる。そして、言った。

「忍耐はきみのところで学べばいいか。それで手を打とう。そう伝えておいてくれ」

仕方がないという言い方だったが、顔にはホッとした表情が浮かんでいる。

私は教務課で連絡先を聞くと、さっそく優子に電話した。

午後、実験室に一人の男子学生が訪ねてきた。

「まだ締め切ってないですか」

私と友美の顔色を窺うようにか細い声を出した。

「まだだけど面接があるわよ」

学生はホッとした顔で私が勧める椅子に座った。

「あなた、身長と体重は？」

「百八十六センチ、八十八キロです」

「力はあるでしょ。でかいんだから」

「それは、まあ――」

私の問いに、学生は怪訝《けげん》そうな顔で答えている。

「科学には興味があるよね。この大学に来たんだから」

「少しは。親父がおまえは頭がよくないから手に職をつけろって」

私は軽いため息をついた。大学と専門学校を間違えている。

「自動車には興味があるの」

「親父はガソリンスタンドをやってます。高校の時はそこでアルバイトをしてました。運転はできるけど、俺、免許持ってないし」

「それって、どういうこと」

「運転は中学のとき兄貴に教わりました。簡単だったんで、興味が持てませんでした。いまも実家に帰った時は親父の車を運転してます」

友美が呆れた顔で学生を見ている。

「なぜ、この研究室に入りたいの」

「試験なしで必ず単位をくれるって聞いたから――そうなんでしょ」

肩の力が抜けるのを感じた。想像通りの答えだったが、予想以上に自分自身が失望するのに驚いた。

「ソーラーカーを作ることが授業であり試験よ。ただし、やる気と体力は必要」

「体力なら任せてください。このクラブ――じゃなくて研究室に入れてくれるなら、なんでもやります」

「じゃ、一緒にやりましょ。名前と連絡先を忘れないでね」

「福原源治《ふくはらげんじ》です。よろしくお願いします」

学生は突然立ち上がり、深々と頭を下げた。

必要な書類を書いて出ていこうとした福原が戻ってきた。

「俺、頑張ります。あのポスターのソーラーカー、すごくカッコいいです。本当にああいうの作りたいと思います」

それに、と言って私と友美の顔をじっと見つめた。

「先生、メガネよりコンタクトの方が断然素敵ですよ。隣りの女の人も」

ぺこりと頭を下げると、入ってきたときとはまったく別の表情で出ていった。

私はしばらく福原が出ていったドアを見ていた。一気に疲れが噴き出してくる。横を見ると、友美も同じようにぐったりしている。


マンションに戻るとドアの前に黒い塊がある。恐る恐る近づくと、人がうずくまっているのだ。

廊下に座り込み、立てた両膝の間に顔を埋《うず》めている。かすかないびきが聞こえた。わずかに見える横顔は橋本次郎だ。私は肩をゆすって起こした。

「俺、先生の研究室に入ることができますか。ソーラーカーを作りたいんです」

「大歓迎よ。来ると思ってた。上がって、お茶でも飲んでかない」

「やめときます。十一時すぎてます」

「いつからここにいるの」

「仕事が終わってからだから、七時から」

「電話くれればよかったのに」

「直接言いたかったんです。じゃ、俺、帰ります」

橋本は階段のほうに歩き始めた。

「やっぱり車は赤にしましょうよ」

階段の前で振り返って言った。

4

「なんなのよ。あいつらは」

私は思わず声を出した。椅子に座っているのは、友美と大塚、私の三人だけだ。あとの三人はまだ来ていない。

「九時集合って言ったよね。全員、授業がないってことも確認してる。それなのに来てない」

「先生、落ち着いてください。まだ十五分しかすぎてません」

「もう十五分よ。入社初日に遅刻だなんて、企業じゃクビよ」

「でもここは企業じゃない。学生たちが授業料を払い、雇われているのは先生です」

「最低限の礼儀の問題。こんなんじゃ、単位は上げられない」

「そりゃあ契約違反だ。そんなにカッカしないで。学生相手です。そんなんじゃ、身体も神経も持ちませんよ」

大塚は笑いをこらえている。橋本までが遅れるのは大ショックだった。彼は自分からソーラーカーをやりたいと言いだしたのだ。

二十分もすぎたころ、福原が入ってきた。私にぺこりと頭を下げると何も言わず椅子に座った。続いて橋本が申し合わせたように入ってくる。最後に駆け込んできたのは優子だった。

「あんたたち、壁際に並びなさい」

私は三人に向かって大声を出した。

三人は一瞬顔を見合わせたが、私が本気だと分かると壁際に並んだ。

「何時に集まるように言ったか、橋本君、言ってみて」

「九時だったと思います」

「思いますじゃなくて、九時なのよ。あなたたちが遅れて来たために、時間通りに来た人たちは、迷惑してる。貴重な時間が無駄になったの」

話しているうちに怒りが増してきた。

「私は真剣なの。絶対にソーラーカーを作って、レースに勝ち抜かなきゃならないの。あなたたち、いい加減な学生生活を送って、いい加減な人生を送ってそれでいいの」

学生たちは何を言ってるという顔で私を見ている。

私の最悪のクセだ。興奮すると、止まらなくなる。辞表を出す前日、部長とやりあったときのことが脳裏《のうり》に浮かんだ。冷静になれ。必ず後悔する、と言い聞かせるのだが、目の前の能天気な顔を見るとますます頭に血が上ってくる。

「あなたたち、一生に一度くらい死ぬ気で何かをやったらどうなの。だから――」

言葉が続かない。言葉を探しているうちに、涙が流れてきた。学生たちはさらに驚いた顔で私を見つめている。

「出ていきなさい。すぐに」

気がつくと声を張り上げていた。しまったと思ったが後の祭りだった。

「やる気のないものが何人集まっても、何もできやしないのよ」

後に引けなくなって続けたが、誰も出ていくものはいない。内心ほっとしたが、これからどうすればいいか分からない。

「ごめんなさい。以後、気をつけます」

最初に頭を下げたのは優子だった。続いて橋本と福原が気をつけの姿勢で九十度に頭を下げた。

「私のクラスに無駄な学生は要《い》らない。全員が戦力なのよ」

「ハイ、ボス。分かりました」

福原が神妙な顔で言う。

「じゃ、座って。授業を始める」

私は全員に背を向けて涙を拭いた。それから二時間、今後の予定を話した。十二月までにソーラーカーを作り上げる。それもレースに勝ち抜くための車だ。その後は——。まず車作りだ。

学生たちは私語もなく、真剣な表情でメモを取りながら聞いている。途中、優子の携帯電話が鳴ったが、ディスプレイを見ることもなく慌てて切った。

次に、ほとんど徹夜で作り上げた資料を使ってソーラーカーの基礎知識の講義をした。さらに追加資料を渡して明日までに読んでくるよう約束させた。

学生たちが帰った後、友美が私を見つめている。

「どうかしたの」

「授業中に教師が泣くの初めて見ました」

「私だって、人前で涙を流したのって初めて。でも、みんな熱心に聞いてくれた」

「教師の涙って、なんとなく感動的じゃないですか。すごく貴重な経験をさせてもらいました」

なんだ、そんな理由か。私はもう二度と涙は見せまいと決心した。

友美が改まった表情で私を見た。

「先生はなぜオリエント電気を辞めたんですか」

私は答えることができなかった。あれはいきがかり上だったのか。それとも、入社以来のストレスの爆発なのか。いや、そんな単純なものではない。

「言いにくければいいんです。せっかく大企業に勤めてたのに辞めて、こんな先行き怪しい大学に講師で来るなんてと思ったからです。しかも非常勤。お給料もずいぶん下がったんじゃないですか」

「人それぞれ、色んな生き方があるのよ。あなたと会えたのもここに来たから」

「そう言ってもらえると嬉しいです。私、いままでずっと自分が負け犬だと思ってきました。でも先生や他の学生たちを見ていると、別の生き方もあるんだって思えてきました」

「自分を冷静に見られるってすごいことよ。それに、あなたは絶対に負け犬なんかじゃない」

「私もそう思おうって努力してきました。でも私の人生って、希望通りにいったことがないんです。いつもセカンドチョイスどころか、サードチョイス以下。兄さんや妹たちは楽しい人生を送ってるのに、私だけが――」

友美は言葉を切った。そして続けた。

「高校受験の時は受験の前日に風邪をひいて、四十度近い熱が出て第一志望に入れませんでした。前日までは絶好調だったのに。大学受験じゃ、センター試験の日は大雪で遅刻寸前の上に、数学の最後のページに問題があるのに気がつかなくって。神様は私のこと大嫌いなんだって、ずっと思ってきました」

「でも、ちゃんと大学院にまで進学してるじゃない」

「東北大学の大学院には落ちました。私が本当に望んだことなんて、叶《かな》ったことがないんです」

「大学ばかりが人生じゃないよ。もっと自分に合ったものもあるはず」

話しながら自分の声が虚しく消えていく。私も何かに追われるように生きてきた。

「とりあえず、私を入れて六人集まった。頑張ればなんとかなるものよ」

言ってはみたが、自信はまったくなかった。

オリエント電気時代にグループリーダーとして六人のエンジニアをまとめたことはあるが、あれは全員がベテランだった。

今度は私にとってはほとんど未知の分野で、学生たちは私以上に白紙の状態だ。ゼロからの出発。というより、マイナスからの出発なのだ。

私は大学を出てバス停に向かって歩き始めた。

思わず小さな声を上げて立ち止まった。自転車が私の鼻先をかすめて行きすぎ、十メートルほど先に止まった。

自転車を降りた学生が、自転車を押しながら私に近づいてくる。野球帽を反対向きに被った小柄で痩《や》せた学生だ。私の前で止まると、野球帽を取って何か言いたそうな表情で私を見ている。

「まだチームに入れますか」

思い出した。ポスターを貼っていたとき、長い時間ポスターを見ていた学生だ。

「やる気があればね」

「早川遼《はやかわりよう》です。よろしくお願いします」

早川は自転車を片手で支え、直立不動で頭を下げた。

周りを歩いていく学生たちが物珍しそうに私たちを見ていく。

この大学は偏差値が低く、学生も陽気なだけが取り柄かと思っていたが、そうでもなさそうだ。見た目より素直でいい子たちなのかもしれない。兄も、ご近所では好青年で通っていた。

翌朝、いつもより早く実験室に行った。

早朝のオレンジ色の陽に染まったキャンパスはすべての煩《わずら》わしさを消し去り、新しいエネルギーを与えてくれる。

実験室のデスクにデイパックから出したファイルを置いた。六枚の自己紹介文を並べた。昨日の授業の終わりに書かせたものだ。早川のものは今朝、メールで届いた。

読みながら一人ひとりの顔を思い浮かべていく。戦力になりそうな者、単なる人数合わせにすぎない者、やっかい者になりそうな者。冷静に考えると、このメンバーでソーラーカーを作り、レースに勝ち残っていけるとは思えなかった。

「上手くいってないのか。そんな憂鬱《ゆううつ》そうな顔をして」

振り向くと谷本が立っている。

「こんな状態で上手くいくはずがないです。十分な知識もない、人材もいない、資金もない、時間もない状態です」

「十分承知している。しかし、きみならなんとかやるかもしれないと言ってたんだ」

「誰がですか」

「富山君だ。彼はきみのことを非常に高くかってる。本当は手放したくないとも言っていた。だから大切にしてくれとも言われた。彼がきみを推薦してきたときだ」

そして、壁際のデスクのパソコンに目を移した。

「これは口止めされているんだが、あのデスクトップパソコンは富山君から送られてきた。きみが必要になるだろうと言って」

私は何も言えなかった。突然の言葉に頭の中がこんがらがって、考えることができない。

「この大学はかなり危ないんだ。四年前に事務棟と研究棟の一部を建て替えて刷新を図ったが、学生は思うように集まっていない。だから、きみに賭けている」

「賭けはソーラーカー、私はディーラーというわけですか」

なんとも心もとない話だ。そんなことで、大学の再建ができるのか。

「だったら、もっと大々的にやるべきじゃないですか。研究費二百万円、非常勤講師と学生任せじゃ、何もできません」

「たしかにそうだが――それがまた、大学の現状だ。藁《わら》をもつかむ心境なんだ」

谷本は私に詫びるように言った。

「それに、学内の予算は四月から翌年の三月まで決まっている。新しい予算を計上するなんて、かなり難しいんだ」

「やっとひねり出した二百万円というわけですか」

谷本は大きく頷いた。

「一つ言わせてもらう。きみは自分がソーラーカーについて十分な知識がないと言ったが、それは取り消すべきだ。人材と金は大学側の責任もあるが、知識は違う。それはきみ自身の問題だ」

私に返す言葉はなかった。

「今後の予定はどうなってる」

「まず学生にソーラーカーの基礎知識を教えながら、基本設計をします。軽くて空気抵抗の少ない車体、効率のいいソーラーパネル、効率がよくて強力なモーター」

「ところで、研究室の学生は？」

谷本が遠慮がちに聞いた。

私は六枚の自己紹介文を差し出した。谷本はしばらくそれを見ていた。

「やはり富山君は正しかった。私が五年かかってできなかったことをきみは一週間でやった。しかし彼らで十分なのかね」

「人集めに時間を割《さ》くより、現在の人数で最高の力を引き出します」

言ってはみたが、学生たちの顔を思い浮かべると自信などまったくない。

その日、バスを降りてマンションに向かって歩いていた。

携帯電話がポケットの中で震えている。

「どうかしたの」

〈しばらく電話がないから、心配してかけたんだけど〉

加奈子の声がする。その横には母親がピッタリと耳を付けているはずだ。

「ごめん。カナちゃんのこと忘れてたわけじゃないのよ。カナちゃんの声を聞くと、ママ、会いたくてたまらなくなるから」

〈元気だから心配しないで。おばあちゃんが電話しろってうるさいから〉

横で、よけいなことを言わないでという声がする。

「少しずつ上手くいきそう。すぐにカナちゃんにも見に来てもらう」

〈自動車を作ってるんでしょ。太陽で走る。カナちゃんも乗せてね〉

「もちろんよ。運転だってさせてあげる」

〈もう切るね。おばあちゃんが長く話したらダメだって〉

言葉が終わらないうちに電話は切れた。

私は声の消えた携帯電話を耳に当てたまま、マンションの階段を上っていった。

第二章　太陽の七人

1

私・野口陽子、大学院生・早瀬友美、大学三年生・大塚道隆、橋本次郎、向井優子、福原源治、早川遼の七人は、ソーラーカー製作、レース参戦のプロジェクトをスタートさせた。

最初のレース、宮城地区選抜レースは十二月だ。あと二ヶ月と二十三日しかない。

私が作った資料の勉強と同時に、車体の設計に取りかかった。しかし、七人のうちの誰も正式な図面など引いたことがない。

「なんで設計図なんか描かなあかんねん。車を造ったらええんやろ。最初にボディーを作って、部品を積み込んだらええやん」

福原の実家が尼崎《あまがさき》だと知ったのは、二度目に集まったときだった。突然口数が多くなり、図々しくなったのだ。

「モーター、蓄電池、ソーラーパネルは既製のものを使うのよ。車のボディーに入らないと困るでしょ。だから、寸法がいるの」

「大きめのん作って、組み込んだらええんとちゃいますか」

「その大きめのボディーはどうやって作るのよ。その辺の鉄パイプや鉄板を拾ってきて組み立てるの？　切ったり、穴を開けたり、溶接しなきゃならない。あなたたちにそれができるの？」

私は思わず大声を出していた。勝手にしゃべっていた学生たちが、息を呑んで私を見ている。

その視線を振り切るように、私は実験室の外に出た。

グラウンドでは野球部が練習している。時折上げる掛け声が澄んだ空に響き、よけい神経を苛立《いらだ》たせる。

「何をそんなに焦ってるんですか」

横を見ると大塚が立っていた。

「焦ってなんかいません」

「落ち着いてもいないでしょう。トップが浮き足立ってたら、下の者も不安になります。もっとどっしり構えてください」

「次にやることは分かってるのに、それが進まないの。『これって、最低の気分」

「ゆったり構えて。まず先生の車のイメージをみんなに説明してください」

「それができれば最高よね。でもできない。だいたい、本物のソーラーカーなんて見たことがないのよ」

　言ってからしまったと思ったが、大塚もえっという顔で私を見ている。

「それ、絶対に言っちゃダメです。指導教官が本物を見たこともないって分かったら、学生はやはり動揺しますよ。いや、ここの学生なら笑いだすか」

「大塚さんは見たことあるんですか」

「初めて見たのは田舎のレース場でした。箱の上にソーラーパネルを乗せただけの車がほとんどでしたがね。エンスト、リタイヤ続出です。それがすごく新鮮に感じたんです。本当に太陽の光だけで動いてるんだって。いつか自分も作ってみたいってね」

「そんなこと言ってなかったでしょ。家にソーラーパネルを付けたから、勉強したくなったって」

「そりゃ、先生のほうが、ずっと詳しいと思ってたからです。それから病みつきになりましてね。大学、レース場、去年は鈴鹿まで行きましたよ。女房と孫を連れて。日本一のソーラーカーを決めるレースです」

「大塚さんのほうが私よりずっと詳しいようね」

「それは間違いだ。私の知識なんて子供が恐竜の名前を覚えてるのと同じです。先生はもっと深く、広い知識と発想力がある。失礼かと思ったが、インターネットで先生のことを調べさせてもらいました。東北大学とオリエント電気ですばらしい研究をしているじゃありませんか。新進気鋭の科学者ってありました。その経験と知識をここでも生かしてください」

大塚の言葉はその素朴な話し方とともに、じんわりと私の心に染みていった。弱音を吐いている場合ではない。とにかく、前に進まなければならない。

「年度計画はどうなってるんです。講師を引き受けたからには、計画表を出したんでしょう」

大塚が改まった表情で聞いた。

「十一月までにソーラーカーを作り上げる。そして十二月のレースに出場して勝ち残っていく。次のレースは来年の三月。その過程でデータを取って改良を加え、鈴鹿のレースで優勝する」

大塚は頭を振った。言った本人の私も首をかしげる計画だ。

「ムリですよ。一年ですべてやろうなんていうのは。もっと現実を見つめて余裕のある計画を立てなきゃ」

「私はやる。やらなきゃならないの」

「そんなに甘いもんじゃない。レースに参戦する大学だって、企業だって、何年もかけて自分たちの車を作り、競い合ってるんです。そんな気持ちじゃ、予選すら通らない。いいや、車さえできない」

大塚は私を気遣ってか、言葉を選びながらゆっくりと話した。私は反論することができなかった。たしかに今までの経験からすれば、無謀というものだった。

大塚は考え込んでいる。グラウンドで声援が上がった。ランナーが一塁に向かって全力疾走している。しかしボテボテの内野ゴロだ。

「見に行きましょう。まず、ソーラーカーとはどんなものか。先生も学生たちも本物を知らない。頭の中で想像するだけじゃ、モヤモヤ、イライラがたまるだけだ。実物を見ればイメージも鮮明になり、アイデアもわくものです」

「でも、どこに行けばいいの」

「先生の資料にあったでしょう。北海大学工学部が一番近い予選上位通過の常連校です」

「見学させてくれるかしら。ライバル校になるのよ」

「先生の話し方次第です」

その日の午後、さっそく北海大学に電話した。私は名前と大学での身分を言って、ぜひ学生たちに県下でナンバーワンのソーラーカーとその製作現場を見せてもらいたいと頼んだ。

〈うちの車は伝統と技術があります。しっかり見ていってください〉

驚くほど簡単に見学を許可してくれた。ものはためしにと、担当教授に直接電話をしたのだ。

北海大学のソーラーカー見学日の三日前に、学生たちを実験室に集めた。

「さあ、戦争の始まりよ。ただ車と車作りを見に行くんじゃない。盗みに行くのよ」

学生たちは私の言葉にいつもと違う語気を感じたのか、私語もなく真剣な表情で聞いている。

「現在の私たちの力じゃ、車は作れない。だからノウハウを盗んでくるのよ」

「見学して相手の技術を習得してくるんでしょ」

「それを企業じゃ盗むっていうの。学生だなんて甘い考えは捨てなさい。戦争の始まりって言ったでしょ。一人、必ず二十以上の質問を考えて、二十以上の新しいことを盗んでくること。あとで報告してもらうからね」

「オーケー、ボス」

優子が座ったまま背筋を伸ばして、敬礼した。

私だってこんな言葉、使いたくない。これは自分自身を鼓舞《こぶ》するためでもある。企業間でそんなことをすれば、即訴訟だ。それに、たとえ弱小企業であってもライバル企業に社内を見学させるようなバカはしない。

全員にA3サイズの写真を五枚ずつ渡した。友美と選んだ、様々な角度から撮った

「北海４」の写真のコピーだ。今年、鈴鹿の全日本ソーラーカーレース五位の車だ。

「明日までに写真を見ないで描けるようにしてくること。テストするからね。当然、各部の名前も覚えてくること。それができない者は今回の見学はなし。研究室の掃除でもして留守番よ」

学生たちは渡された写真を見つめている。これは私がオリエント電気に入社したとき、富山部長に受けた訓練だ。

「ここに新しい半導体製造装置がある。図面もある。明日までにどの角度からの立体図も描けるようにしておくこと」

数回続けると図面から実物が、実物から図面が頭に浮かぶようになった。

翌日午前九時、学生たちは緊張した表情で机に座っていた。

「まず横から見た絵、正面、後ろ、斜め、真上、下から見た絵を描くこと。次に運転席、車輪、ブレーキ部、蓄電池の収納部分。最後の一枚に自分が作りたいソーラーカーの絵を描いてね。午後五時までに描いて提出。その前にできれば帰ってよし。でも、稚拙《ちせつ》なものや手を抜いてるものは受けつけないからね。私が合格点を出すまで描き直しよ。トイレと食事は自由にどうぞ」

学生たちは私の言葉を聞きながらすでに描き始めている。最初の二時間は、物音ひとつ聞こえなかった。全員が机にかがみ込んで、鉛筆を動かしている。

「ここの学生って、なかなかすごいですね。私、見直しました」

友美が私の耳元で囁《ささや》いた。彼女にはスケッチの評価を頼んでいる。彼女のスケッチは私以上に緻密で正確だったのだ。

「今まで机に向かったことのない分、脳にゆとりがあるのよ」

友美は笑いをこらえている。彼女は最近よく笑顔を見せる。なかなか素敵な笑顔だ。

午後四時をすぎて、最後まで頑張っていた大塚が帰っていった。

「これってすごくない。まるでプロが描いたみたい」

私は一枚のスケッチを手に取った。

「先生はマンガ見たことないんですか。この程度じゃ、プロなんて言えないんです。でも、よく見るとなかなかいい」

友美が私の差し出したスケッチを見ながら言う。右下に向井優子のサインがある。

北海大学見学の前日、私は学生たちを集めた。

「橋本君と福原君、あなたたちは車のボディー関係を徹底的に調べるのよ。フレームだけじゃなくて、ブレーキや運転席の大きさや位置なんか。使ってる材料もね。帰って正確に描けて説明できるようにすること。写真はできるだけたくさん撮るのよ。製作で苦労したことや、過去の失敗や成功した話も聞き出してね。軽量化については特に重要よ。それに、タイヤもね。ソーラーカーって、すごく薄いタイヤでしょ。馬力がない分、道路との摩擦《まさつ》を大きくするためにああいうタイヤになると思うんだけど、どうやって設計したか。材質は何か。市販のものがあるかどうか。問題点は何か」

私は各自に役割を与えて、責任を持って実行させるつもりだった。

「そのままコピーできるくらいしっかり聞いて見てきます」

「向井さんと早川君はモーターと蓄電池の性能について調べて。まず、メーカー。貼ってあるシールを写真に撮るのよ。それに、車のどの位置に積むのが最適か。彼らにはベストなノウハウがあるはず。軽くて大容量な蓄電池。小型で高性能のモーター。性能のデータがあればすごくありがたいんだけど」

二人は頷きながらメモを取っている。

「それに、モーターと蓄電池とソーラーパネルの関係。接続はどうなってるか。どこかでコンピュータ制御してるはず。その方法を聞き出すの。回路図は必ず手に入れて。手段は問わない」

言ってから、自分でもハッとした。私は学生たちに何を教えているんだろう。しかし、その思いを振り払った。これは私にとって、生きるか死ぬかの戦いなのだ。

橋本が何か言いたそうに私を見たが、何も言わなかった。

「大塚さんは全体のマネジメントについて、気がついたことを教えてください。レースに勝つためには車だけじゃないはずです。チーム全員が様々な役割をきっちりこなして、初めて優勝できるはずです」

「私は何をやればいいんですか」

友美が遠慮がちな声を出した。

「あなたは、全員の連絡役よ。何か分からないことやトラブルが起こったら、すべて早瀬さんに相談するのよ。でもトラブルは極力起こさないこと。私たちは教えを乞いに行くの。それを忘れないで」

「先生は何をするんですか」

「向こうの責任者と話してみる。きっと、勝つために何か重要なことがあるはずよ。目に見えないノウハウがね。全国大会でも、上位にいってるんだから。あとは、その場で気がついたことをみんなに連絡する」

企業でもそうだ。優れた新製品を立て続けに発表するチームは何かが違う。全員が真剣な眼差しで私を見つめている。彼らのこんな顔は初めてだった。

2

私は研究室の入り口で立ち止まった。

大学の研究室というより、町の自動車修理工場プラス鉄工所という感じだった。それもかなり大きなものだ。

しかし壁際には長机が並び、十台以上の様々な測定器と、パソコンが並んでいた。反対側にはアングルで棚が組まれ、モーターや蓄電池が並んでいる。横の壁際には、数十のソーラーカー用のタイヤが立てかけてあった。

これが世界で通用するソーラーカーの研究室なのか。私たちの実験室の数倍ある。そして、設備は大人と子供の違いだ。学生たちも私の横で、シャッターが三分の二ほど開いた建物内を見ている。

「私たちの研究室は、日本でもトップクラスのソーラーカー研究室です。教授もぜひ見学させてあげなさいと、積極的だったので。こんなの異例のことです」

責任者だという秋山《あきやま》准教授は、半分自慢げに、半分なんとも煮え切らない顔で説明を始めた。

私と学生たちはシャッターをくぐって中に入った。

ますます自動車修理工場と鉄工所のイメージが強くなった。学生たちの大部分がつなぎ姿だ。しかし、中央に置かれているソーラーカーを見て息を呑んだ。初めて見るソーラーカー、「北海5」だ。学生たちの視線も車に集まっている。

流線型の車体に、ぎっしりとソーラーパネルが貼り付けてある。というより、ソーラーパネルに車輪と運転席がついている。そのパネルに天井からの照明が反射して、光の塊のように輝いている。このパネルは特注品だ。おそらくその値段は――。私は考えるのが怖くなった。

部屋では数十人の学生たちが様々な仕事をしていた。見ると、車は中央の一台だけではない。ソーラーパネルを積んでいない車体だけのもの、まだ作りかけのフレームだけのものを加えると五台のソーラーカーが研究室の中にあった。

「研究室の学生は学部生と大学院生を含めて三十二人います。土日には卒業生も来てくれるので、ここにはいつもけっこうな数の人がいます」

「何台のソーラーカーがあるんですか」

「レースに出せる状態のものは三台です。古いものは裏の倉庫に入っています。二年生と三年生が中心になって作っている車は、二台です」

まさに歴史と人材と技術と資金力、すべてが違う。

「近くで見てもいいですか」

友美が秋山に聞いた。

「どうぞ。でも中央の車には触れないでください。質問は担当の学生たちにしてください。何でも答えてくれますよ」

私たちは中央の「北海5」に近づいた。基本的には「北海4」と同じだが、わずかに違っている。ソーラーパネルの形、車体の形、やはり進化しているのだ。

私はとんでもない間違いをしていたのかもしれない。二ヶ月あまりで車を作り、レースの予選突破。約一年後に全国レースに出場して、優勝する。学長は簡単に言って、自分もそれに反論しなかった。しかし今目の前にある車は、十年以上の努力と情熱の積み重ねなのだ。それは学生たちにも分かったようだ。

「しっかり見ていきましょう。最先端のソーラーカーです。ノウハウの塊です。まさか恐れてるんじゃないでしょうね」

茫然《ぼうぜん》としている私に、大塚が寄ってきて言った。私は答えられなかった。

「盗むんですよ」

大塚は私の耳元で言った。

「先生の言葉です。技術を盗むんです。この研究室が十年以上かけて培《つちか》ってきたものを。企業だって、後発企業は先発の製品を徹底的に研究してそれより優れたものを作るんです。そうでなきゃ、生き残ることなんてできません」

大塚は断固とした口調で言って、辺りを見回した。至る所でフラッシュが光り、シヤッター音が聞こえてくる。

「写真を撮りまくれって言ってます。誰も止めようとしないってことは、写真撮影オーケーってことですから」

「やっぱりフェアじゃない」

「いやに弱気になってますね。手段は選ばない。先生はそう言ったはずです。なんとしてもレースに勝つんだって」

私は思わず頷いていた。

「さあしっかり見て、脳ミソに焼き付けてください。疑問点はその場で聞いて、解決しておくこと。技術的なことは私は何も分からないので、とにかくビデオを撮っておきます」

そう言って、大塚はビデオカメラを構えて撮影を始めた。

「あれは？」

私は部屋のすみに並んでいる工作機械について、秋山准教授に聞いた。旋盤《せんばん》、ドリルはもとより、溶接機もある。

「車体のフレームなどはメーカーに頼みますが、簡単な部品はここで作ります。学生は教師の指導のもとに自由に使えます。安全には十分気を遣っています。最近の学生は不器用な者が多いですからね」

同じ研究室でもうちのガレージとは大違いだ。小さな町工場並みの工作機械をそろえている。

「ブレーキやタイヤの取り付け部品などもここで作るんですか」

「時間と費用の問題です。外注すると仕上げの精度は格段に上がりますが、どんな部品でも数日はかかります。ここだと数時間でできることもあります。最初の頃は車体のフレームも我々で作ってました。資金面の理由からです」

私の横で友美と大塚が神妙な顔で聞いている。内心はかなりショックを受けているはずだ。

「北海5」の前で、橋本と福原がここの学生と何か言い合っている。

「彼が乗せろってうるさいんです。ダメだと断わってるんですが、乗せろってきかないんです」

学生が困り果てた様子で秋山に訴えた。

「乗り逃げしようって言ってるんじゃないんだ。絶対に傷一つ付けないから」

「ちょっとくらい乗せてくれてもいいやろ。減るわけやないやろし。遥々《はるばる》やってきたんやで」

橋本と福原の声が聞こえてくる。秋山は考え込んでいる。

「学生たちが無理を言って、申し訳ありません。こんなすごい車を間近に見るなんて彼らも初めての経験で、興奮してるんです」

「いいでしょう。でも、北海４ですよ。どこにも触らないと約束してもらいます」

私は、学生たち全員を北海４の前に集めた。ソーラーパネルが上げられ、その真ん中に身体ひとつがやっと入れるほどのスペースがある。福原に背中を押されて、橋本が身体を丸めるようにして運転席に潜り込んだ。

ソーラーパネルの中央に開いた穴から、橋本の顔が覗いた。

「思うてた以上に狭そうやな。これで夏の炎天下を走るなんて地獄やで」

「五キロ痩せたって言ってました。ドライバーにとっては過酷です。トイレも我慢しなきゃいけませんからね」

早川の最初の言葉に一瞬優子の顔が輝いたが、すぐにうんざりした表情に変わる。

帰りのバンの中では学生たちはあまりしゃべらなかった。撮影したデジカメの写真を見たり、ぼんやり外を眺めたりしている。

私も口を開く気にはなれなかった。圧倒的な技術的、資金的、人的な差ばかりが脳裏に刻み込まれ、甦《よみがえ》ってくる。

しかし、今日の学生たちは立派だった。必死で写真を撮り、質問する姿は頼もしかった。こうして力の差を思い知っただけでも収穫だ。

「元気がないですね。先生らしくない」

大塚が笑みを見せながら言った。

「私だって少しは気にしてる」

秋山に帰りの挨拶に行った時、「企業におられたんですね。勝つためには手段を選ばず、ですか」と言われたのだ。横のデスクには私の経歴を印刷した用紙が置かれていた。私たちの行動を見て、慌てて調べたのだろう。

「相手の責任です。写真を撮っていても何も言わなかった。学生の質問に対しても詳しく答えて資料までくれました。やはり、大学は素人《しろうと》集団なのか、それとも――」

「我々をライバルとは思ってなかった。ところが――」

私があとを続けると、大塚は大きく頷いた。

「いずれにしても、大いに勉強になりました。相手も何か学んだはずです」

「あと、三十分ほどで三陸日之出町です。どこで解散しますか」

運転している橋本の声が聞こえた。

「実験室に向かって」

全員の視線が私に集中した。眠っているはずの者までが、顔を上げて目を見開いている。

私だってクタクタだ。部屋に帰って温かいお風呂につかり、そのまま眠ってしまいたい。しかし、印象が鮮明なうちにまとめておいた方がいい。印象の鮮度は、時間経過と反比例して落ちていく。

途中コンビニで弁当とお茶を買って、実験室に着くと八時をすぎていた。

「一時間で自分たちが調べたことを整理して。食事しながらでいいわよ。その後、各グループ三十分で報告。解散はそれが終わってから」

学生たちは文句を言いながらも作業に入った。

一時間後、各グループが撮ってきた写真をパソコンに映しながら、気がついたことを報告した。学生たちは時折質問しながら聞いていた。今まで写真やイラストを眺めているだけで漠然《ばくぜん》としていたものが、具体的に、鮮明になっていく。

「じゃ、明日までに今話したことをしっかりまとめてくるのよ。写真の整理と見学で得たもの、そして自分のアイデアを付け加えておくように」

「これ以上、頭が働きません。こんなに頭と身体を使ったの、初めてなんですから」

「大丈夫よ。若いんだから。明日の開始は九時から。時間厳守よ」

「はい、ボス」

優子が立ち上がり、諦めたように敬礼した。他の学生たちものろのろと立ち上がった。すでに十一時を回っている。

翌日、実験室の前でバッグの中の鍵を探していると、友美が息を切らせて走ってきた。

「そんなに急がなくて大丈夫。九時五分前よ。それに、ドアが開いてる。昨夜、閉め忘れたのかしら」

鍵穴に鍵を差し込もうとして、すでに開いているのに気づいたのだ。

実験室に入って窓を見ると、橋本と大塚が走ってくるのが見えた。そのあとを懸命に追ってくるのは優子だ。

橋本は私と女の子、そして大塚を送ってから帰ったので、家に着いたのは一時をすぎているはずだ。

「早川君と福原君が遅刻か。あいつら、ブッ飛ばしてやる」

「俺たちなら来てますよ」

奥の部屋とトイレから二人が出てきた。

「一度家に帰ってから戻ってきたんや。鍵は守衛さんから借りた」

実験室の隅に寝袋が置いてある。

「家で寝ると起きられそうにないし、遅れて怒鳴られるのもイヤやし。そしたら早川もおったんや」

確かにその通りだ。私も夜中にトイレに起きて、そのままパソコンを睨んでいた。

全員の目が赤く、腫《は》れぼったい。ほとんど寝ていないのだ。

壁には過去にレースに出場したソーラーカーの写真が貼ってある。全部で百枚近くあるが、さらに北海大学を見学したときの写真が追加された。

各チームで作成した見学資料が配られ、もう一度見学の報告会が行われた。

「やはり十数年の歴史は重い。車体もソーラーパネルも蓄電池もモーターも、最適と思われるものを組み合わせている。早く、私たちの一号車を作り上げましょ。それにはまず、車の形を決めなきゃならない」

「カッコええ車にしよう。ゲームに出てくるような未来を先取りした車や」

「俺はユニークなのがいい。みんなが寄ってくるような車」

「可愛いのを作りましょうよ。プリクラ貼って、見に来る人がアッと驚くような車。とにかく、マスコミが注目するようなのが最高」

「北海大学の車は全車大体同じような形だったな。あれがベストなのかな」

急に様々な声が飛び交い始めた。

「早川君はどういうのがいいの。すごく熱心に見てたでしょ。質問もずい分してた」

「俺は——優勝できる車を作りたい」

「優勝できる車て——まだ、タイヤ一つないんやで。夢みたいなこと言うなや」

「まずは車を作って、グラウンドで走らせよう。それから考えようぜ」

「あなたたち、優勝する車を作るためにこの研究室に来たんじゃないの」

私が立ち上がって学生たちを見回した。

「そりゃ、優勝はしたいけど――」

「だったら、弱音を吐く前に行動するの。優勝のための車を作るのよ」

しゃべりながら虚しい気分になった。優勝する車を作るといっても、私にもどうすればいいか分からない。

昼前には全員が疲労困憊《ひろうこんぱい》していた。これ以上続けてもいいアイデアなど出ない。今日は早く寝るように言い、明日やることを指示して解散した。

私はマンションに帰る前に谷本の研究室に行った。

谷本はドーナツを齧《かじ》りながら物理の学会誌を読んでいた。私は壁のイラストの前に立った。

「このソーラーカーのイラスト、どこで手に入れたんですか。あまり見ない形です」

「私が描いたんだ。もう何年も前になるがね。ソーラーカーの理想形だ」

私はもう一度、イラストを見た。友美は、谷本は不器用で面倒くさがりだと言っていたが。

「絵は小学校の時から得意だったんだ。と言っても、それはパソコンで描いたものだがね。富山から聞かなかったか。オリエント電気に関係してたころは、ソーラーカーの設計にも手を貸してたって」

「初耳です。オリエント電気がソーラーカーを作ってたんですか」

「実現はしなかった。モーター、蓄電池、とてもこの車体に納まらなかった」

「ソーラーカーの理想形って何です」

「流体力学上もっとも合理的な形だ。空気抵抗が少なく軽くて頑丈。そして美しい」

「学生たちに講義してくれませんか。先生が忙しいのは分かっていますが」

谷本は眉根を寄せて考え込んでいる。

「もう何年前になるか――。私は初めて、講義で教壇に立った。大教室でね。学生の数は二百というところか。必須科目だったからね。私なりに決心して教室に行ったんだ。学生たちの前に立って私は縮み上がった。帽子を被った者、何かを飲んでる者、食べてる者、携帯電話でメールを打ってる者。これが今風の大学生かと思ったが、何も言えなかった。それ以後、余計な授業は一切やらないと心に誓ったんだ」

話し続ける谷本の顔は心なしか青ざめていた。

私は軽く息を吐いた。なぜか谷本の恐怖が実感として理解できたのだ。

「ムリは言いません。ただ、先生のイラストを設計図に描きたいんです。見えない部分の形はどうなってるんです。たとえばソーラーパネルを外した車体の形なんか」

「そんなことは考えたこともないよ。どうなってるか、私も知りたいね」

谷本の表情が緩み、いつもの子供のような顔に戻った。

「ソーラーカーの構造は簡単といえども、数千以上の部品からできています。その一つひとつを図面にして、頭に叩き込んでおかなきゃモノは作れません。ネジが一本足らなくても、作業停止です。その場しのぎのいい加減なモノを作れば、事故に結び付きます。そのために、正確な設計図が必要なんです」

「ということは、この車を作るのかね」

「理想形に近いんでしょ。とりあえずは」

谷本は壁のイラストを見つめている。そして一瞬目を逸らしたが、再びイラストを見つめて、分かったという風に頷いた。


翌日、私は学生たちの前で声を張り上げた。

「設計図はスケッチとは違います。細部まで自分の頭に入ってないと描けません。その設計図を見ながら材料を集め、寸法通りの形に加工します。切ったり、溶接したり、ボルトで留めたりして、一つの部品にしていくのです。各部の細かい形や寸法が分かってないと、実際に作る側はどうしていいか分からないでしょ」

学生たちは神妙な顔で聞いてはいるが、どれだけ理解しているかは不明だ。

「気をつけなきゃならないのは、何も考えずにその形だけを描き上げると、既製のボルトやナットが使えないということ。つまり、一本一本、特注品として作らなければならない。それじゃ、お金も時間もいくらあっても足らない。だから、ソーラーパネルは当然として、モーターや蓄電池、タイヤはもちろん、ボルトやナットなんかも既製のものがあるか調べながら設計図を描き上げること。橋本君は機械科出身だから分かってるね」

「授業でやったような――。実際に自分でやるとは思ってなかったから」

「北海大学のコピーならイメージがわくんやけどな。オリジナルとなるとなあ」

「似ててもいいんだろ。ソーラーパネルの面積を大きくして、軽量化ってことを考えると、大体似た形になるって言ってたよな」

「設計図を描くなんて無理。私、デッサンなら得意なんだけど」

そのとき、電話の呼び出し音の後に、ファックスが印刷を始めた。

「谷本先生からです」

友美が最初の数枚の用紙をデスクに置いた。

「あの人、コンピュータ・グラフィックスもできるんだ」

橋本が手に取った用紙には、谷本の部屋に貼ってあったソーラーカーの正面からのイラストが描いてある。

「パソコンでも送ったそうです。全部で三十五枚」

友美が残りの用紙を持ってきた。前後、上下、左右からのイラストに加え、ソーラーパネルを取った車体、フレーム、モーター、蓄電池、ブレーキ系統の配置が分かるイラストもある。運転席だけのものもあった。

谷本は昨日、私と会った後、このイラストを作成したのだ。この分量と詳しさを考えると、おそらく徹夜している。色は——注文通りの赤に変わっていた。

「私たちのソーラーカーよ。理想の車、ドリームカーよ」

学生たちは、デスクに散乱するイラストに見入っている。

その日から、谷本の車をモデルにして設計図作りを始めた。

「工場に発注して工員が見て分かる設計図」と私はうるさく言ったが、学生たちは上の空だった。ただ図面を描くことに熱中している。

一週間かかって、何とか設計図を描き上げることができた。総数六十枚以上の設計図だ。これでも極力少なくおさえたのだ。

各部の材質、寸法、既製の部品を使う場合は、そのメーカーと商品名も書き入れてある。私がオリエント電気で学んだ通りだ。企業ではこの図面を試作部に出せば、何日か後に完成品が送られてくる。ただし大学ではそうはいかない。製作費の関係から、自分たちでできる部分は自前で作り上げていくのだ。

「どうかしたの」

私は友美に聞いた。友美は無言で設計図を見つめている。

「本当にこの図面通りに作るんですか」

他の学生たちも浮かない表情で、設計図に目を落としている。

「こんなん見てても、どうやって作ったらええんか分からへん。大体俺は、図面は苦手なんや」

「私もよ。自動車メーカーじゃこれを粘土で作るんでしょ。昔、テレビで見たことがある。粘土で実物大のものを作ってた」

「そんな器用な奴、ここにはおらんやろ。大体、そんなに大量の粘土を買う金ないんちゃうか」

「作るとしても、せいぜい三十センチもありゃいいんじゃないの。プラモデル程度で充分だぜ」

学生たちが図面を前に勝手なことを言い始めた。

「本当にできるのかしら」

無意識に出た言葉だったが、ずっしりと重みを持って私の全身に沈着していく。

「先生がそんなこと言っちゃダメです」

大塚の言葉はすでに遅く、学生たちが不安そうな目で私を見ている。部屋の中に重苦しい空気が広がっていった。

その日は早めに解散した。一人になって考えたかったのだ。

マンションの部屋に入って携帯電話のボタンを押した。

〈ママ、またなんかあったの〉

加奈子の元気な声が聞こえてくる。

「どうしてそんなことが分かるのよ」

〈カナに電話してくるとき、いつも元気ないでしょ。お仕事が上手くいってないの〉

「そんなことないよ。カナちゃんが来たら、車に乗せてあげるって言ったでしょ」

〈写真を送ってくれた赤い車でしょ。もうできたの〉

「今、作ってる。あとひと月くらいかかるかな。もう図面はできてるから、あとは材料を探して、調達して、それを加工して組み立てるだけ」

しゃべりながら様々な思いが頭に浮かんでくる。北海大学のタタミ約二畳分のソーラーパネルをのせた車、あの車体を細いタイヤで支えきれるのか。車体を軽くするには、ボルトを少なく、溶接も多用できない。アルミは鉄よりはるかに軽い。でも強度は。アルミより軽い材料は。誰が工作機械を使える。考えれば考えるほど問題は出てくる。今のままではとてもできない、という結論に達した。

〈ママ、聞いてるの〉

「しっかり聞いてるわよ」

カナちゃん、歯を磨こう。もうすぐ寝る時間よ。背後で母親の声が聞こえている。

〈おばあちゃんが呼んでる。また、写真送ってね〉

声と共に電話は切れた。

「ママは必ずあなたをソーラーカーに乗せてあげるからね」

私は携帯電話に向かって語りかけた。


「方針を変えることにする。あなたたちに車は作れない」

翌朝のミーティングで私は言い切った。

しかし危惧《きぐ》していた学生たちからの反論はなかった。大塚も腕を組んでデスクに目を落としているだけだ。彼らもここ数日の経験で、一台の車を作ることがどれだけ大変なことか、思い知ったのだ。それは、私も同じだった。

「だから、車をパーツに分けて、町中の工場に頼んで作ってもらう。各パーツには担当者を決めて、責任を持ってね。私たちはそれを組み立てて、一号車を作る」

学生たちは無言のままだ。言った私が少し慌てた。

「それで、このソーラーカーを三つのパーツに分けてみた」

私はホワイトボードに模造紙を貼りつけた。昨夜、加奈子との電話の後に描き上げたものだ。紙にはソーラーカーの側面図が描いてあり、赤い油性マーカーで三つの部分に分けてある。

「二人一組のチームにする。北海大学の見学と同じ。橋本君と福原君は車体の製作。タイヤを含めてね。もちろんブレーキや座席もね。北海大学の車体をしっかり研究してきたでしょ」

二人は頷いて図面を見ている。

「向井さんと早川君はモーターと蓄電池と配線をお願い。まず北海大学の使っていたモーターと蓄電池のメーカーに電話して、値段と納期について聞いてみて。それから他のメーカーにも電話して、性能、値段、納期について調べること。大塚さんはみんなの相談に乗ってやってください。まだメーカーとのやり取りには不慣れだと思うので、疑問点や分からないことは大塚さんに相談すること。北海大学のときと同じよ」

私は学生たちを見回したが、反論はないようだ。

ソーラーパネルは私がなんとかする。運搬と据え付けに費用がかかるかもしれないが、最小限に抑える。

「鉄工所の友達に電話してみるよ。車体はそいつに頼んでみる。まず図面を見せて見積もりを出してもらわなきゃ」

橋本から見積もりという言葉が出るのは意外だった。多少は成長しているのか。

「一週間以内に結果を出すこと。私たちには時間がないのよ。それにお金も。事情を話して、全部で二百万円以内に抑えること」

解散と言って、私は椅子に座り込んだ。学生たちはしばらく私を見ていたが、睨み返すと慌てて実験室を飛び出していく。部屋には私と友美だけが残った。

「上手くいくと思いますか」

「いかせなきゃならないのよ」

無意識のうちに答えていた。その日から各チームは動き始めた。

3

「断られました。ダメだって」

橋本が立ち上がって言った。実にあっけらかんとした顔と声だ。

各チームにソーラーカーの担当パーツを決めて動き始めて二日目、実験室で第一回の報告会を開いていた。

「あなたの友達がいる会社なんでしょ。あんなに自信持ってたのに」

「ソーラーカーの車体なんて未経験だそうです。主力製品は大企業の下請け部品。オリジナルはバーベキューのコンロだけだって。社長もイメージが湧かないし、リスクは冒《おか》せないそうです」

「イラストと図面を見せたんでしょ。イメージが湧かないのなら、湧くまで説明するのよ」

思わず声が大きくなったが、橋本はどうにもならないという顔をしている。

「じゃ、他を当たるしかないでしょ。鉄工所は他にもあるでしょ」

大塚を見るとファイルから用紙を取り出している。実務となると、実に頼りになる存在だ。

「大学近くの鉄工所と機械の製作所です。中小企業を中心にリストアップしてます。大きなところじゃ、受けてくれないでしょう」

「何社あるの」

「三社です。一社は橋本君の友人がいるところです」

「じゃ、残りの二社に当たればいい」

「じつは、昨日回ってみました。鳥山《とりやま》製作所は去年潰れていました。もう一社も倒産寸前で製作中に潰れたりしたら困ります。なんとか生き残っているのが橋本君が断られた片山《かたやま》鉄工所。資本金一千万円。社長、片山達夫《たつお》五十七歳。従業員五名。売り上げ一億二千五百万円。主に農機具メーカー、船舶エンジンメーカーの下請けをやっています。技術レベルは高そうです」

「橋本君の家の修理工場じゃ作れないの。車を直してるんでしょ」

「俺もそれとなく聞いてみたんだけど難しそうです。直すと作るじゃ、料理を作ると食べるくらい違うって親父に言われました。どうにもならなきゃ、もう一度頼もうかと思ってましたが」

「時間の無駄。お前んとこ、旋盤やドリルなんかないやろ。溶接かているし。やっぱり修理と製作は全然違うで」

「ソーラーカー製作の経験のある企業なんて、日本中でも数社あるかないか。もう一度、片山鉄工所に頼んでみましょ。モーターと蓄電池はどうだった」

早川と優子が立ち上がり、全員にコピー用紙を配った。蓄電池とモーターのメーカー別の性能と価格表だ。

「北海大学が使ってる製品の会社に電話しました。蓄電池はけっこう高いです。彼らの使ってるP35-2は一つ七千円もするんです。これを直列に八個」

「北海大学じゃ、値段についてなんて言ってたの」

「値段のことは言ってませんでした。でも、あまり問題にはしてませんでした」

「私もツテがあるので聞いてみたら、北海大学には無料で提供しているそうです。研究用って言ってましたが、宣伝のためでもあるんでしょう」

大塚が言うと学生たちは一瞬沈黙する。

「ほなら、うちもタダでもろたら。研究用や言うて」

「バカね。北海大学のソーラーカーはそれなりに有名だから宣伝用として提供してるのよ。うちなんかにくれるわけないでしょ」

福原の言葉に優子が答えている。

「蓄電池は大切だから、もっと考えましょ。高いといっても大した値段じゃないから、さらに性能のいいやつを探して。買うだけだから時間はあるし」

「他のメーカーのものも調べてみます」

「モーターはどうなの。既製品がたくさんあるはずよ」

「数十万円ってところです。現在、三つのメーカーに絞ってパンフレットを請求中。明日には届きます。北海大学は最高級品を使ってます。たぶん一台四十万円以上してます。あるいはもっと。予備もいるだろうし。レースで上位の大学や企業は同じようなものを使ってます」

学生たちはお互いに顔を見合わせている。完全に予算オーバーになる。

「そう言えば、真ん中にあった新型車のモーターは、メーカー名も型番も入ってなかったわ」

「メーカーが開発中のものを提供してるのよ。そんなものに、値段なんて付けようがない。ケタが二つくらい違うのよ」

「じゃ、太刀打ちできるはずがない」

「そんな弱気じゃ、レース前から負けてる。しっかりしなさい。モーターももっと調べましょ」

「でも、車ができないんじゃな。モーターや蓄電池があってもどうにもならないぜ」

「文句ばかり言ってないで、なんとか方法を考えなさいよ」

思わず大声を出していた。

第一回の報告会での進展はほとんどなかった。私は内心かなり焦り始めていた。この調子ではレース参戦はおろか、車を作ることすらおぼつかない。

その日の午後、学生たちが授業に出かけてから、私は友美に借りた自転車で大学を出た。学生たちにはできる限り、同じ日の共通した授業を選択させている。試験対策にもなると言うと、全員が乗ってきた。

片山鉄工所は、大学から自転車で二十分ほどのところにあった。百坪ほどの工場で工作機器のモーター音が響いていた。時折金属を叩く音が聞こえてくる。

工場に入るとオイルと鉄の焼ける臭いが鼻をついた。私は鉄パイプを運んできた若い工員に片山社長はいるか聞いた。

工員は旋盤の前に屈《かが》み込んでいる男を指差した。

男の横に立ったが、男は旋盤に屈み込んだままだ。金属を削る鋭い音が、脳の奥に突き刺さる。

「片山社長ですか」

声をかけたが反応はない。

五分ほどして男は腰を伸ばした。旋盤を止め、製品を取り外して眺めている。その製品を横の棚に置いて、やっと私に向きなおった。

「私は昨日お伺いした橋本次郎の指導教官です」

名前と肩書を言って頭を下げた。

「おなごの先生か。あの学生、そんなこと言ってながったぞ」

私はカバンから設計図とイラストを出して説明を始めた。だが片山は半分も聞いてはいない。

「材料を選択して、設計図通り車体を作るだけです。そんなに技術力はいらないと思います」

「バカ野郎。ドすろうとが分がったようなことをかだるな。うちの技術はここらんでいちばんだっちゃ。んだばら、こいづの不景気でもなんどが生き残ってるんだよ」

「初めてのことだしイメージも湧かない。リスクは冒せないとおっしゃったと聞いてます」

「要は、値段の問題なんだっちゃ。あんだらの無茶な要求を聞いてたら、ひとケタ違ってくるんだよ。物作りってことがまったぐ分がってねえ」

私は黙った。橋本はそんなこと言ってなかった。私に気を遣ったのか。

「あんだ、昔、オリエント電気にいたそうだな。何年いたんだ」

「三年です」

「なんで辞めた」

「関係ないと思います」

片山は私をじろりと睨んだがそれ以上は聞かなかった。

「うちみたいな中小企業というより、家内工業に近い小企業んで、毎日の仕事が命がけなんだっちゃ。資金繰りを考えると、割に合わねえ仕事も引き受けなきゃねえ。どう頑張っても利益なんて出ないと分がっててもな。客はそういった理由も分がってて、値切ってくるんだっちゃ。しかし、あんだんとこの仕事は、大損することが分がりきってる」

オリエント電気では私は研究職だった。いいアイデアがあれば企画会議にかけて、通れば製品を開発する。価格設定は製作と営業の領域だった。

「こいづの仕事を引き受けると、何かうちにメリットがあんのか。儲けは出ないし、時間はかかりそうだし、だいいちできるかどうかも分がらね」

「それは困ります。必ず完成させるということでなければ発注はできません」

片山はますます呆《あき》れたような顔で私を見た。

「んだばら、断ったんだよ」

「おたくの技術向上になるんじゃないですか。未知の技術に挑戦するという意味で」

片山は大げさにため息をついた。

「それに、何か新しく開発できれば技術特許を取ることができます。もちろん、大学と共同特許ということですが」

「たかが車のフレームを作って、何が新技術への挑戦だ、技術特許だっちゃ。おらが言ってるのはもっと低レベルの問題だよ。総重量を軽くするには素材が問題だっちゃ。鉄よりアルミ。アルミより繊維強化プラスチック、エポキシ樹脂。究極はカーボン材を使えばいいんだっちゃ。おらにだって分がってる。ならば加工の問題が出てくる。つまり、コストがかかる。要するに、金の問題なんだよ」

片山は早口でまくし立てた。

「車のフレーム、ブレーキ、ハンドルを含めた足回り、ウインカーなんかの機械的な部分はうちでできるが、ボディーの繊維強化プラスチックや炭素繊維となると、うちんでムリだっちゃ。加工、組み立て、どごがの素材会社に頼まなきゃない」

私には返す言葉がなかった。いつの間にか周りを工員たちが取り囲んでいる。

「何してるんだっちゃ。大学生の遊びにつき合ってる暇はねえ。おらたちには生活がかかってる。さっさと仕事を始めろ」

片山が怒鳴ると工員たちは持ち場に戻っていった。私は頭を下げて工場を出た。

大学生の遊び。つき合ってる暇はない。その言葉はずっしりと私の胸に響いた。しかし私だって生活がかかっている。

私は友美に電話して、そのまま自転車でマンションに帰った。

片山社長の言葉が頭から離れない。何をする気力もなく、テーブルに突っ伏した。

携帯電話が鳴っている。私は無意識のうちに手を伸ばして通話ボタンを押した。テーブルに突っ伏したまま眠り込んでいたのだ。顔を上げると外は暗くなっている。

〈ママ、元気にしてる〉

加奈子の声が飛び込んでくる。

「いま、何時？」

〈八時すぎてる。ママ、ヘンよ。大丈夫なの〉

「すごく元気よ。今からカナちゃんと一緒に百メートル走れるほど」

横で聞き耳を立てている母を気づかい、私は極力威勢のいい声を出した。

〈おばあちゃんが代わるって〉

〈声がおかしいよ。ムリしないで、うちへ帰ればいいのに。お父さんも本当はそう思ってるのよ〉

「大丈夫。一年後には正規の職員になって、上手くいけば教授よ」

〈身体こわして寝込んだりしないでよ。カナがいるんだから。ちゃんと食べてるの。本当に元気のない声なのよ〉

「食べすぎて、うたた寝してたんだって。これから布団に入って寝るから。加奈子に代わって」

加奈子に代わった気配はするが声は聞こえない。

「ママも頑張ってるから、カナちゃんも我慢してね。おばあちゃんとおじいちゃんの言うことを聞いて、いい子でいてね。早く寝るのよ」

私は終話ボタンを押した。静まり返った部屋でしばらくぼんやりしていた。思い直してパソコンのスイッチを入れ、コーヒーを淹《い》れるために立ち上がった。

そのとき、再び携帯電話が鳴り始めた。

「加奈子、まだ寝てないの」

通話ボタンを押すなり声を出したが、沈黙が続いている。慌てて、ディスプレイを見ると知らない番号だ。

「どちら様ですか」

〈おら、片山というものだきと、東北科学大学の野口陽子先生のお宅だべか〉

訛《なま》りの強い言葉が返ってくる。

「はい。そうですが」

〈やっぱりおなご先生か。おらだよ、おら。片山鉄工所の片山だよ。あの仕事、やってみようと思うよ。なんせ、挑戦的な仕事だし。うちの技術ば、ここらで一番だし。大学との共同開発も従業員の勉強にもなるしな〉

私は耳を疑った。数時間前とまったく逆のことを言っている。

「すごくありがたいです。助かります」

〈ただし、値段的には少々相談させてもらいたいんだっちゃ。予算は聞いてる。無理は言わね。うちとしても、がんばってみる〉

ありがとうございますと、私は携帯電話を耳にあてたまま、暗い窓に向かって頭を下げた。

「でも、どうして心変わりしたんですか」

〈心変わりか。そうには、違わねか。あんだが帰ってから、また学生が二人来てね。二人がそろって頭を下げて、もういちどソーラーカーについて説明をさせてくれって。パソコンでアニメば見せるんだっちゃ。おがすな赤い車がバーッと走るんだっちゃ。あれがソーラーカーってやつなんだな。おらは大して感動しなかったんだば、うちの工員たちがね、絶対にやりたい、なんて言い出したんだっちゃ。仕事が終わってから残業代なしでいいって。それで、決まりだ〉

「うかがったのは橋本君と福原君ですか」

〈前来たのと、関西弁のでかい学生だっちゃ。おらは大学生なんてのは、しょせん暇人の根性無しだと思ってたんだば見直したよ。それに世間でいろいろ言われてるが、東北科学大学の学生も捨てたもんでねえと思ったね。うちの孫たちも入れたくなったよ。まだ三歳と二ヶ月んだばね〉

あんだ、いい学生を持ったね、と繰り返して、電話は切れた。

聞こえなくなった携帯電話を握りしめて、しばらく暗い窓を見ていた。窓の向こうで橋本と福原が私に向かって微笑《ほほえ》んでいるような気がした。

〈車体製作、片山鉄工所に決定。橋本、福原両君に感謝〉

私は学生全員にメールを送信した。

翌日、私は友美の自転車で大学に行った。

実験室のドアはすでに開いていて、学生たちが集まっていた。

「どうしたのよ、これ」

デスクの上に六個の蓄電池が並んでいる。どれも違うメーカーのものだ。

「俺の兄貴が大阪の商社に勤めとるんです。頼んで見本を送ってもらいました」

福原が言った。

「日本製が三つに韓国製が二つ。中国製が一つです。兄貴はやっぱり日本製がええやろって」

「でも値段を見ろよ。断然中国製がお買い得」

「日本製は高いけど、品質に間違いがないそうや。効率もいいし寿命も長い。保証も確かで、トラブルにも対応が早いって言うとりました」

「確かに高いね。外国のに比べたら倍近いんじゃない。でも、性能は数字上ほとんど変わらない」

「どれも定格電圧十二ボルト、重量約七キロ――」

「調べたの」

「そう書いてあります」

「ちゃんと自分たちで調べるのよ。と言っても難しいか。各メーカー一個ずつしかないものね。同じメーカーのモノが何個かあればバラつきを測定できるんだけど。でも、メーカーの違いによる性能比較くらいはやってみましょ」

私は学生たちに蓄電池の性能検査データの取り方を教えた。同じ電圧で同じ時間充電して、電圧の下がり方を調べるのだ。学生たちはさっそく取り掛かった。

夕方には実験結果が出た。

「なぜ中国製じゃダメなんですか。性能的にはほとんど違いがありません」

「絶対に勝たなきゃならないからよ」

友美の言葉に私は言い切った。全員の視線が私に集まっている。

「中国製は値段が半分近く。でも、性能は若干《じゃっかん》落ちる。データを見れば明らかでしょ。それに、これは経験だけど製品にばらつきがある。品質管理ができてないの。蓄電池は最低八個は必要になる。予備を入れると十個。それらを直列につなぐと、一個でも性能の悪いのが入ると全体に影響する。出力が下がるし、寿命も短くなる。だから、個々の製品が均一なものにすべきなの」

「でも、これからお金がいくら必要か分からないんですよ。モーター、モーターのコントローラー、各装置の監視機器、車とチームとの連絡用無線機、数え上げたらきりがありません。パソコンがもう一台必要って言ったのは先生です。レース場へのソーラーカーの運搬にもかなりお金がかかるって、北海大学では言ってました。これからのことを考えても出費は抑えるべきです」

それは私にも十分すぎるほど分かっていた。しかし、勝つためには譲れない部分もあるのだ。

「モーターはでかいの選ぼうや。モーター出力が大っきいちゅうことは、車のエンジンの排気量がごっついてことやろ。ほんなら、馬力のでかいモーターを積んだらええ」

「ソーラーカーは得られる電力が限られてる。せいぜい一キロワットか二キロワット。大きいだけのモーターじゃ動かない。動いても、電力を食いすぎてすぐに止まってしまうのよ」

「ガス欠ってことですか」

「そう。それに、モーターが大きければ重くなる。生みだす電力と、それに合ったモーターがある。だからその車に最適な効率のいいモーターを選ばなきゃダメなの」

「明日にはモーターの見本も届きます。どんなものでも普通のメーカーじゃ性能と値段は比例してるって兄貴は言ってました。現実とどこで折り合いをつけるか、今から考えておかなきゃいけません」

福原が突然言葉遣いを変えて遠慮がちに言った。そんなこと分かってる、と私は思ったが口には出さなかった。

学生たちは授業とアルバイトで早めに帰っていった。私は一人、実験結果を眺めていた。

その日の夜、片山鉄工所に行った。片山社長に会って直接礼を言い、今後の仕事の進め方について話し合っておきたかったのだ。

工場はすでにシャッターが下ろされ、明かりも消えている。誰かいないかと見回すと、工場の裏手に明かりが見える。

工場横の狭い道を通って裏に回った。ガレージになっていて、明かりがついている。その光の中に二人分の人影が見えた。

近づきかけた足を止めた。橋本と福原だ。二人ともオイルで汚れたつなぎ姿で、顔にもオイルがついている。車のボンネットを開けて、二人で覗き込んでいる。

「おなご先生の学生たちだべ」

思わず上げそうになった声を呑み込んで振り返った。浴衣《ゆかた》姿でうちわを持った片山社長が立っている。

「昨日の夜のことは話しただべ。二人がやってきて、もういちど、頼みたいと言うんだっちゃ。値段が値段だべ。おらが渋ってると、うちの車の整備をするって言い出した。一人は整備士の資格を持ってるってかだるからやらせてみると、腕は確かだっちゃ。ひと月で三台ある車の整備を頼んだっちゃ。まずは一台目だ」

「そんなこと、彼らひと言も――」

「おらも言うの忘れてた」

「私、本当にいい学生たちを持ちました。なのに私は――」

それ以上言葉に出すと涙がこぼれそうだった。

「明日から材料の調査と発注だっちゃ。炭素繊維メーカーの技術者と会うことばなってる。素材の説明をしていだだいで、うちで加工できるか聞いてみる。できるだけ安く抑えるが、うちだって五人の社員とその家族の生活があるっちゃ。無茶はやらねえからそのつもりでな」

片山社長が戻っていってからも、私はしばらく二人を見ていた。そして結局、声をかけることなくマンションに帰った。

4

のどかな田園風景が続いている。

私は大塚が運転する車に、友美と一緒に乗っていた。他の学生たちが授業を受けている間に出てきたのだ。

「本当に工場なんてあるんですか」

風景を眺めていた友美が疑わしそうに聞いてくる。

「いいところでしょ。日本にもまだこんなところが残ってるのよ」

「三陸日之出町だっていいところですよ。山のかわりに海があって、田んぼと畑のかわりに湾にはカキとコンブの養殖イカダがあります」

「たしかに山と海の違いだけね。空気と空の色がきれいなのは同じ」

半分開けた窓からは心地よい風が吹き込んでくる。

「あれよ。屋根が見えるでしょ」

私の目の先にスレートぶきの平屋の建物が見えてきた。

「未来工房。資本金一千万円の株式会社よ。社員は社長を入れて七人。うちと同じ」

「何を作ってるんですか」

「ソーラーパネルよ。ただし一般用じゃなくて、研究用のもの」

「そんなのでやっていけるんですか」

「日本だけじゃなく、世界中から見学に来る優良企業よ」

友美が窓に顔を近づけた。車は、「未来工房」の手書きの看板を首にかけたカカシの脇を通りすぎていく。

私たちの乗った車は工場の敷地に入っていった。正面は昔風の農家で、横に工場が立っている。

工場のドアが開いて、真っ白のつなぎを着た男が出てきた。

「未来工房の本田俊之《ほんだとしゆき》副社長」

本田は私の肩を叩いてほほ笑むと、大塚にその視線を移した。

「企業の人じゃないわよ。私の学生さん」

私は大塚と友美を紹介した。

「陽子ちゃん、会社、辞めたんだって。まさか、昔のことが問題になったんじゃないだろうな」

「あれは完全に片付いています。会社も、大きなトラブルにならなくて喜んでるはずです」

本田はホッとした顔になった。

「陽子ちゃんが辞めてガッカリしてる奴はけっこういるぜ。知ってるだろ」

「知りませんよ。辞めてからぜんぜん連絡はとってませんから」

「まったくの円満退社とはいかなかったようだが、陽子ちゃんを悪く言ってる奴はいない。人徳なんだろうな。何があったか知らないが、スパッと身を引く方が男らしい
——いや、女らしいか」

大塚と友美が横で目をぱちくりさせている。

「ところでなんの用だ。大企業の研究所の研究員がこんな中小企業に。いや、元がつくんだったた」

「ソーラーパネルを五平方メートル提供してくれませんか」

本田の笑みが消え、背筋を伸ばすと私を見た。

「うちは大量生産はしていない。研究用のパネルを作ってるだけだ。値段は知ってるだろ」

「買うとは言ってません。提供してくださいって言いました」

本田は呆れたという顔で肩をすくめた。

「申し遅れました。私、いまこういう仕事をしています」

私はバッグから名刺入れを出して、名刺を渡した。

本田はメガネをずり下げると名刺に目を近づけた。四十歳そこそこというのに、もう老眼が入っていると嘆《なげ》いていたのは数年前だ。

「大学の先生だろ。聞いてるよ。しかしこの大学じゃ、手を焼いてるだろ」

友美と大塚が本田を睨んだ。友美も最近はわずかながら愛校心が芽生えている。

「失礼。しかし陽子ちゃんが学生を教えているとは」

「それで、ソーラーパネルはどうなります」

「じゃ、ソーラーカーレースに出て全国優勝するってのは本気なのか」

電話でそれだけは伝えておいたのだ。大学の話をすると面倒なので黙っていた。

「来年の鈴鹿の全国レースを目指しています」

「けっこうきついレースだぜ。オタクの集まりみたいなレースだが、技術レベルはかなり高い」

「だから未来工房のソーラーパネルが必要なんです」

　本田は頷いて考え込んでいる。

「そんなに悩むほどのことじゃないでしょ。一世代前の試作品でもいいです。どうせ、倉庫で眠っているだけでしょ。そしていずれ廃棄される」

「試作品といっても、企業秘密と特許の塊だ。他社にとってはよだれの出るものだ」

「管理はしっかりやります。その点は信頼してください」

「陽子ちゃんの言うことだから間違いないだろうけど。やはり企業がからむものは使えないな。使うとすると、うち独自で開発したものだ」

「そっちの方がありがたい」

「簡単に言うな。他の役員にも相談しなきゃならないし」

「大丈夫。副社長の言うことには反対しないでしょ」

「陽子ちゃんの言うことにはだろ。まだ、社長には話してないのか」

「製品に関しては、最初に副社長に頼むのが筋でしょ」

　そのとき、長身でロングヘアの女性が工場から出てきた。大塚と友美の目が女性に釘付けになっている。ピンクのつなぎを着ているのだ。女性は、手を振りながらやってくる。咲子《さきこ》さんだ。かなりお腹が目立っている。

「待ちくたびれてたのよ。来てたのなら先に声をかけてよ。会社、辞めたんだって。

クビになったの。あんたをクビにするなんて、あんな会社すぐに潰れるよ」

「違いますよ。円満退社です」

「じゃ、結婚するの。おめでとう。ねえ、どんな人よ。カナちゃんの新しいお父さん」

咲子は私の手を握って満面の笑みを浮かべている。

「大学に就職したんです。お腹、ずいぶん大きくなりましたね。前に会ったときはぜんぜん目立ってなかったのに」

「六ヶ月。これで働いてるんだからもう大変。高齢出産だしね。それで、今日はどうしたの」

「未来工房さんに頼みがあって来たんです」

「なんでも聞くわよ。陽子ちゃんの頼みなら。そうでしょ、副社長」

「こうなることは分かってたんだ。まあ、いいんだろうな。陽子ちゃんはわが社の恩人だから」

大塚と友美が取り残されたように突っ立っている。

「副社長の奥さんの本田咲子さん。未来工房の社長」

私は二人に紹介した。

「ケーキがあるわよ。陽子ちゃん、マロンが大好きだったよね。あなたも好きよね」

咲子はすでに私と友美の腕をとって歩き始めている。

「陽子ちゃん、コンタクトにしなさい。子連れでも男は黙っていないよ。あなたもそのおじさんメガネ何とかしなさい。二人とも美人なんだから。男なんて単純よ」

咲子の言葉に友美は目をパチクリさせている。

会社の横にある農家が自宅だ。いろりのある部屋に通されて、ケーキと紅茶が運ばれてきた。

私はもう一度、ソーラーパネルの無料提供が必要な理由を説明した。

「二百万で全国レースに勝てるソーラーカーを作れというわけか」

本田は腕を組んで首をかしげている。

「無理だ。いや、できないこともないか。しかしかなり難しい」

「副社長はソーラーカーについて詳しいの」

「十年ほど前に作ったことがある。完全に趣味だけどな。最近もソーラーパネルについてのアドバイスはしょっちゅう求められる」

それに、と言って咲子を見た。咲子が深刻な顔をして頷いている。

「オリエント電気もソーラーカーを作り始めてるのを知ってるか」

私は首を横に振った。そんな話、初耳だ。

「時代の要請だよ。これだけエコがもてはやされて電気自動車の開発が進んでいる。

いずれ主流になる電気自動車の究極の形がソーラーカーだ。自分で発電した電気で動く自己完結型の車だ。これは宣伝になる。開発費は宣伝費と考えれば安いもんだ。陽子ちゃんのところとは二桁違う」

大塚と友美の目が点になっている。

「オリエント電気は副社長のところのソーラーパネルを使うの」

「いや、自社製だ。当然だろ。うちみたいな会社と関係があることは隠しておきたいんだ」

「じゃ、いい機会じゃない。一気に表舞台に躍り出る」

本田は考え込んでいる。会社を大きくすることよりも、自分のやりたいことをマイペースでやっていたいエンジニアなのだ。

大塚と友美が工場を見学している間、私は本田に私たちが作ろうとしているソーラーカーをさらに詳しく説明した。

「ソーラーパネルの性能だけじゃ勝てないぞ。パネルは大事だが、レースという短期決戦じゃ総合力が勝っているチームが勝つ。各重要部品、制御システム、ドライバー。そして重要なのがチーム力だ。上位クラスだとすべて最高に近いものを使い、持っている。聞いてる限り、あんたのチームはかなり頼りない」

「分かってる。でも、なんとしても勝ちたい」

「気持ちは分かるよ。オリエント電気もいずれ参戦するんだから」

「だから力になってよ」

そればかりじゃない、という言葉を呑み込んだ。

「全力で協力してやる。オリエント電気だけには負けたくないだろ。ということは優勝しかないか」

本田が力強く言った。


「いろんな会社があるんですね。名前も聞いたことがありませんでした」

帰りの車で大塚が言った。

「なんで奥さんが社長で、本田さんが副社長なんですか」

「本田さんが大学を卒業して立ち上げたベンチャー企業なの。そのとき奥さんは働いてて貯金があったのよ。その貯金を資本金にしたってわけ。だから筆頭株主は奥さん。それに、奥さんは大学の研究室の先輩」

「一世代前の試作品って言ってましたが、そんなので大丈夫なんですか」

「未来工房の一世代前ってのは、いま流通してるものの次世代のものよ」

友美が驚いた顔をしている。

「先生と未来工房との関係はなんなんです。随分親しそうだったし、先生に恩義を感じてるみたいでした」

「昔、ちょっとしたトラブルがあったのよ」

「差支《さしつか》えなければ教えてください」

運転中の大塚の目が一瞬動くのを感じた。

「特許の侵害。オリエント電気のある新製品発表寸前に、特許侵害がある可能性に気づいた社員がいたの。そのまま製品を発表するか、中止するか大もめした。会社はそのまま発表して、気づかなければ放っておく。もしもめたらお金で片を付けるか、裁判で徹底的に戦うか。相手は小さな企業だから長引く裁判には持ちこたえられないだろうと考えたわけ。でも、それは間違ってる。その社員は研究所の所長を説得して、二人で未来工房の社長と副社長に会って話をした。そのとき、特許の問題について未来工房側は気づいてなかった。でも、オリエント電気側が誠実に対応したので、大きな問題にはならなかった。もちろん、かなりの額のお金が動いた。未来工房はそれを研究開発に投資して、さらに新製品を開発した。いまじゃオリエント電気も潤《うるお》ってる」

「その社員が先生ってわけですか」

「そのときの取り決めで、以後オリエント電気から未来工房に妥当な特許料が支払われることになり、未来工房はかなり自由な研究開発ができる会社になった。現在は、オリエント電気に技術指導もしてる。みんなが幸せになったのよ。ちょっとした気づかいとはからいでね」

私は淡々と話したが、当時はかなり緊迫した状況だった。会社は強引な手段に出ようとしていた。本田社長と副社長の性格からして、両方が大きなダメージを被るおそれがあった。私が間に入って、なんとか治まったのだ。しかしオリエント電気には、いまでも私の行為を根に持っている人もいる。

そのときのやり取りで、私は本田夫妻に信頼され、出入りするようになったのだ。

「日本はまだ特許に対する考え方が甘いのよ。見えないモノの価値を真に理解してない。中国の海賊版やコピーを非難したり笑ってばかりはいられないの」

「これが縁で新しい特許が取れればいいんですがね」

「その気で頑張りましょ」

「ボスがそう言うと、本当にそうなりそうな気がしてきます」

「やめてよ、その呼び方」

車の中に笑い声が広がった。久し振りに聞く気持ちのいい響きだった。

その日は大学に寄らず、そのままマンションまで送ってもらった。

車を降りて、マンションを見上げた。

思わず足を止めた。私の部屋の窓に明かりがついている。今朝、出かけるときに消し忘れたのか。階段を駆け上がった。

部屋番号を確かめたが、間違いない。ここは私の部屋だ。

鍵を外し、そっとドアを開けると笑い声が聞こえてくる。その笑い声が止まった。

「ママだ」

加奈子が声を上げて走り寄ってくる。私は加奈子を抱き上げて頬ずりした。やわらかい感触と、熱が伝わってくる。ちょっとの間に随分重くなった。

「この間の電話でママの元気がないって、カナちゃんが気にしてね。思い切って出てきたの」

母さんは言ったが、気にしていたのが自分なのは明らかだった。

「鍵はどうしたの」

「不動産屋さんに言って、開けてもらったよ。この辺の人はいい人ね」

「カナちゃんも一緒に頼んだのよ」

初老の女性と幼い子供に泣きつかれ、イヤと言える人は少ないだろう。

「いい匂いがしてる」

「カレー、作っておいたよ。それにハンバーグと肉ジャガもね。あんた、大好きだったたろ」

「そんなに食べられないよ」

「冷凍しておくから忙しいときに解凍して食べればいい。あんた、最近なに食べてるの」

私は慌ててキッチンの隅に目をやった。弁当の空き箱が山になっていたはずだが、大きなゴミ袋が二つあるだけだ。

「掃除もしばらくしてなかったようだし、シンクも洗い物が溜まってるだけでかなりの間使った形跡がない」

「学生の世話が大変なのよ。一緒に食事することもあるし。大学の食堂は安くて量もあるの」

「これで子供と一緒に暮らすなんて言うと、許さないよ、私は」

「あと少しの辛抱。正式に講師として採用されればちゃんとやる」

「もしダメだったら」

母さんは言ってからしまったという顔をしたが、私は気がつかないふりをした。

「大丈夫。プロジェクトは問題なく進んでるから。ここの学生たちも捨てたもんじゃない」

「ウソでしょ。兄さんが出た大学よ。あんた、兄さんの成績は知ってるでしょ。勉強してるの見たことあるの」

「でも今じゃ三人の子持ちで、しっかり養ってる。人間、学校の成績だけじゃないって言ってたの母さんよ」

「正式に結婚もしないでね。あんたと一緒。本当にうちの子供たちはどういう神経をしてるんだろうね。親の顔が見たい、って言えないところがつらい。父さんと私は、けじめってことを大切にしてきたんだけどね」

「父さんは元気？」

私は話をそらすつもりで聞いた。

「相変わらずよ。庭いじり専門。最近、野菜を作り始めた」

「孫はかわいくないの」

「自分の作ったものを食べさせたいのよ。兄さんに張り合って」

「私、おじいちゃんの野菜作り手伝ってるのよ」

加奈子が私の背に飛びつきながら言う。

「ところで加奈子のお父さん、まだ外国から帰ってこないの。もう五年以上たってる」

加奈子が眠ってから、母さんが声をひそめて言った。

「やめてよ、その話は」

「その人、加奈子が生まれたこと、知ってるんでしょうね」

「その話はしないって約束でしょ」

加奈子は私が博士課程二年のときに妊娠した。相手は研究室で助手をやっていた高《たか》樹《ぎ》健《けん》人《と》という男だ。大胆だが繊細で、向上心があって、初めて「いいな」と思った男性だった。

話すべきか、迷っているうちに高樹はアメリカの大学に行ってしまった。私は産むことを決心した。つまり、一人で育てていくということだ。

「星がすごくきれいなところね。明日、三人で海に行かない？」

母さんが、窓から空を見ながら言った。

「朝から学生に招集をかけてる。予定が二週間も遅れてるの」

「はるばる仙台から一人娘と母親が来たのよ。半日くらい時間を取ってもバチは当たらないよ」

「いま気を抜くと、一年後に加奈子も母さんも泣くことになる。私もね。絶対にそんなことイヤ」

「加奈子が可哀そうだよ。海くらい一緒に行ってもいいのに」

私は口に人差し指をあてて、静かにするよう合図した。

私の膝で加奈子が静かな寝息を立てている。

5

翌日、私は母さんと加奈子を残して部屋を出た。

母さんは加奈子が目を覚ましてからと言ったが、私はその言葉を無視した。加奈子のためというより、私のためでもあるのだ。

実験室に着くと、すでに友美と優子と早川がいた。ここ数日、三人は私よりも早く来ている。

「これは？」

私はデスクの上の用紙を手に取った。車体材料に関する報告書だ。

「今朝来ると、ファックスで届いてました。片山鉄工所の片山社長からです。あの社長、かなり気合いが入ってますね」

車体製造を引き受けるという電話をもらった翌日から、車体の材質に関して相談している。車のフレームは強度が高くて軽いもの。全体をやはり強くて軽い材料で作ったボディーで覆う。

「材質によってこんなに値段が違うんですか。鉄、アルミ、チタン。鉄にも色々あるんですね。アルミがダントツに軽いです。でも炭素繊維って、メッチャ高価なもんですね」

その時、電話が鳴り始めた。友美が取って、無言で私に差し出す。

受話器を受け取り耳にあてた途端、威勢のいい声が飛び込んでくる。

〈おなご先生なんだべ。松竹梅とそろえておいた。どれにするかは、おなご先生の指示しだいだっちゃ。おらは松を勧めるけどね〉

「この値段って本当なの」

〈ウソを書いてもしようがないだべう。金属の値段って上がってるんだっちゃ。中国の買い占めのせいらしいぞ。工賃だって上がってる、と言いたいところんだば、何年も据え置きだっちゃ。いや、むしろ下がってる。これも中国の廉価《れんか》な労働力のせい〉

「もう少し待ってくれますか。値段が違いすぎるんで」

〈早くしてけろって言ったの、おなご先生だよ。それだけ、納期が遅れるだけだっちゃ。こいづの値段は儲けを度外視したもんだ〉

「じゃ、松にしてください」

話を聞いていると確実に長くなるので、近々工場に行くと言って受話器を置いた。

「なんですか、その松ってのは」

友美が私を見ている。最近では友美が研究室の会計係だ。財布の紐は、きっちり握っている。

「車体の材料。フレームはチタン、ボディーは炭素繊維に決めたから。あの鉄工所、そんな材料も扱えるんだ」

炭素繊維の加工は、かなりの技術と装置が必要なはずだ。

友美はファックスを見ている。

「フレームだけで車体予算オーバーですよ。ボディーなんてベニヤ板じゃダメですか。モーターや蓄電池もあるんですよ。それにソーラーパネルだって、パネルは無料でも運送費や貼り付けにもお金がかかるって言ってたのは先生じゃないですか」

半泣きの声を出している。

そのとき実験室に橋本と福原が入ってきた。最近、この二人はいつも一緒にいる。

二人は友美が見ているファックス用紙を覗き込んだ。

「炭素繊維ってなんや」

「鉄よりも強くて、アルミよりも軽い新素材」

橋本がそうでしょという顔で私のほうを見た。

「重さは鉄の約四分の一、強度は十倍よ」

「そない優れモノやったら、なんでいろんな分野で使わんのや」

「使ってるよ。最初は、釣ざおから始まって、テニスのラケット、ゴルフクラブなどスポーツ用品に広がった。今じゃ、航空機や車にも使い始めてる。ボーイング７８７って中型旅客機、あれは全重量の五十パーセントが炭素繊維が関連する複合材料だ。

でも、本当に炭素繊維で車体を作るんですか。すごく高いんじゃないですか」

「かなり高い。それに、加工がすごく難しい」

「俺たちに扱えますか」

「勉強と練習さえすればね。たぶん――」

「そんな時間ないやろ。もうすぐ秋やし。あと二ヶ月で作らんと、年末のレースに間に合わんのとちゃうか」

「だから今回は、加工も組み立ても片山鉄工所にお願いするつもり。片山鉄工所も炭素繊維の加工は他に頼むと思うけどね。多少、費用は高くなりそうだけど仕方ない」

「そんなんじゃ研究費はほとんどなくなりますよ。ブレーキもウインカーも速度計もバックミラーもない車になってしまいます。せめてアルミにしませんか」

「私もそう思います。やはり二百万円の資金じゃムリがあります。初めからそんなすごい車じゃなくて、資金と実力に合った車を作ればいいじゃないですか。北海大学だってそうしたはずです」

　いつのまにか、ドアの前に大塚が立っている。友美が大きく頷いた。

「そうです。そんなに焦らないようにって私に言ったのは先生です。今回は無理して優勝しなくても、私たちの実力に合った車を作りましょ」

　そのとき携帯電話が鳴り始めた。母さんからだ。私はそのまま電源を切った。

「それじゃダメなの。優勝できる車を作らなきゃダメなのよ」

思わず出した大声に、全員が固まったように私を見ている。

私は慌てて実験室を出た。

グラウンドにはまだ朝の空気が漂い、人影は見えない。ぽっかりと開いた穴のようだった。今ごろは、母と加奈子が帰り支度をしているころだ。それとも、もう部屋を出たのか。

「最初から上手くいきっこありません。まったくのゼロから、いやむしろマイナスの状態からここまでやれたんです。かなりいいということにしなきゃ」

気がつくと横に大塚が立っている。先生、と言って大塚は私を見つめた。

「先生の授業を履修《りしゅう》し始めてまだひと月あまりです。この大学で二年半ほど学びましたが、先生ほど深く関わりを持った教師はいません。おそらく、他の学生たちもそうだと思います。それほど多くを学んだということです。そろそろ、腹を割って話してくれませんか。もちろん、教師と生徒という枠は越えません。でも……」

「私も大塚さんには様々な意味で学ばせてもらいました」

「先生はかなり焦ってます。何かあるんですか。どうしてもレースで優勝しなくちゃならない理由とか」

「生活がかかってるのよ」

言ってから思わず口を押さえた。大塚は、なるほどねという顔をしている。

「一年契約なのよ、大学とは。十二月の宮城地区選抜レースで優勝すれば、非常勤が取れて講師になれる。次の大会に優勝すれば准教授。全国大会で優勝すれば教授よ。とにかく、まず非常勤抜きの講師になりたいの。そうすればお給料も上がるし――」

でも、次に進めなければ、その時点でこのプロジェクトはストップ。私はどうしても口にできなかった。

「先生の学歴と経験があれば、ここの大学より条件のいい勤め先はいくらでもあったでしょう」

大塚はため息をついて言った。

私は何も言うことができなかった。世の中それほど甘くない。

「子供がいるのよ。未来工房での話、聞いてたでしょ」

大塚はかすかに頷きながら聞いている。

「五歳の女の子。来年から小学校。現在、仙台に住んでる両親に預かってもらってる。世間の風はシングルマザーに冷たいのよ」

「時々は会ってるんですか」

「昨日マンションに来たわ。でも今ごろ――帰りの電車の中。最初、土曜と日曜日には会いに行くつもりだったけど、色々忙しくてね。ひと月ぶりに娘に会ったの」

「だったら今日ぐらい一緒にいてあげるべきです。五歳というと母親が必要なときだ」

「大丈夫。電話で話してるから」

「それだけじゃダメです。休みの日は資料を作ってたんですね。あれだけの資料です。大学だけじゃとても間に合わない。帰ってからもずっとやってたんでしょう」

「だから、なんとしても優勝したい。みんなを騙《だま》してたことになるわね」

「騙してたわけじゃない。手を抜いたわけでもない。むしろ、そのために頑張ってる。教師が頑張るってことは、学生も頑張るってことです。ついていかなきゃなりませんから」

「そう思ってくれてるのなら、とても有り難いわ」

「事実ですよ」

大塚は気負うことなく言う。

「これ、みんなには黙ってて。気を遣ってもらいたくないの」

「先生がそう言うのなら」

しばらく考えた後、大塚が言った。

翌日の午後、初めて遅れて実験室に来た大塚が、私を事務室に呼んだ。

「申し訳ありません、遅刻して。ちょっと寄るところがありました」

大塚はカバンからファイルを取り出した。

差し出された書類を見て、思わずメガネをかけ直した。「覚書」という文字と、「金五十万円也」という数字が目に飛び込んできたのだ。

「うちとしては収入、企業には広告宣伝費です。企業会計には広告宣伝費という勘定科目があります。そこから出せば、経費として落とすことができます。つまり、儲かってる会社にとって節税になります」

私は声を出すのがやっとだったが、大塚は平然と答えた。

「でも、この額は？」

「驚くほどじゃないが、落胆するほどでもないでしょう。ニコニコ食品。この辺りの海産物を扱ってる、今どきとしては景気のいい会社です。車体のいちばん高額のスペースを買ってくれました。運転席の右側です。レースのときには観客席を向いている」

大塚が車体のイラストを見せた。

各部を線で区切り、数字が書かれている。ボディーの中央部は左右に50、前部は30、後部は20だ。

「単位は万円です。全部取れれば百五十万です。契約は一年。全国大会出場となれば、二割増しです。しかし、三割までは割引可能にしてあります。ただし、他社には絶対に内緒です」

「広告料ってわけね。大学の名前はどこに入れるの。学長たちはこだわる。すでに二百万円払ってると言われそう」

「売れ残った場所にでも入れればいいんじゃないですか。場所まで指定されてないんでしょう」

「大塚さん、すぐにみんなに説明してください」

「先生が発表してください。企業からの無料部品、資金調達。先生の指示に従っただけです。先生が伝えなきゃダメです」

大塚は私を見つめ、断固とした口調で言った。

私と大塚は実験室に戻り、私はデスクの上に大塚に渡されたファイルをおいた。

「五十万円の覚書。スポンサー企業からの宣伝広告費です。大塚さんが頑張ってくれました」

学生たちは一瞬、何が起こったか測りかねているようだった。

「ニコニコ食品か。魚の干物や缶詰を作ってる会社だ。俺の親戚のおばちゃんがパートで働いてる。けっこう美味いもの作ってるぜ」

橋本の言葉に続いて、友美が大塚に向き直った。

「大塚さん、どうやって五十万も引きだしたんですか」

「誠心誠意、懇切丁寧《こんせつていねい》に説明しました。ソーラーカーの意義と将来性をね。あなたの会社は未来と若者を支えることになるって。社長も納得してくれて、賛同が得られたというわけです。と言いたいんですが、銀行の支店長時代に取引があった企業です。社長を知ってて、業績が落ち込んだときに助けたことがあるんです。ちょっと厳しい融資でしたが、評判のいい食品を作ってたし、私が責任を取るつもりで決済しました。問題なく回収できたんですがね。現在は極めて業績がいい。そのせいもあるし、社長がそのときのことを恩義に感じてくれていて、出してくれました。ただし、これは例外です。こんな企業はもうないと思ってください。一万円、二万円を根気よく集めていくんです」

さすがに大塚の言葉には説得力があった。学生たちは真剣な表情で聞いている。

「まず車体のメインの場所を広告スペースとして売る。さらに、車体や部品については開発途上で生じる特許は開発企業と共同所有とする。車体には広告とは別に協賛企業のロゴを入れる。ロゴの場所や大きさは、できあがった段階で協議のうえ決定する。新聞、テレビなどマスコミに出演する場合には協賛企業の一覧をテロップで流すよう交渉し、できる限り企業名を口にする」

私は大塚に渡された用紙を読み上げた。

「特許とマスコミ出演か。そやったら、きっちりした契約書を作成して――」

「心配しないで。特許なんてまず無理だし、テレビや新聞に出るってこともないから」

「そんなん、まだ分からへんやん」

「分かってるのよ。北海大学のソーラーカーだって、知られているのは関係者にだけ。一般にはほとんど知られてない。現実は厳しいのよ」

福原の言葉を優子がピシャリと否定した。

「企業から一円でも出資金を募るの。現物支給でも大歓迎。とにかく、早く実物のソーラーカーを作ってそれをシェイプアップしていきましょ」

五十万円の覚書を前にしゃべるにつれて、私も徐々に実物が見えてくる気がしてきた。海辺を疾走する赤いソーラーカーだ。

やりようによっては、大して金はかからないかもしれない。ソーラーパネルは最高のモノが無料で手に入る。

いちばん問題なのは、やはり車体のカバー、ボディーだ。五平方メートルの炭素繊維の調達と加工だ。そのくらいどうにでもなる。ただし、オリエント電気を辞める前の私ならばだ。いまの自分には、一センチ四方の炭素繊維でさえ、手に入れることは難しい。

「ボディーの炭素繊維、なんとか企業が提供してくれないかしら。学生の研究用よ」

「無理です。それは大企業の発想だ。中小企業は明日の支払いに頭を悩ませてるんです。自分たちが生きるか死ぬかだ」

大塚はにべもなく言った。


その日から大塚の特訓が始まった。

学生たちは五十万円の覚書を見せられてから、大塚を見る目が変わっている。ちょっと変わったおじさんから、やり手の元銀行マン。全面的に信頼している。

その間にも、私は片山鉄工所と材料の打ち合わせや、モーターと蓄電池の選定で飛び回っていた。とにかく、車だけは早く作らなければ。

少しずつ実際の部品や見本の部品が届き始めた。それらが壁際のテーブルに並べられていくのを見るのは、学生たちにとっても私にとっても励みになった。

今では片山社長はかなり入れ込んでいた。同時に、地元の中小企業の底力には驚かざるを得なかった。

そして数日後、大塚の特訓を受けた学生たちは、ソーラーカー開発のスポンサー企業を求めて町に散っていった。

6

実験室には、どこかしぼんだ風船のような雰囲気が漂っていた。完全に空気が抜けたわけではないが、抜けかけている。

売れた車のスペースはゼロ。どこの企業も協力してくれなかったのだ。大塚の情熱的な言葉も特訓も町の企業には通用しなかったわけだ。それとも、学生たちの対応がまずかったのか。

イヤな空気が漂い始めたとき、携帯電話が鳴り始めた。未来工房社長、咲子さんだ。

〈副社長がそっちに向かってるから。もうすぐ着くよ。私も行きたかったんだけど、副社長がダメだって。今度行くときは赤ちゃんを連れてくからね〉

それだけ言うと電話は切れた。

「ソーラーパネルが届くよ。みんな、準備して」

私は学生たちに向かって大声を出した。

トラックはバックでゆっくりと入ってきて、実験室の前に停まった。

運転席から本田副社長が降りてきた。濃いブルーのサングラスをかけ、ジーンズに

Tシャツ、スニーカー姿は、世界で最先端を走っている半導体エンジニアにはとても見えない。

本田は海のほうをしばらく見ていたが実験室に向き直った。

「なかなかいいところじゃないか。海も見えるし、グラウンドもある。夏は水泳、冬はサッカーだな。この辺りはカキもウニも美味いんだ。子育てには最高だ。冬には、社長も連れてきてカキ鍋をやろう」

学生たちが集まってきて、私たちを取り囲んだ。

「降ろすの手伝ってくれ。ただし注意しろよ。金《きん》の塊のようなものだからな。予備を含めて二台分のパネルを持ってきた」

私たちはソーラーパネルが入った数十の箱を慎重に降ろし、実験室に運び込んだ。

「車体はどこだ」

本田は入口に立ち実験室を見回した。私は部屋の中央を指した。

「あそこに置くのよ」

「置くって、まだできてないのか。レースは十二月だろ」

本田は呆れたような声を出して入ってきた。

「今ごろ、あのイラストの車体がデーンとなきゃならないんだ。それにうちのパネルを貼っていく。今日はその指導も兼ねて来たんだぞ」

私に言葉はなかった。予定が大幅に遅れているのは私の責任だ。

本田は壁際に並ぶテーブルの前に行った。そこには、届いた部品が置いてある。いくつかの部品を手に取りながら、しばらく無言で眺めていた。

「ソウケン工学のモーターに花巻電工の蓄電池か。悪くないな」

本田の表情がわずかだが変わっている。たしかに本田は、ソーラーカーを作ったことがあるエンジニアなのだ。

本田の足が止まり、十センチ四方のサンプル板を手に取った。

「ジャパンカーボンの炭素繊維を使うのか。しかしボディーへの成形はどうするんだ。そこらの工場じゃできないぞ」

「今、研究開発中。もうすぐできるわ」

私は片山鉄工所とジャパンカーボンが共同でボディーの製作をやっていることを説明した。

「だったらボディーはかなり軽くできるな。有利な材料の一つだ。しかし、加工込みとなると高かっただろ。学生の実験用の車にしてはえらく金かけてるじゃないか」

「中途半端はやりたくないのよ」

「日本一を狙ってるって、冗談じゃなかったんだ。うちの社長が見込んだだけある」

「だから副社長も協力してね。うちのいちばんの頼りはソーラーパネルなんだから」

「こりゃ、ひょっとすると大金星かな」

本田はテーブルに並んだ部品類の前を歩きながら言った。

「陽子ちゃんたちのチームが最高のソーラーパネルを積んでるってことは確かだ。それに、モーターと蓄電池。なかなかのものをそろえてる。車の形状も空気抵抗が少ないバランスのとれたものだ。目玉は炭素繊維のボディーだ。うまくマッチすれば確実に最先端技術の塊だ。あとは陽子ちゃん次第。これで負ければ、陽子ちゃんのマネジメントが悪いんだ」

周りでは学生たちが真剣な表情で私たちの話を聞いている。

「でも、炭素繊維ボディーの車は他にもあるのよ。今じゃ、そんなに珍しいものじゃない」

「陽子ちゃんにしては、いやに弱気じゃないか」

「現実的になったってだけ」

私は運び込んだソーラーパネルの箱の一つを開けて、テーブルの上に置いた。黒いガラス質の輝きは、なぜか私の心に安らぎを与えた。

「手に取ってみなさい」

私は一枚ずつ学生たちに手渡した。学生たちは両手で慎重に受け取った。今では彼らもソーラーパネルについては、かなりの知識を持っている。

「この世界一のソーラーパネルの開発者がここにいる。分からないことがあればなんでも聞いておきなさい」

学生たちは無言で二百ミリ×四百三十ミリの板を見つめている。

「半導体にはシリコン半導体と化合物半導体の二種類があるが、ここにあるのはソーラーカーレースの国際標準のシリコン半導体を使ったものだ。このソーラーパネルの生み出す電気で、ソーラーカーは時速百キロを超える速度で砂漠を疾走する」

本田が学生たちに向かって話し始めた。

「日本は一九七三年の石油危機以来、ソーラーパネルの普及に取り組んできた。その結果、性能、生産量共に世界一になった。二〇〇五年には世界のソーラーパネルの生産量ベスト五を日本企業四社が占めていたんだ。しかし五年後にはそのすべてが姿を消した」

学生たちは両手でソーラーパネルを持ったまま、無言で聞いている。

「経済産業省が普及のための補助金を打ち切ったこと。さらに太陽電池の原料、シリコンの価格急騰《きゅうとう》時の戦略の失敗によって、ドイツ、アメリカ、中国などの新興メーカーに追い抜かれた」

かつての半導体産業と同じ道をたどったのだ。

「自然エネルギーというとドイツだ。太陽光発電や風車で、国の使用電力量の二十パーセント以上をまかなってる。ドイツで自然エネルギーの割合が多いのは、再生可能エネルギー法による固定価格買取制度のおかげだ。これは電力会社が太陽光を含めた再生可能エネルギーを固定価格で買い取る法律で、買い取り費用は電力料金に上積みされ広く国民から徴収するんだ」

学生たちの目は、熱っぽく語る本田と手元のソーラーパネルの間を行き来している。彼のほうが私より教師に向いているのかもしれない。

「太陽光発電はまだ開発途上の技術だ。残念ながら価格もまだ高い。普及させるには、やはり政府の強力な援助が必要になる。それに国民の理解だ。日本政府はそういうことを少しも分かっちゃいない。しかし、太陽から地球全体に照射される太陽エネルギーは、現在地球で使われているエネルギーの五十倍とも言われている。ゴビ砂漠にソーラーパネルを敷き詰めれば、太陽エネルギーだけで全地球の消費エネルギーをまかなえるという計算もある。さらに、宇宙に巨大なソーラーパネルを打ち上げて、太陽光エネルギーをマイクロ波やレーザー光に変換して地上で受け取り、それを電気に変換する壮大な構想もある。そうなれば昼夜を問わず発電でき、季節も日照時間も関係なくなる」

本田は身ぶり手ぶりを交え、とうとうとしゃべった。学生たちもその迫力に圧《お》されるように聞き入っている。

本田が話し終わったとき、いつもは無口な早川が口を開いた。

「本田先生のソーラーパネルを使ったら優勝できますか」

「このパネルは従来のものより、三パーセントは変換効率が上がってる。だから喜べ。君たちはすでに三パーセントも他のチームより優勝に近い」

「たった三パーセント――」

「ソーラーパネルの変換効率を三パーセント上げようと思ったら、血反吐《ちへど》を吐き、血尿を垂れ流すほどの努力が必要なんだ。俺だからやれたことだ」

これはさほど誇張《こちょう》でもない。現在、世界中の有名な大学、研究所、企業が変換効率を上げようと熾烈《しれつ》な研究競争を行なっている。

本田の小さな会社がそれに生き残っているというのは、並みの努力ではない。現在、未来工房の技術は世界でも五指《ごし》に入っているはずだ。しかし、半年後にはその順位は大きく変わっている業界だ。

それに、と言って本田は学生たちを見回した。

「シリコン半導体の弱点は、温度上昇と共に変換効率が落ちることだ。しかし俺たちのパネルは――」

そう言って一枚のグラフを見せた。私も思わずそのグラフに見入っていた。

五十度を超える温度にもほんのわずかの変化しかない。従来品では十パーセント以上変換効率が下がるはずだ。

学生たちがソーラーパネルを見ている間、本田と私は外に出た。

「聞いたよ、社長から。いま、カナちゃんと分かれて住んでるんだって。一緒に暮らすためには、レースに勝ち抜かなきゃならないんだってな」

「子連れのアラサー女は苦労が多いのよ」

「まだ十分若いよ、陽子ちゃん。俺と社長がついてる」

私は空を見上げた。涙がこぼれそうになったのだ。

海と同じくらい青く広い空の中に、白い雲が浮かんでいる。


本田が世界一というソーラーパネルを運んできて以来、一時落ち込んでいた学生たちも前以上にやる気が出てきたようだ。私も本田の顔を見て、話を聞いているうちに、彼のソーラーパネルを使えば優勝も夢じゃないという気になっていた。

私は未来工房のソーラーパネルを実験室の正面に置いた。朝来たときには、誰もいないのを確かめてから手を合わせた。

ボディーができあがってきたら、このソーラーパネルを貼り付けていけばいいのだ。そのために、早川が未来工房に研修に行くことになった。

その間にもやることは山ほどある。いちばんの問題はやはり――。

「橋本君、片山鉄工所の社長に何を見せたの。パソコンの動画で、たしかバーッと動くやつだって言ってた」

私は片山社長が話していたのを思い出した。ずっと頭の片隅にあって、いつか見せてもらおうと思っていたものだ。

橋本はカバンからパソコンを出して立ち上げた。

赤い流線型の車が疾走している。赤いのは車体で、その屋根は銀色のパネルで覆われている。ソーラーカーだ。

ほんの十秒ほどの動画だが、躍動感があって美しく、何かを期待させる。他の学生たちも見入っていた。

「俺たち、こういうのを作ってるのか。たしかに未来の車や」

車は——かなり谷本のイラストに近い。しかし動くと、百倍もカッコいい。

「昔作ったモノにちょっと手を加えました」

この先どうなるの、と思わせる動画だ。

「予算と時間の関係でこれだけしか作れませんでした。風景や人も入れたかったんだけど」

「この動画製作費はいくらなの」

「3Dモデリングができる動画製作ソフト、一万八千円。ネットで無料のチュートリアル映像を見て勉強して、後は脳ミソと時間でカバーしました」

「デモ用のDVDを作りましょ。橋本君のソーラーカー走行シーンを中心にするの。そのDVDを見るとソーラーカーが分かる。わくわくして、一緒にやりたいと思うような動画」

「ナレーションもいるな」

「向井さん、あなた出演オーケーよね」

優子を見ると目が輝き、身体を乗り出してくる。彼女は最近、化粧が薄くなり、前より若々しく感じる。髪も金髪から茶髪に変わっていた。

「できるだけ清々《すがすが》しく、学生らしくいきましょ。ソーラーカーの歴史と構造を十分、いや五分以内で説明する。それに、車体に各メーカーの名前を入れる権利の説明。その映像をインターネットに流して、できあがったソーラーカーは普段は学内に展示するの」

「私、全力で頑張ります」

「名前はどうするんや。まだ決まってないやろ」

「チェリー1《ワン》でいいじゃない。縁起のよさそうな名前でしょ」

優子は数日前から、妙にこだわって言い続けているのだ。

「アップルの真似だけやないか。サクランボをかじって、どこが縁起がいいんや」

「なにが悪いのよ。世界のアップルにあやかりたいと思って。それにリンゴよりサクランボのほうが絶対に可愛いわよ」

「東北科学大学一号じゃまずいのか。学長が学内報に書いてたぞ。新プロジェクト立ち上げって」

「やめてよ、そんなコワイ名前。牛車《ぎっしゃ》みたいじゃない。先生はどっちがいいですか」

「あなたたちで決めなさい。私は若い人の意見を尊重するの」

学生たちは顔を見合わせている。

「チェリー1にしましょうよ。最高に可愛いから」

「その代わり、運転は俺や。絶対にやらせてくれ」

よしそれでいこうということで、ソーラーカーの名はチェリー1に決まった。今どきの学生の考えはこういうものかもしれない。全てそのときのノリで突っ走る。

「車が走ってるだけじゃ能がないよ。もっと何かがほしい」

「中は見られへんのか。ソーラーパネルを取っ払った状態の車の中や」

「それは必要よね。最初に部品の紹介をやりましょ。その部品が連なって車体ができて、それにソーラーパネルが貼られていく。パーツを組み合わせていく過程なんかも入れる」

「トランスフォーマーみたいなんがええな。あの映画、七回見たで」

「逆がいいわ。走ってる車が止まるとソーラーパネルとボディーが消えて、車のフレームと運転席、モーター、蓄電池の位置関係が分かる」

「ユーチューブにも流そう。アクセスが多ければスポンサーもつきやすい」

「私、こういうの大好き。CMプロデューサーってあるでしょ。それよ。私、本当はそれがやりたかったのかも」

優子の顔は輝き、声は弾《はず》んでいる。かつてなかったほど生き生きしている。

学生たちが勝手に話し始め、私と大塚は黙って聞いているだけだった。

橋本が中心になってプレゼン用のデモ映像製作プロジェクトがスタートした。

パソコンとホームビデオを使って、五分間のデモ用DVDの製作だ。

今、なぜソーラーカーなのか。その未来は。実写とインターネットや雑誌、映画から取り出した画像や映像、そしてオリジナル画像を組み合わせたインパクトのあるものだ。声と出演で案内しているのは優子だ。

同時に友美が中心になって研究室のブログを充実させていった。数日後には学内一のカラフルなブログになった。アクセス数も以前の百倍以上に増えている。

それらを元に大塚が、地方銀行時代の経験と人脈を活用して新しい「資金集めプラン」を作り上げた。チェリー1のイラスト入りのTシャツ、ウインドブレーカーを作り、メーカーや大学近くの商店のロゴを入れる企画を盛り込んだものだ。

「ここは芸能プロダクションか」

たまに実験室にやってくる谷本が半ば驚き、呆れた口調で言った。しかし、まんざらでもない表情と口ぶりだった。差し入れに持ってくるドーナツが倍に増えたのだ。

「多才な学生が多いだけです」

私は言ったが、たしかにその通りだ。学生の価値は目先の成績だけでは測れない。

実験室にはすでに学生全員が集まっていた。私が座ると同時に窓のブラインドが下ろされた。

プロジェクターの光がモルタルの白壁を明るく照らす。

上映は三分。「それ以上長いと飽きられます。もっと見たいと思ったところで終わるのがベストです」大塚の言葉に従って、五分の映像を三分に編集し直したものだ。アップテンポの曲が流れ始める。福原の反対を押し切って、優子の元カレが作った曲だ。

青い空とどこまでも続く一本の道。彼方から一つの赤い点が近づいてくる。その点はしだいに大きく鮮明になり、一台の赤いソーラーカーとなって走りすぎていく。

そして画面は変わり、疾走していったソーラーカー、チェリー1が停止している。

そのボディーが衣服を脱ぐようにばらされていく。

〈ソーラーカーとは呼び名の通り、太陽の車です。太陽の光が電気エネルギーとなって車を走らせるのです。その最高速度は時速百キロを超えます。私たちはその太陽の車を作っています。目指すは世界一。そのためには車の軽量化、ソーラーパネル、モーター、蓄電池、その他の電子機器など最新型の――〉

優子のちょっと気取った声のナレーションが入る。レースクイーン姿で説明すると言い張ったが、今回は地味にと説得したのだ。

「三分でソーラーカーを説明し、その魅力を盛り込んでいます」

橋本の言葉通り、このＤＶＤを見れば誰でもチェリー１の虜《とりこ》になる、と信じようとした。

一緒に行きましょうという大塚の申し出を断り、私は優子を連れて東北信用金庫に行った。

優子はパソコンを立ち上げた。最初、半分腰を浮かしていた理事長もＤＶＤを最後まで見て、説明を聞いてくれた。

「世界一を目指す最先端技術の集合体の車です。その製作に地域発展を後押しする御社が関わってくれるということは、地域住民、企業にとっても心強い限りです」

「なかなか面白いとは思うがね。二十万円の協賛金っていうのは、うちみたいな弱小信用金庫にはムリというもんだ。悪いがよそを当たってくれないか」

「いくらなら出せるんですか」

優子の直接的な言葉に私は一瞬、全身が凍りついた。理事長も驚いた顔で優子を見つめている。

「二十万はムリでも、払える金額ってあるでしょ。たとえば半分とか」

「七万、いや五万ってところだな。うちじゃ、それが精いっぱいだ」

「だったら、六万円プラス他の協賛会社の紹介というところでどうでしょ」

理事長はハンカチを出して、額に当てながら考え込んでいる。

「パンフレットには協賛会社の名前が載ります。私たちだって、個人的に御社の協力を受けてるって宣伝しますよ」

「じゃ、それでやってみるか。うちの宣伝にそのチェリー1の写真を使ってもいいかね。大学の最先端技術開発と自然エネルギー開発に協力してるって」

「いいですよね、先生。大学の宣伝にもなるし」

私は思わず頷いていた。大学の最先端技術開発という表現はかなり問題があるが、このさい許容の範囲だ。私は優子を見直した。なかなか交渉能力がある。

帰りに理事長から紹介された不動産屋を回って、十万円の協賛金をもらって大学に戻った。

翌日、私が実験室に行くと、部屋の前で学生たちが騒いでいる。〈ＳＣ実験室〉と書かれたプラスチックの看板を付けているのだ。

「ソーラーカー実験室。協賛企業からの現物援助です。イエローのプラ板に赤い花文字ってのがいいでしょ。私のデザインです」

優子の言葉に私は頷いていた。

ちょっと派手だがその内に慣れるだろう。ここの学生たちと一緒だ。そう思うと、この奇抜な看板もすでに私の心に馴染《なじ》んだような気分になった。

第三章　チェリー1

1

実験室の前には十台近い乗用車、バン、トラック、そしてバイクと自転車が停めてある。

シャッターがいっぱいに開けられ、実験室の中には学生とチェリー1の各パートを製作してくれた地元の工場の人たちが集まっていた。さらにニコニコ食品や東北信用金庫など、スポンサー企業も招待している。

片山鉄工所の片山社長や、彼が頼んだ炭素繊維強化プラスチックボディーの製作加工会社、ジャパンカーボンの社長もいた。三つの車輪は、大手自転車会社のフレームと車輪を作っている下請け工場が引き受けてくれた。

「ジュラルミン製の車輪に低転《ていころ》がり抵抗ラジアルタイヤをはかせました。接地抵抗は乗用車用タイヤに比べて約四分の一に減っています。外輪に重量を集中させましたから、フライホイールの役割も持たせています。これでエネルギーの無駄がかなり抑えられます」

社長は自信を持って言った。ブレーキ操作をうまくやれば、電力を節約できる可能性がある。

その他に、「これは最後の秘密兵器だ」と言って本田が送ってくれた特殊なインバーターが使われる予定だ。インバーターはソーラーパネルで得られる直流電力をモーターを動かす交流電力に変換する装置だ。この新型インバーターは、新技術マーススイッチを使い太陽光からのバラつきのある電力を補正して、従来型より使いやすく、ムダのない電力が得られる。

「日之出町、最先端技術の集大成」と片山社長が言ったのもあながち見当違いではない。片山社長の声かけで、地域の中小企業が全面協力をしてくれたのだ。通常より軽くて効率のよいブレーキ、アクセルペダル、方向指示器、座席シート、ネジ一本にまで様々な工夫がなされていると社長は胸を張った。

今日はその日之出町企業連合が出来上がったパーツを持ち寄り、組み立てる日だ。

まず片山鉄工所が作ったチェリー1のフレームが実験室の中央に置かれた。軽くて強度が高いチタン製のものだ。

そのフレームに車輪、モーター、インバーター、蓄電池その他の部品が各工場の従業員によって組み込まれていく。

橋本と福原がその様子をビデオカメラで撮っていった。写真担当は優子だ。

そして極めつけは、炭素繊維強化プラスチックボディーのセッティングだ。そのスマートでシャープなボディーはピタリとフレームに収まった。

二時間ほどでチェリー1は組み上がった。いままでパソコンと頭の中だけにしかなかったソーラーカーが、目の前に実物として存在しているのだ。

いつもなら必ず余計なことを口走って私をイラつかせる学生たちも、無言で見つめている。

私は胸の奥からこみ上げてくるモノを必死で抑えた。

「なかなか立派なものんでねえか」

最初に片山社長が声を出した。

大学の研究室としては異例と言うべき、高性能のソーラーカーを作ることができた。

「こいづら、頭は良くないがなかなかやる。何どがと何どがは使いよう、とは昔の人はよく人を見てだっちゃ。後はおなご先生の指導次第というこどが」

片山が本田と同じようなことを言った。

「頼りねえ、いい加減な教師かと思ってたけど、車作りはまんざらでねえな。無理だと思ったときも何度かあった」

「こういうのって、けっこう私に向いてるかも。デモDVDを作ったり出演したりすることよ」

学生たちからも声が上がり始めた。

「まだ肝心のソーラーパネルが貼られてないでしょ。燃料タンクのない車なんてただの箱よ。走行テストもできないんだからね」

その日から、炭素繊維のボディーにソーラーパネルを貼り付ける作業に入った。ボディーに本田が送ってくれた特殊ボンド両面シートを貼り、ソーラーパネルを置いていく。そして周りの隙間をシリコンシーラントで埋めるのだ。その際、防水にはくれぐれも気をつけるよう言われている。電気と水、時により危険で怖い。レースは晴れの日ばかりではないのだ。

根気と集中力のいる作業だった。そのために、早川が未来工房に二日間泊まり込んで作業手順を習ってきた。

ソーラーパネルの貼り付けが終わると、配線作業に入った。電気回路は教えてあるが、学生たちが理解しているかどうかは分からない。とにかく、まだやることは山ほどある。

それでもひと月かけて、なんとかソーラーカーは出来上がった。

完成したチェリー１の、ソーラーパネル以外の赤い車体は、地元企業の名前とロゴで埋まっていた。近くで見ると企業名とロゴだが、遠目には模様のようにも見えなくもない。

　学生たちのユニフォームも、思わず振り返るほど目を引くものだ。もちろん企業名とロゴが中心になっている。

「いつ走らせるんですか。いつでもオーケーですよ」

「まだ先の話よ。やっと車らしきものが出来上がっただけ」

「ソーラーパネルもついてるし、蓄電池もモーターも車体に組み込みました。配線だって言われた通りに何度もチェックしてます」

「ブレーキもウインカーもしっかり作動してます。どこでも走れます」

「すべての機器の単体とシステムでのデータを取ってからって言ったでしょ。ソーラーパネルの充電効率が書類通りか。モーターや蓄電池も単体のときと、セッティングして配線した後では微妙に違うものよ。新型と称するインバーターの性能も調べる必要がある。ここでしっかりデータを取っておくと、何かのときに必ず役立つ。同時にサポート体制も整えなきゃならない」

「サポート体制って何や」

　福原の言葉には私はため息をつかざるを得なかった。

「何度言わせるの。ソーラーカーは車だけが走るんじゃない。ドライバーはもとより、私たち全員が車と一緒に走るんだって。たとえば、運転中のドライバーとの会話は、どうやってやるの。怒鳴ったって聞こえないわよ」

「無線機です。もう買ってるし、テストもしました」

通販で届いたとき、学生たちは珍しがってグラウンドで使っていた。しかしあれはテストではなく遊んでいたのだ。

「無線機はどのくらいの距離まで通話可能か。走行中でも支障ないのか。他の信号を拾わないか。ノイズで聞きづらくなることはないか。すべて問題ないんでしょうね」

学生たちは黙ったままだ。私は橋本に合図した。

橋本はパソコンを立ち上げた。ディスプレイ上に数字が現れる。

「車のメーターの数値は、すべてこのパソコンに送られてくる。スピード、モーターの回転数、ソーラーパネルの発電量、温度、蓄電池の電力量、インバーターの様子」

橋本がディスプレイ上の数字を指すと、学生たちが覗き込んでくる。

「車から送られてきたデータをこっちのパソコンで処理して、最適スピード、走り方を指示できるシステムになってる。車にトラブルがあったらパソコンに表示される。車の故障表示と一緒だ」

「ソーラーカーの出力はせいぜい二千ワット。ヘアドライヤー一台、デスクトップパソコン数台を動かせる程度なの。だからその電力は徹底的に合理的に使わなきゃならない。モーターの回転数、蓄電池の電力量、平地か上り坂か下り坂か。気温、湿度、風速、すべてデータとして受け取って、モーターの回転数を決定して最適な走り方を決める」

「ドライバーはハンドルを握るだけですか」

「それもすごく大事なことよ。コースは直線ばかりじゃない。カーブの曲がり方で消費電力は全然違ってくる。ブレーキやアクセル操作だってあるし」

「すべて本部でコントロールするんじゃないんですか」

「できるようになれば最高ね。でも今は、私たちは情報を送るだけ。あとはドライバーの領域。最適の走り方をしてね」

「こんなのいつの間に作ったんですか」

優子がディスプレイに顔を近づけた。

「橋本君がプログラムを組んだの」

「プログラム自体は大したことないんだ。俺はボスに言われたとおりにやっただけ」

橋本は私を立てて笑っているが、ここ一週間はあまり寝てないはずだ。コンピュータオタクと言うだけあって、橋本のプログラムの技術はかなり高かった。しかし、問題を与えれば解決はするが、自ら問題を見つけたり、論理的な思考訓練の経験はゼロに近い。

私は橋本に最適走行のプログラムを作る課題を与えていた。橋本は私のアドバイスを受けながら、参考書と論文を読んで、かなり苦労しながらも作り上げたのだ。

「最終的にはこれにコースも組み込むのよ。コースにはカーブも高低差もあるでしょ。カーブの減速、登りのエネルギー消費。下りは惰性《だせい》で走ることができる。道路の状態も重要なデータになる。どの地点で加速して、どの地点でモーターの負荷《ふか》を小さくして節電するか。さらに、風力、風向きも取り入れると最適な走りが可能になる。レースに勝つためには車本体だけじゃなくて、バックアップ体制も整えなくちゃならない。課題は尽きないの」

学生たちはぽかんとした顔で聞いている。橋本も頷いてはいるが、どれだけ理解しているかは分からない。

「ほんだら、いつ動かすんや。レースまで、後ひと月ちょっとしかあれへんで」

「慌てて走らせて壊したりしちゃ、すべてをなくすのよ。だから一つひとつ段階を踏んでいかなきゃならない」

私の大して長くもない人生から得た教訓だ。大切なのは最後の詰めだ。

「走行テストは隣のグラウンドでやるんでしょ。少し狭いんじゃないですか」

「絶対にダメ。事故でも起こしたらどうするの」

私の強い口調に、学生たちは意外そうな顔をしている。

「ＤＶＤの映像と同じでええやん。海岸沿いの道路を一直線や」

「バカ言わないで。公道を走れるわけないでしょ。道はでこぼこだし、必ず事故を起こすか車を壊す。第一、車検を受けてないのよ」

「じゃ、どこでやるんですか」

「県内のレース場を考えてる。ネットで調べると、ゴーカートのコースや小さなレース場がけっこうある」

まだ具体的に問い合わせたわけではない。車の製作に追われて、何もできていないのだ。

2

大学前のダラダラ坂を登り、建物の角を曲がると、どこからか歓声が聞こえてくる。私は立ち止まり、耳をすませた。グラウンドのほうからだ。今日は野球かサッカーの試合があるのか。

実験室に近づくと、グラウンド前に学生たちが集まっている。イヤな予感が脳裏をかすめた。

私は携帯電話を耳に当て、グラウンドに向かって走っていく学生をつかまえた。

「何かあったの」

「ソーラーカーが走ってるらしいです」

私はグラウンドに向かって全力疾走した。

集まっている野球部やサッカー部の学生と一般の学生たちをかき分けて前に出ると、たしかに赤いソーラーカーが走っている。私たちの車、チェリー1だ。

「けっこう速いな。今日は曇ってるっていうのに」

「カッコいいじゃない。あいつらにこんなの作れるとは思わなかった。俺もあの研究室に入ればよかったかな」

「カッコいいのは形だけ。すぐに止まるぜ。あらかじめ充電してる蓄電池の電気で動いてるんだろ。トロトロ走ってるだけじゃないか」

野次馬たちの言葉に反して、グラウンドの外周を走るチェリー1は、徐々に速度を上げていく。時速二十キロは出ている。

「誰が運転してるの」

「でかい奴です。関西弁をしゃべる」

「福原君だ。なんで彼が乗ってるのよ」

チェリー1のスピードがさらに上がった。時速三十キロというところか。コーナーではフェンスギリギリに後部を振っている。

「危ない！」

思わず声が出た。車体をフェンスでかすったかと思ったのだ。もともと小回りの利くようには設計されていない。それにタイヤと車軸の強度もギリギリだ。狭いコーナーをムリに曲がろうとすると、設計値以上の負荷《ふか》がかかり壊れる恐れが大きい。グラウンドの状態も最悪だ。地面のでこぼこで車が跳ね上がるような気がして、冷や汗が流れた。

意に反して、チェリー1はさらにスピードを上げていく。

私の前を通りすぎるとき、運転席の福原の顔に笑みが浮かんでいるのが見えた。

「止まりなさい。すぐに止まるのよ」

気がつくと、私は両手をふりながらグラウンドに飛び出していた。

「止まれ！　言うことを聞かないと引きずり出すよ」

私は拳を振り上げて叫んだ。

急に車のスピードが落ち、五十メートルほど行きすぎたところで止まった。

学生たちがチェリー1に走り寄っていく。福原が取り囲んだ学生たちに向かって、得意そうに手を振っている。私は学生たちをかき分けて、チェリー1に近づいた。

「このグラウンドじゃ狭すぎるって言ったはず。あなたは二度と車に触っちゃダメ」

車から顔だけ出して私を見ている福原に怒鳴った。

私は研究室の学生たちにチェリー1を実験室に戻すように指示した。

「みんなで押していくの。そっとよ。福原君も手伝いなさい。あなたが一番力があるんだから」

「俺、触ったらダメやないんですか」

「押すのはいいの。さっさとやるのよ」

実験室に運び込んだチェリー1を調べるように言い残して、福原を隣りの事務室に呼んだ。

これ以上怒るな。チェリー1は立派に動き、事故もなく停止した。何も問題はないはずだ。私は自分自身に言い聞かせていた。

「私の言葉を覚えてないの。グラウンドでの走行はダメだって言ったこと」

「俺、みんなの名誉を守ったんや。野球部とサッカー部の奴らが、見かけだけで絶対に動かないって言うもんやから。うちのチェリー1、しっかり走りよったでしょ」

「バカ言うんじゃないの。ケガ人が出たらどうするのよ。チェリー1は車なのよ。人に当たればケガをさせる。運が悪けりゃ、死亡事故ってこともある。グラウンドと人の間には柵も何もないのよ。そんなところを走るなんて」

「俺、運転うまいって言うたやないですか」

「そういう問題じゃないの。ケガ人が出たら、レースどころじゃないでしょ。私たちの研究室はすぐに解散よ。分かってるの」

無意識のうちに大声を出していた。気がつくと、背後に学生たちが立っている。

「それに福原君。あなた、免許持ってないって言ってたよね。無免許運転になるのよ」

「大丈夫。グラウンドは公道やないですから。ガキのゴーカートと一緒ですわ。アレも警察公認の無免許運転です。それに俺、少々のことでケガなんてせえへんし」

「あんたより、車が壊れたらどうするのよ」

優子が言った。福原はじろりと優子を睨んだが反論はしなかった。他の学生たちは笑いをこらえている。

学生たちが実験室に戻った後、福原が何か言いたそうに突っ立っている。

「あなたも行っていいわよ。何事もなかったこと、神様に感謝しなさい」

「これ、余計なことかもしれませんけど、ブレーキがかなり甘いです。それに――時速三十キロ以上になると、細かい振動が始まりました。車体全体が揺すられているような、気味悪い振動です。速度を上げたら、もっと激しくなると思います」

福原が改まった顔をして小声で言った。私は全身の血が引いていくのを感じた。

走行テストは急がなければならない。おそらく、山ほどの問題が出てくるだろう。それを一つひとつ調整し、潰していかなければならない。それにはまず試走できるレース場を確保しなければならない。最初のレースまであとひと月あまりだ。

しかし試走させるレース場は、なかなか見つからなかった。

いつもは早めに来る早川が、一時間以上も遅れて実験室に駆け込んできた。

「ミヤギ・スポーツランドのモービル・サーキットを使っていいそうです」

早川は息を切らせながら言って、テーブルにパンフレットを置いた。

「次の日曜日は大丈夫だそうです」

「けっこう遠いぞ。どないして運ぶんや。道路は走られへんで。車やのに」

福原の言葉に全員の視線が橋本に集まった。北海大学へ行ったときのバンは彼が借りてきたのだ。

「トレーラーなんて持ってるやつ知らないぞ」

「全長四メートル、幅一・五メートルのソーラーカーを荷台に乗せて、傷つけずに運べる車。借りることができないの。できれば無料で」

「平ボディーのトラックでもよければ聞いてみます。でもそんなトラック、普通免許で運転できるのかな」

「で、チェリー1にはだれが乗るんや。俺は無免許やからあかんで」

福原が私のほうを気にしながら言う。

全員の目が早川に向いた。彼がいちばん小柄で、今までの言葉の端々に運転技術の詳しさがうかがわれたのだ。しかし早川は反射的に下を向いた。

「運転免許は持ってるんだろ。いつも自転車だけど」

「身分証明書代わりに持ってるだけ。ここ三年近く運転してない」

「メカにも強いし、運動神経もよさそうだし。運転席にもピタリと収まる」

「橋本か早川か。二人のうちのどっちかでええんやないか」

「俺は車のメカニック専門だから。運転はあまり好きじゃないし」

意外なことに彼の運転は慎重すぎる。北海大学を見学に行ったとき、ハンドルにしがみつくようにして運転していた。車の怖さを知っていると言うことか。

「たしかにレース向きやないな。お先にどうぞってタイプや」

「じゃ、お前運転しろ。無免許でも、少々でかくても文句は言わない」

全員の視線が福原に集中した。たしかに彼の運転テクニックは橋本より上だ。

「ダメ。今後、免許を取るまでは絶対に運転しちゃダメよ」

私は学生たちを睨みつけた。

「ドライバーは男でなきゃダメってことないんでしょ」

優子が声を上げた。

「狭くてほとんど身動きできんところに何時間も閉じ込められるんやぞ。トイレにも行けへん。もよおしたらどうするんや」

「男だって一緒でしょ。あんたに心配してもらわなくていいよ」

「我慢できへんかったらどうするんや。辛いぞ」

「やめりゃいいんでしょ。こっちから断るわよ。あんな汗臭くってモグラの穴みたいなところに入るの」

優子は顔をしかめて言い放った。

私は目の前のチェリー1を見ながら、福原の言葉が頭から離れなかった。

しかしそれが真実だったとしても、走らせてみなければ対策の取りようがない。

実験室に入ってきた優子に全員の目が釘付けになっている。

「レース場には全員で着ていくのよ」

優子が両手を腰に当てて一回転した。

胸にはチェリー1の写真プリント。朝日をバックに疾走する赤いソーラーカーだ。

「背中のおかしな模様はなんや」

「お金は出せないけど、現物支給ならって言われたのよ」

背中いっぱいに赤と黒の入り交じった文字で「工房ヤマト」の名前と電話番号が入っている。

「知り合いのTシャツ屋。これ着てやれば元気が出るでしょ。空いてるところに他の協賛企業のロゴや社章を入れてもいいって」

「元気なんて出えへん。ダサいだけや。空いてるところなんてあらへんし」

最近の福原は優子のやることにはなんでも文句を付けている。

「じゃ、あんたはいらないわね。みんなの分もあるわよ」

優子は一人ひとりにTシャツを配ってまわり、福原の前を素通りした。

「素直にくださいって言えばいいのよ。ほしいんでしょ」

友美が笑いを押し殺してTシャツを福原に見せている。

いらんわと言いながらも、福原は優子が投げたTシャツを飛び上がって受けとめた。

福原はそれをカバンに入れると、チェリー1のほうに行った。昨日から車に触れる許可を出している。しかし福原は前に立って、腕を組んで眺めているだけだ。

事務室に入ると友美が深刻な表情でパソコンを睨みつけ、右手はテンキーの上を走っている。

「どうかしたの」

私が声をかけると、友美は顔を上げて私を見た。

「予想以上の収入がありましたが出費もありました。十二月のレースは日帰りはかなりきつそうです。冬だから車の中で寝るってわけにいかないし。どう頑張っても全員がレース場に行けそうにありません」

「遠征費用が出ないってわけね。でも、必ずみんなで行きましょ」

「じゃ、不足分は全員で頭割りするしかないですね」

「そうはいかない。私がなんとかする」

言ってはみたが、当てがあるわけではない。どうしてもダメなら加奈子の学資保険を解約する。

「絶対に役に立つから。あんたの時は、生まれて半月目から始めたのよ。半分以上がお兄ちゃんの学資に回ったんだけどね」と言って、母親から契約済の書類と第一回目の払い込みの領収書を渡された。次回からは自分で払えということだ。

いま解約しても、数十万にはなるはずだ。余裕ができたときに、また新しく始めればいい。

その夜、学生たちが帰った後、私はチェリー1の前に立った。

黒く輝くソーラーパネルを乗せた最新技術の集合体のソーラーカー、チェリー1。私と学生たちの未来を賭けた車だ。そのとき突然、「時速三十キロ以上になると、細かい振動が始まりました」福原の言葉が脳裏によみがえった。私は頭を小さく振って、その言葉を振り払った。

3

サーキットには数百名の観客が集まっていた。東北科学大学の学生と一般の人たちが半数ずつ、いや、一般客のほうが多い。

私たちが乗ったバンがその間を縫って入っていく。そのあとをチェリー1を積んだトラックがついてきた。観客たちは物珍しそうに、トラックに積まれたソーラーカーと、チェリー1と企業のロゴ入りの白いTシャツに赤いウインドブレーカーを羽織った学生たちを見ている。

「なんだよ、こいつらは」

「私たちを見に来たのよ。ツイッターとフェイスブックで呼びかけたの」

優子が車の窓を開けて外に向かって手を振りながら言った。

「ツイッターの私のフォロワーは三万人以上いるのよ。今日、私とチェリー1がデビューするから、友達誘って見に来てってツイートしておいたの。それが拡散してこうなったんでしょ」

「今週最大のイベント。赤いソーラーカー、チェリー1とYUKOのデビュー。必ず見に来てね。愛を込めて。LOVE　YUKO」

福原がスマホを出して大声で読み上げた。その間にも、バンの窓に顔をつけてきたり、叩いたりする若者がいる。天気もいいし、みんなピクニック気分だ。

「でも、SNSってすごいね」

優子自身の驚きの声が聞こえる。

「チェリー1のデビューか。動かんかったらどうするんや」

「先週、あんたが動かしたでしょ。あれって、中であんたが走ってたの？」

優子が、窓から突き出されたノートにサインしながら言う。


ピットの前には早川とその友人と称する男が二人待っていた。二人ともまだ二十代前半だ。

「テストランにしてはすごい人ですね。朝八時には門の前に行列が出来てましたよ」

レース場の警備員が拡声器を使って見物人を遠ざけてくれた。

私たちは最大限の注意を払いながら、チェリー1をトラックから降ろした。ソーラーパネルが陽の光を受けて黒水晶のように深く透明な輝きを放っている。太陽の光の中では実験室では分からなかった細部も見え、ますます最新鋭のすごい車に見える。

「こんなに人がいると緊張するで。こいつら、俺たちの失敗を見に来たんやないやろな」

学生たちは話しながら、チェックリストに従って最後の点検を行っている。

「ゆっくりスタートするのよ。そして、少しずつスピードを上げるの。急に負荷がかかると全体のバランスが崩れるからね。車体をスピードになじませるの。特にコーナーでは気をつけて。タイヤにかなりの遠心力がかかる。ぎりぎりの設計ってこと忘れないでよ」

何気なく言ったのだがすぐに後悔した。橋本の顔が心なしか強ばっている。今日の運転は橋本がするのだ。

「先生、運転にも詳しいんですね。プロみたいなこと言ってます。自動車レースに興味があったとは思えないのに」

「教師だからよ。教師は知らないことは勉強するの。今じゃその気になれば、たいていのことは学習できる」

この話があってから、ソーラーカーの本は英語のモノも含めて二十冊は読んだ。ソーラーパネルや、周辺技術の本や論文も可能な限り読んでいる。私なりの努力はしているのだ。

「次はゆっくりとアクセルを踏み込んでいく」

「どの程度までスピードを出してもいいんですか」

「出るところまで。と言いたいんだけど。まず最高時速四十キロにしておきましょ。今日はウォーミングアップ。それ以上出して、トラブルが発生したら困るでしょ」

「でもそんな速度じゃ自転車のほうが速い」

「一周三・六キロのレース場よ。観客もかなりいる。こんなところで、最高スピード出せるわけないでしょ。事故でも起きたら大変。スムーズに動くのを確認すれば十分なのよ」

「レースじゃ百キロ以上出す車がいるんでしょ。勝たなきゃダメなんじゃないですか」

「じゃ、五十キロ」

「直線で六十キロ」

「そこが最高速度よ。まずは確実な線からいきましょ」

「六十キロのどこが確実なんや。俺だったら倍は出す」

福原の言葉に早川が何か言いたそうな顔をしているが、何も言わない。

そのとき車のホーンが聞こえた。大型バンが人を蹴散らすように強引に進んでくる。そして、私たちの前に来て止まった。車体には宮城放送の名が書いてある。バンからはテレビカメラを担《かつ》いだ男と、他に数人の男が降りてくる。派手な服装でマイクを持った男性がレポーターだろう。そして、横に立っているのはディレクターか。

彼らは学生たちを押し退《の》けながら私の前に来た。

「あなたが陽子先生ですか」

マイクを持った男が私に聞いた。

「野口陽子です」

「なるほど、美人ですね。で、美人が作ったソーラーカーは？」

私は彼らをピットのチェリー1の前に連れて行った。

チェリー1を見たテレビクルーたちの表情が変わった。カメラマンはカメラを担ぎ直し、チェリー1の全体像から各部まで撮っている。レポーターは学生たちに質問を始めた。遅れて来た宮城日報の記者も慌ててカメラを出し、チェリー1を撮っている。

「これって、本当に東北科学大学のソーラーカーなのか。あの大学って工学系ってあったっけ」

「科学大学ですよ。そりゃ、あるでしょう。しかし、なかなかスマートな車ですよ。かなりの金をつぎ込んでますね」

男たちは勝手に話し合っている。私は彼らとチェリー1の間に立った。壊されでもしたら泣くのは私と学生たちだ。

「ソーラーカーの全国レースの優勝を狙ってるんですね」

「誰から聞いたんですか」

「昨日、局に電話がありました。絶対に取材に来てくれって。しかし、来てよかった。あなたも美しいし、車もかなりいけそうです。絵になるってこういうことですね。実は、どうせ学生が作った玩具《おもちゃ》のようなものかと思っていたんです。ほら、ベニヤか発泡スチロールで作ったのがあるでしょ」

「日本の最新技術の塊です」

「本当にそう見えますね。学生が作った車とは思えません。しかも、ここの学生が」

レポーターは心底驚いている様子だ。

「時速百二十キロは楽に出ます」

「どこで出したんですか」

レポーターが身を乗り出してきた。バンから降りたときに浮かべていた、薄ら笑いは消えている。世界記録は時速百五十キロを超えている。このレポーターは知っているのか。

「計算上の数値です。ソーラーパネルとモーターの性能が分かってますから」

レポーターの顔に再び薄ら笑いが浮かんだ。いやな性格だ。

「今日は初テスト走行って聞いてます。実際に走らせるのは初めてなんですね」

「実験室で何度もテストはやっています」

「走行テストの時間です。関係者以外は外に出てください」

大塚が来て言った。大塚は私のほうを見て、目で早く行けと言っている。私は橋本を呼んで控室に行った。

「三十キロを超えるあたり、気をつけて。福原君が運転したとき、車体の振動が始まったって言ってた。スピードを上げると激しくなるかもしれないって」

「運転のせいじゃないですか。あいつの運転は荒いから」

「だといいんだけど。とにかく、車体の状態を小まめに報告して」

分かりましたと、橋本はチェリー1に戻っていった。

歓声が上がった。学生たちに押されてチェリー1がコースに現れた。

チェリー1は静かに動き始めた。そして、徐々にスピードを上げていく。テレビカメラはコースの前に出て、チェリー1を追い続けている。

私はデータが送られてくるパソコンの前に座った。このディスプレイに、ソーラーパネル、モーター、蓄電池、インバーターなどの情報がすべてモニターされるのだ。

〈時速二十キロです。十分間、このまま速度を維持して走行します〉

橋本の声が聞こえる。予定通りだ。

「モーター、蓄電池、ソーラーパネルに異常はないわ。そっちは?」

〈すべて正常です。振動もありません〉

チェリー1は滑るように走っている。エンジンではなくモーターで走っているので、音はほとんどしない。観客の視線はその流れるような姿を追っていく。

〈現在、時速三十キロ。なめらかな走行です〉

無線機から聞こえてくる橋本の声も冷静で鮮明だ。

「じゃ、五キロ、スピードを上げて」

チェリー1のスピードが目に見えて上がった。観客席からどよめきのような声が聞こえる。

三十五キロ、四十キロ。チェリー1は私たちの前を走り抜けていく。

「もっと、もっと。マスコミにレベルの高さを見せつけるのよ」

ふと気がつくと私はマイクに向かって、小声で呼びかけていた。

「現在、四十五キロです。初めての走行としてはなかなかなもんでしょ」

私は横に来たレポーターに語りかけた。

「ガソリンはいっさい使ってないんですね。太陽の光だけで走っている」

「厳密に言えば太陽の光と蓄電池に蓄えられた電気です。しかし、蓄電池にためられた電気も太陽光から発電したものです」

その間にもチェリー1のスピードは上がっていく。

「あと五キロ上げて」

〈現在、時速五十キロ。でも――試験走行です。四十五キロで十分だと思います〉

橋本の声と共に急速にスピードが落ちていく。

「どうかしたの」

〈今日の目的は達したと思って〉

橋本の冷静な声が聞こえてくる。

「じゃ、ピットに戻って。さあ、関係者以外は出ていって」

橋本の声に異常を感じた私は言った。

「テスト走行での最高スピードは時速五十キロ。もっと出る可能性ありでいいですね」

宮城日報の記者が言った。私は記者に微笑みかけた。でもその笑みは、引きつっていたかもしれない。

チェリー1が音もなくピットに入ってくる。

「何が起こったの」

私は運転席から這《は》い出てきた橋本に近づき、小声で聞いた。

「三十キロを超えたとき、かすかですが振動を感じました。福原の言ったとおりです。速度を上げると振動は徐々に大きくなりました。五十キロじゃかなり大きかった。とりあえず報告したほうがいいと思って戻ってきました」

「音は？」

「必死だったのでよく分かりません。観客の声も大きかったし。していたかもしれません。何かが車体を叩くような」

私は考え込んだ。必死で理由を見つけようとしたが、何も思いつかない。

「どうします。今日はこれで中止しますか」

大塚と友美が真剣な表情で私たちの話を聞いている。

私は迷った。心に引っかかっていたことが現実となったのだ。

「もう一度走らせましょ。三十キロ前後のデータをしっかり取って。このことは誰にも言わないで。私たちだけで処理しましょ」

他の学生たちには実験室に戻ってから話せばいい。マスコミに漏れると面倒だと思ったのだ。

「走らせて大丈夫ですか。実験室でもう一度、検査し直したほうがいいんじゃないですか」

「そうしましょう、先生。走ってる時にトラブルが起こって車が破損したり事故が起こったら、取り返しがつきません」

大塚と友美が私に近づいてきて小声で言う。

「だから慎重にやるの。この機会を逃したら、次にテストできるのはいつになるか分からない。スピードは時間をかけてゆっくりと上げていくのよ。少しでもおかしいと感じたら、すぐに止める。分かったわね」

　私が運転する、という言葉を呑み込んだ。私の運転では正常な車でも事故を起こすことになりそうだ。橋本は強《こわ》ばった表情で頷いた。

　私はモニター画面の前に座った。チェリー1は再び走り始めた。すべての装置が目覚め、呼吸を始めた。橋本は私の言葉通り、ゆっくりとスピードを上げていく。

〈各装置、異常なし。スピードは時速二十五キロ〉

　落ち着いた声が聞こえてくる。

「こっちもよ。すべて正常。ゆっくりスピードを上げていって」

　チェリー1のスピードが上がるとともに、観客席からざわめきが聞こえてくる。

「もっとスピードを上げろ。ドライバー、寝てんじゃないだろ」

「自転車に負けてるぞ。車の中でペダルを漕いでるんじゃないだろうな」

　観客からヤジが飛んでいる。中にはスピードガン持参の者もいるのだ。

〈三十二キロ。振動が出始めました。かすかですが、チェリー1の前部から振動が伝わってきます。意識してるとかなり不気味です〉

「こっちのモニターでは、各部装置には異常なし。振動は続いてるの」

〈はい。でも、いまのところそれほど激しくはありません〉

チェリー1のスピードが上がる。

〈スピードを上げると振動も激しくなります〉

「すぐにピットに戻って」

チェリー1のスピードが上がっていく。

「何やってるの。すぐに減速して。ピットに戻るのよ」

〈現在、時速四十キロです。振動は続いています。スピードを上げなければ振動も一定で大きくはなりません〉

「危険よ。すぐにピットに戻って」

私は無線機に口を近づけ、押し殺した声を出した。学生たちが私と橋本の会話に異変を感じて、モニター画面の周りに集まってきた。

チェリー1のスピードがさらに上がる。

〈五十キロです。振動もスピードに比例して大きくなっていきます。装置のモニターに変化はないですか〉

「モーターの回転数は安定してる。電圧、電流にも異常は見られない。すぐにピットに戻ってきなさい」

〈六十キロです。振動はさらに上昇〉

学生たちがモニター画面を覗き込んでくる。そのとき、急にチェリー1のスピードが落ちた。五十キロ、四十キロ、三十キロ……。

二十キロ程度のスピードでコースを一周するとピットに戻ってきた。

「何ぐずぐずしてるのよ。すぐに戻ってくるよう言ったでしょ」

私は橋本の側に行き、押し殺した声で言った。

「三十キロ以上になると車体の前部が共振を始める。スピードと比例して大きくなります。車体に問題があるんじゃないですか。これだと八十キロ以上じゃ持ちません」

橋本は私の言葉を無視して言った。

「何かトラブルでも。予定じゃ一時間走行でしょ。まだ四十分しかたってません」

テレビカメラを担いだ男と一緒にレポーターがやってきた。

「今日はテストランです。必要なデータは取れました。みなさんもただ周回してるのを見てるだけじゃ退屈でしょ。これからチェリー1の技術説明をしますから、聞いてってください」

私はあとを友美と優子に任せて、橋本を連れてピットの奥に入った。

「もう一度詳しく話して」

「ある速度を超えると振動が発生して、スピードに比例して振動が激しくなる」

「車体が共振しているのね。モーターの回転数を上げると振動が始まるのか、受ける風圧がある限度を超えると共振が始まるのか。それをはっきりさせる必要がある」

私はビデオカメラで撮ったチェリー1の走行画像をパソコンに映し出した。拡大しても異常は感じられない。一見スムーズに走っている。ピットから笑い声が聞こえてくる。優子がマスコミと観客にチェリー1の説明を始めたのだ。

その日は、集まった観客にチェリー1を一時間ばかり公開して実験室に帰った。チェリー1を実験室に戻すと、学生たちに集まるように言った。私は今日のトラブルについて説明した。

「たぶん、フレームとボディーの接続部に問題がある。高速走行になると、先端部にはすごい風圧がかかる。空気の中をかき分けながら進むのと同じ。新幹線や航空機があいう流線型になるのは空気抵抗を減らすため。私たちのチェリー1はフレームとボディーの間にはわずかだけど隙間がある。そこに空気が入り込んで振動させているんだと思う」

学生たちは何を言ってるんだ、という顔で私とチェリー1を交互に見ている。フレームにボディーを取り付ける金具が振動でかなり緩んでいた。

「この緩みで振動が起きたんですか。それとも、振動が起きたための緩みですか」

「それを調べるの。でも振動が始まったためにネジが緩んだのも事実よ。あのままスピードを上げてたらどうなっていたか――。おそらくボディーは吹っ飛んでいた。危機一髪」

私の全身に冷たいものが走った。橋本は下を向いて黙っている。

「今度から必ず私の指示には従って。ヘタしたら命にかかわる大問題なのよ」

「この車じゃ、八十キロ以上出すのは無理だということですか」

「走行中に分解してよければ、いくらでもオーケーよ」

「今度のレースは、コンスタントに時速六十キロで走れれば入賞できます。次のレースの出場権は得られます。いまから大きな改良はやめたほうがいい」

「優勝するんやないんか。まだ時間はあるやろ」

「これから新しいボディーを作るなんてムリよ」

私は無言で学生たちの言葉を聞いていた。まだ調整の時間はある。振動の原因をもっと正確に突き止めて、それから考えればいい。

学生たちが帰った後、私は谷本に電話した。事情を話すと彼はすぐにやってきた。

「今日のテスト走行には私もぜひ行きたかったんだが。どうしても時間がなくてね」

「先生が忙しいのはよく知ってます。でも、意見だけは聞いておきたくて」

谷本は年末に開かれる物理学会で半導体分科会の座長を務める。その準備で休みの日も研究室に来て、ほとんど自室に籠《こも》ったままだと聞いていた。

私はパソコンで映像とデータを見せながら、テストランでの振動について話した。彼は珍しく深刻な表情で聞いている。

「データはこれだけしか取れませんでした。車体に歪計《ひずみけい》でもつけて振動を測ればよかったんですが、準備していませんでした」

谷本はモニターに顔を近づけ、データを見ながら考え込んでいる。

「しばらく考えさせてほしい。映像とデータを私のパソコンに送ってくれないか」

そう言うと、そのまま帰っていった。

谷本に走行データを送り、帰り仕度をしているとノックの音がした。私が答える前にドアが開き、男が入ってくる。学長の富岡だった。学長が実験室に来たのは初めてだ。それも日曜日に。

「谷本先生に電話したら、先生が大学にいるというのでやって来ました」

興奮気味の声を出した。私は身構えた。私か学生が、失敗をやらかしたのか。

「夕方のテレビ見ましたよ。夕飯を食べながらテレビを見てたら、ソーラーカーという言葉が聞こえ、女性がインタビューを受けてるじゃないですか。誰かと思ったら、先生。思わず箸を落としてしまいました。周りにはうちの学生たち。そして走っているのは、わが校のソーラーカー。見物人は三百人以上いたんじゃないですか。それからはOBや大学関係者からの電話がジャンジャン。それでこんなに遅くなってしまいました。なぜ、事前に教えてくれなかったんです」

「教務には先週、学外実習の届けを出しました。それに、学生たちが大学のホームページにも載せています。だからテレビや新聞社まで来て——」

「どこの新聞社です」

「宮城日報です」

「じゃ、明日の新聞にも出ますね。次には必ず私に直接知らせてください」

それにと言って、デスクの上のTシャツと赤いウインドブレーカーを手に取った。

「これいいですね。実によく目立ちました。これを着てソーラーカーの説明をしてた女子学生もうちの学生ですよね。なかなか賢そうでした。笑顔もよかった。来年の入学案内の表紙はどうかな。宣伝効果ばつぐんです。これ、大学生協で販売できませんかね」

「協賛企業が提供してくれました。企業との相談が必要です」

「こういうのは、大学あげてのイベントにしなきゃなりません。そのために特別予算を組んだ、ソーラーカー製作とレース優勝の一大プロジェクトです」

「その製作費ですが、かなり不足する可能性が出ています」

「それは――今度の評議会に上げてみます。ＯＢからの寄付を募《つの》る方法も考えてみます」

一瞬、表情を変えたが言った。頑張ってください、大学の運命がかかっています、と言って私の肩を叩いて出ていった。

「イベントか。たしかにその通り。科学をやってるわけじゃない。でも、教育の成果は出ている」

学生たちも本を読むようになり、自分たちで考えるようになっている。そして何より、やる気が出ている。

その夜、私は迷った末、携帯電話のボタンを押した。

〈どちらさまですか〉

受話器が取られると同時に、真面目くさった口調の加奈子の声が聞こえてくる。

「ごめんね、この間はせっかく来てくれたのに。ママはお仕事があって早く大学に行かなきゃならなかったの」

〈カナちゃんは大丈夫。おばあちゃんがいるから。お仕事、忙しいんでしょ〉

「ママもがんばってる。カナちゃんもいい子でいた？」

〈たぶんね。おばあちゃんにも怒鳴られなかったし。怖いのよ。だからカナちゃん、

おばあちゃんと一緒にいる〉

「何かしたの？」

〈しないって……でも、ママに会いたい〉

私は一瞬、言葉に詰まった。

加奈子ちゃん、お風呂に入りましょ。急いでよ。背後で声が聞こえる。

「お風呂に入るところだったの？」

〈そう。だから裸なの〉

「風邪引くじゃない。早く行って。じゃ、切るね」

お婆ちゃん、ママから電話があったという声が聞こえたと思うと、電子音が聞こえ始める。私は長い間、とっくに切れた携帯電話を見つめていた。

4

「スピードを落として」

〈ダメです。どんどん上がっていきます〉

橋本の悲鳴にも似た声が聞こえる。

チェリー1のスピードはすでに時速五十キロを超えている。しかもスピードは目に見えて上がっている。かろうじてコーナーを曲がったチェリー1は、そのまま直線に突っ込んでいく。

〈六十、七十、八十キロです。まだ上がり続けています〉

「ブレーキよ。ブレーキ」

目の前を風のように赤い車体が通りすぎていく。

「百キロは出てる。あのスピードでコーナーは曲がれない」

オレンジ色の火柱が立ち上った。同時に地鳴りのような轟音《ごうおん》が聞こえてくる。周りで悲鳴が上がる。

私は飛び起きた。首筋にじっとりと汗をかいている。布団の上に座ってゆっくりと息を吸った。次第に気分が落ち着いてくる。何度目かの夢だ。

試走からひと月あまりがすぎていた。私の脳裏から、時速三十キロを超えたあたりから始まるという振動が離れない。

もう一度走らせてみなければ、対策の取りようがなかった。原因については学生たち、そして谷本と何度も話し合ったが、まだ決定的なものは見つけられていない。谷本は物理学会の仕事があるにもかかわらず、時間を割いて協力してくれた。

「おそらく、ある一定速度になると、フレームとボディーの間に入り込んだ高速の空気が、車体を共振させるんだ」

谷本は言ったが、いつもの歯切れの良さはない。彼にも決定的な自信はないのだ。

最良の方法は風洞《ふうどう》実験を行うことだ。固定したチェリー1に巨大な送風機で風を当てて、そのときの空気の流れのデータを取るのだ。しかし、頼める施設も知らないし、そのための資金もなかった。もう一度走らせれば何か分かるかもしれないが、レース場に行く費用も乏《とぼ》しかった。

私は額の汗をぬぐって、大学へ行く準備のために立ち上がった。

レースまであと一週間、振動に対する抜本的対策が見つからないまま時間はすぎていった。

「このままだと時速三十キロ以上出せないってことだぜ。かなりヤバイ」

「とりあえず、フレームとボディーをしっかり留めるしかない。少々の振動じゃ吹っ飛ばないように。それに、固定によって車の固有振動数が変わって振動が収まるかもしれない」

「それだけじゃ車は分解しなくても、ドライバーはかなり怖い」

私たちは実験室で相変わらずの会話を繰り返していた。

本番の耐久レースは、三時間で走る距離を競う。午前十一時から午後二時まで、三時間走り続けて十メートルでも、一メートルでも長い距離を走った車が勝ちになる。二年前までは四時間の耐久レースだったが、一人のドライバーでは危険だということで三時間になったのだ。

とはいえ長時間走行なので、車のメンテナンスと共にドライバーの体力、集中力も大事な要素だ。さらに車とドライバーを支える体制が重要になる。ドライバーとサポートチームは常に連絡を取りながらレースを続ける。だが私たちのチームは人数、資金の両方とも十分とは言えなかった。その中で私たちは精一杯の対策を取った。

しかし、次の試走場を探しているうちに時間はすぎていった。そして、試走しないまま十二月がすぎていき、宮城地区選抜レースの日が近づいてきた。

もちろん、考えられる改造は行った。フレームとボディーを接合するボルト、ナットは倍の強度を持ったものを使い、数も一・二倍に増やした。これでかなりの振動に耐えられるはずだ。だがその分重量は増え、根本的な対策ではない。


その日の午後、私は事務室でパソコンを見つめていた。試走のときのデータをチェックしていたのだ。

実験室から、こんにちは、と友美の声がする。

「学長ですよ、陽子先生」

友美の声が聞こえたと思うとドアが開き、学長が入ってきた。

「あの子、メガネからコンタクトに替えたんですな。いや雰囲気がすっかり明るくなった。見違えました」

たしかに友美は可愛くなった。私もコンタクトに替えてみようかと思うほどだ。

「でも、先生はメガネの方がいい。知的です」

学長は友美から私に視線を向けた。

「他の学生たちは？」

「授業です。あの子たち、三年の十二月になってもかなりの単位が不足してるんです。今まで何をしてたんでしょうね」

「素直ないい学生たちです。何より顔つきが明るい。驚きました」

チェリー1の試走がテレビで放映され、新聞に出てから学長はしばしば実験室に現れた。チェリー1を眺め、学生たちと言葉を交わして、帰っていく。

「いよいよ十二月も半ばに入りましたな。こんどの宮城地区選抜レースには、うちのチェリー1も出るんでしょう。大学をあげて応援したいと思っとります」

「そんなに期待されると学生たちが緊張します。期待されたことなどない学生たちですから」

「うちの学生たちは日ごろ緊張感が足りないと言われています。多少の緊張はあったほうがいい」

その点は私も同感だった。しかし学生たちも変わってきている。自分たちで積極的に問題点を見つけ、それを解決するために話し合っている。そして私自身も、教育の楽しさ、意義を感じ始めていた。

「それより研究費のほうを少しでも――」

私は学長の顔を見るたびに繰り返している言葉を言った。

「それで、これはうちの大学ＯＢからのカンパです。多くはないが、使ってほしい」

学長は私の言葉をさえぎると、ポケットから封筒を出してデスクに置いた。封筒には「寸志」と書かれている。

「本当に助かります」

私は封筒を押しいただき、厚さを確かめながら深々と頭を下げた。

「そんなに言われると――。きみが期待してるほどの額じゃない。きみたちも大変だと思ってね」

学長は慌てて一歩下がって、言い訳のように言った。

「恥ずかしい話なんだが、私がこの大学に来てから、こんなに期待が持てたのは初めてなんだ。実のところ、どう大学を立て直そうか悩んでいました。先生と、ここの研究室の学生たちを見ていると、ぼんやりとだが先が見えてきたような気がします。この学生たちは、実に生き生きしている。いや、生き生きしてきたと言ったほうが正確でしょうな。なぜだろうと考えましたが、先生を見ていると分かります」

「いい学生たちです。私の方こそ力づけられています」

これは半分は本音で半分は社交辞令だ。相変わらず無神経で能天気な学生たちには、腹を立てイライラさせられることも多い。

「初めからできないと決めつけるのじゃなくて、ハードルが少々高くても学生たちが本当に興味を持てるテーマを与えることですな。そして、適切な指導を行う」

「そうです。学生たちはその中で、自分の得意な分野を見つけ出していきます。教師は学生たちが考え、動きやすいように環境を整えているだけです」

気がつくと私は、自分でも気恥ずかしくなるような言葉を口にしていた。

「私も学生を教えたくなってきました。もう、こりごりだと思っていたんですがね」

学長はドアのガラス越しにチェリー1に視線を向けて言った。

学長が実験室を出て行ってから、私は封筒を傷つけないようにヤカンの湯気を当てて封をはがしていた。

「先生、何をしてるんですか」

突然の声に振り向くと友美が立っている。

「これ、学長が置いてったのよ。OBからのカンパだって」

友美は私から封筒を取ると封を破った。

「みんなの前で封を切りたかったのよ」

「でも、中身は知りたかったってことですか。お金はお金です」

友美は私の言葉にはお構いなくデスクの上で封筒を振った。一万円札が散らばった。

「十万円です。これで今度のレースの遠征費用は出ます。焼け石に水とは言いませんが、次を考えるとかなり不足ですね」

「来年のことまで心配してると肌が荒れるよ」

嫌味のつもりで言ったのだが、友美は気にもしていない。彼女はここ数ヶ月でかなり図太くなっている。

だが私は内心、ホッとしていた。明日にでも、加奈子の学資保険を解約に行こうと思っていたのだ。これでとりあえず、しばらくは救われる。でも友美の言葉どおり、残っている研究費はゼロに近い。来年三月のレースまでには、何とかしなくては。ただし、次があればの話だ。

学生たちが戻ってきた。私の指示で、全員が同じ授業を取っている。福原が同じ授業なら一人出ればいいと頑張ったが、私は全員出席し、全員が「Ａ」を取るように約束させた。

デスクの上の封筒と、きれいに並べられたお札の前に学生たちが集まってきた。私は校長が言った言葉を繰り返した。

「しげたOBやで。一桁違うんちゃうか。母校の名誉を上げたろうて言うとんのに」

「そういうのは、優勝してから言うものよ。十万円出してもらおうと思ったら、言いたくもないお世辞を並べて、何百回頭を下げなきゃならないと思ってるのよ。有り難い話じゃないの。文句言うのなら、あんたは自前で行きなさいよ」

優子の言葉に福原は黙り込んだ。優子はまだ、企業回りを続けているのだ。

その日の午後、友美が一枚の紙を持って私のところに来た。

「レース場のゲートが開くのは午前八時です。レース開始は午前十一時から午後二時までの三時間。その後、表彰式があって、五時には撤収完了しなければなりません」

スケジュール表には分刻みの行動が書かれている。彼女は最高のマネージャーに育っている。

「レース場に入ってからレース開始まで三時間。この時間でソーラーパネルで蓄電池に充電して、車を整備しなきゃならないのね」

「時間は十分あります。車の整備は前日に済ませていきますから。大きなトラブルがなければの話ですが」

「トラブルなんて何があるのよ。怖いこと言わないで」

「そうですね。起こりっこないですよね。充電系統に問題ないし、モーターだって計算通りに回ってます。サポートシステムも万全。ただ、実際に走らせてないだけです」

友美は皮肉を込めて言う。友美は隣のグラウンドでの試走を主張しているのだ。しかし私は、福原を叱った手前もあり、許可していない。

私は知らん顔を決めこんだ。とはいえ、わずかな改良だが改良後の試走なしでレースに臨むなど、企業時代には考えられないことだ。それでと言って、友美は二枚目の紙を出した。

「宿泊なしでいけそうです」

「仙台近くまで行くんでしょ」

宮城地区選抜レースが行われる宮城スポーツサーキットは、宮城県仙台市郊外の山間部にあるレース場だ。

夏には、コース中央に設置された特設会場で行われる音楽イベントでも有名なレース場だ。気仙沼《けせんぬま》から国道二八四号線と東北自動車道を使って三、四時間で行ける。

コース全長は約三千八百メートル、最大直線コースが七百メートルある。コース幅はおよそ十二メートル。緑に囲まれたコースは高低差が約七十メートルと大きく、メインストレートは上り、バックストレッチは急な下りとなっている。そのため駆動系やブレーキの慎重な制御が必要で、どのレースも終盤に劇的な展開を迎えることが多いと、レース場案内には書いてあった。

実験室の隅で、橋本と早川がなにやら話し込んでいる。最近たびたび見かける光景だった。気にはなっていたが、雑用にかまけて放っておいたのだ。

「また、おかしな相談をしてるんじゃないよね。グラウンドを走ったりして面倒をかけないでよ」

私は急ぎのメールを送った後、二人のところに行って声をかけた。

「早川がコースを調べてきてくれたんです。かなりよく分かります、この地図」

橋本は一枚の手書きの地図と、各部を拡大した数枚のやはり手書きの地図を私に見せた。

「あのコースは高校の先輩が何度か走ったそうです。コーナーが多くてアップダウンの激しいコースだから、走り方でかなり順位が違うって言ってました。先輩はオートバイでしたが」

「同じ車だ。車輪の数が違うだけ」

橋本の言葉に早川はため息をついている。しかし気を取り直したように話し始めた。

「まずコーナーですが、直線からコーナーへの入り方はかなりのテクニックが必要です。コーナーに入る時は、どの車も必ずスピードを落とします。そして、いかに早く元のスピードに戻すかでタイムに差が出ます」

地図にはチェリー1の走るコースと、プラスマイナスの数字が書き込まれている。

「プラス五ってのは何なの」

「スピードを時速五キロアップするということです。直線からコーナーに入るとき、バイクや普通の車なら、まずブレーキを踏み込む。スピードを落としながらコーナーに入り、ギアをセカンドに入れてアクセルを踏み込む。コーナーを半分回ったところでいったん緩めてから、また踏み込む。遠心力を殺して、コーナーでスピードを大きく落とさずスムーズに曲がる。これは、馬力のあるガソリンエンジン車の場合です。ソーラーカーの場合、多少の工夫が必要でしょう」

たしかに、理にかなった走り方だ。早川はこんな走り方を誰に習ったのだ。

「これ、みんなに見せてもいいの。全員の前で説明してくれると有り難いんだけど」

「みんなは、コースの走り方なんて興味ないだろうと思って」

「コース情報はすごく大切よ。レース中何が起こるか分からないから、全員がドライバーと同じ知識を持ってるってことは大事なことよ」

早川をホワイトボードの前に連れていき、学生たちに椅子を持って集まるよう伝えた。早川は一時間ほどかけて、コースの特徴と走り方を説明した。学生たちはメモを取り、時に質問しながら聞いている。

「今度の予選レースでは平均スピード時速五十キロで走れば、五位通過はできます。去年の五位通過の車は時速四十二キロでした」

「楽勝やな。時速百キロは出るんやろ。計算上の話としても」

「一位の平均速度は時速八十六キロ。二位は八十一キロでした。北海大学と星北《せいほく》工業大学です。どちらも、このレースが始まったときからの常連で、チームメンバーも三十名以上います。全国大会にも出場して上位の成績をおさめています」

友美がメモを見ながら話し始めた。

「三位以下がドングリの背比べってわけか」

「去年は東北電子工業がかなりいい線いってます。県西の企業チームで、創立三年のチームです。おそらく、今年はもっと力を付けて出場するんじゃないですか。東北電子工業っていうと、宮城の有力企業で、エンジニアの質も高いですから」

学生たちの口数が多くなった。

「振動問題はどうするのよ。前回の試走も最高速度は五十キロでしょ。それ以上は未知の領域よ」

「対策はできてるんやろ。ボルトの強度を上げて、数も増やしたで」

「あれは応急処置よ」

私は時間とお金がないから、という言葉を呑み込んだ。

「だから、運転技術が大切なんです。車に負荷をかけず、よりスピードを出すテクニックです」

早川の言葉に、学生たちの声は引いていった。早川は一度学生たちに目を向け、再びホワイトボードに向き直り、コースについて話し始めた。

5

宮城地区選抜レースの前日、私は学生たちを早めに帰らせた。明日の朝は四時集合だ。

目の前には完ぺきに整備されたチェリー1がある。サポート体制も何度も繰り返してチェックしている。ただ一つの問題は、ひと月半前にミヤギ・スポーツランドで走らせてから一度も実際に走っていないことだ。

ライトに照らされたソーラーパネルは黒水晶を貼り付けたようで、美しい輝きを放っている。

ドアをノックする音が聞こえる。鍵はかかってないよ、と怒鳴ると谷本が入ってきた。

「今日は早く帰ると聞いたので、レース前にぜひ会っておきたくて。忙しいだろうがお邪魔しました」

谷本の改まった口調に私は驚いた。

「ここは谷本研究室です。先生はいつでも遠慮なく入ってきてください」

「ここまでやったのは先生の力です。正直、私はこの半分もできれば上出来だと思ってました」

谷本に先生と呼ばれたのは初めてだった。返事に迷っていると谷本が続ける。

「学生たちも最初のころに比べたら、格段の進歩です。正直、驚きました」

谷本はチェリー1の車体にそっと手を触れながら言った。

「申し訳ないことをした」

突然、谷本が私に向かって頭を下げた。

「車体振動の原因究明と、車体改良に力を貸せなくて」

「私と学生たちが解決すべきものです。根本的な対策はまだですが、できるだけの手は尽くしました。人事を尽くして天命を待つ。宮本武蔵の心境です」

谷本はかすかに笑った。そしてホワイトボードの前に行くと、マーカーを手に取って描き始めた。ソーラーカーのイラストだ。その周りを取り囲む線は空気の流れだ。

「原因はおそらく、ボディーの形状にある。ある速度で、ボディーに触れる空気の流れが突然不安定になりタービュランスを起こす。高速を出すために最適な形状をと思ったんだが、それが裏目に出てしまった」

「少しの振動なら問題ないように補強しました」

私は言ったが、かなり無理をした言い方だ。

「ボディー周りの空気の流れを考えて、ボディーを作り直せば振動は消えるはずだ」

谷本は簡単に言った。

私は何と答えればいいか分からなかった。レースは明日なのだ。

「とりあえず明日のレースは、この車で臨みます。勝算は十分にあります」

「じゃ私は他の方法も考えてみます」

時間がないかもしれないが、と言って、谷本は自分の部屋に帰っていった。


私は実験室を出て自転車に乗った。十二月の東北の空気が肺に流れ込んでくる。ダラダラ坂を一気に駆け下りて、海岸に沿った道路を走った。

ポケットで携帯電話が鳴っている。自転車を止めて携帯電話を出した。

〈ママ、レースは明日なんでしょ〉

加奈子の声が私の耳に飛び込んでくる。

「せっかく、おばあちゃんちの近くなのに、カナちゃんに会えなくてごめんね」

レース場から実家までは、車で三十分余りだ。母親は連れていくと言ったが、私が断ったのだ。

明日のレースは遊びではない。私の肩書きから非常勤が取れ、次のレースへのチャレンジを続けられるか、このプロジェクトが終わりになるかのレースなのだ。レースに集中したい。いや、集中しなければならない。これは加奈子のためでもあるのだと、自分に言い聞かせている。

〈おばあちゃんがテレビでやるから一緒に見ようって。ママたちのサクランボを応援するからね〉

「いい名前でしょ。チェリーよ」

〈美味しそうだって。チエちゃんが〉

加奈子にできた新しい友達らしい。「お前と違って、加奈子は人づきあいがいい。大人だよ」と母が言っていたのを思い出した。

「今度、連れてきなさい。一緒に乗せてあげるから」

〈頑張ってよ。必ず、一等を取ってね〉

バイバイと言って電話は切れた。

私は空を見上げた。無数の星が輝いている。東京では見られない星空だ。

明日は晴れるだろう。曇りにも強い強力ソーラーパネル。私たちの利点が一つ消える。私はその思いを打ち消した。観客にとって、雨より曇りのほうがいい。曇りより、晴れたほうがいいに決まってる。ソーラーカーレースは晴れた日がよく似合う。

私は再び自転車を漕ぎ始めた。

第四章　ファースト・レース

1

実験室の前にはトラックとバンが停まり、シャッターが開いていた。大塚が自分のバンで学生たちを連れていくことになっている。学生たちはすでに全員が来ていて、私が最後だった。辺りはまだ闇に包まれている。

トラックは橋本の友人が運転した。橋本が大型免許を持っている友達を連れてきたのだ。

数日前、チェリー1を運ぶトラックを誰が運転するか問題になった。当日、三時間の耐久レースに出場する橋本に、大学からレース場まで三時間余りを運転させるわけにはいかないと友美が言い出したのだ。たしかにその通りだ。だが、橋本以外に大型車の免許を持っている者はいない。ドライバーを雇うしかないとなったとき、「俺が連れてくる」と橋本が言ったのだ。

私たちはバンとトラックに分かれて乗り、トラックの前をバンが走った。

私は努めて陽気に振る舞ったが、心の奥には振動が貼りついている。後は天命を待つだけ、私は呟《つぶや》いてシートに深く腰掛け、目を閉じた。

「なんだか緊張してきますね」

友美の声に目を開けると、車は渋滞の中を走っていた。辺りは明るく、車のデジタル時計は七時半を表示していた。

「あと十分ほどでレース場に着くはずなんですが、混んじゃって。こんな時間なのに」

ノロノロ運転の車列は、レース場の駐車場へと続いている。

「関係者用の出入り口はないの」

「ゲートを入るまでは並んでくれって言われてます」

友美がスケジュール表に目を向けたまま言った。なんだか先を予言するような始まりだった。並び始めて二十分ほどでゲートをくぐった。

広い駐車場には、四分の一以上に車が停まっている。レース場の中からもざわめきが聞こえてくる。私たちは係員の指示に従って、レース場の横を通って、ピットの裏口にバンとトラックを停めた。すでに八時を十分ばかり回っている。

「時間がない。急いで準備して」

私の声を合図に全員でチェリー1をトラックから降ろし、ピットに運んだ。

「この中を走るの？」

ピットからコース側に出た優子が観客席を見上げて声を上げた。観客席の三分の一近くが人で埋まっているが、さらに続々と観客が入ってくる。明るい陽差しが辺りを覆い、観客席が眩《まぱゆ》く輝いていた。

「すごい。もうこんなに入ってる」

ピットに案内してくれた係員が言った。

「これでですか」

優子が不満そうな声を出した。

「いつもの倍はいます。なんでだろ。ソーラーカーレースも人気が出てきたということかな」

十二月にしては暖かい日で、ピクニック気分の家族連れや学生が多いのだろう。いつもは関係者の家族や友人ばかりだと聞いている。

「驚いた。テレビまで取材に来てます。こんなこと今までになかったですよ」

係員の視線の先を見ると、地元のケーブルテレビが実況放送をしている。

「宮城放送が来てるはずなんだけど。この前、必ず来るって約束したのよ」

優子は試走したときのレポーターを探している。

出場チームは十五組。大学が五チーム、高校と高専が四チーム、企業が二チーム、自治体のチームが二チーム、残りの二チームは個人チームだ。ほとんどのチームが常連で、新規のチームは私たち東北科学大学を入れて三チームだ。

「思ってた以上に出場チームが多いね。観客もけっこう増えてる。地方の選抜レースなのに」

「十五チームのうち五チームが、東日本選抜レースの出場資格が得られるわけやな。楽勝やで」

福原が能天気な声を上げているが、私の中の不安はますます大きく膨れ上がっていく。あの振動が頭から離れないのだ。脳ミソまでが震え始めそうだった。

最新情報です、と言って、友美がノートを見ながら説明を始めた。

「ここ数年、上位進出チームはほぼ決まっています。大学では北海大学と星北《せいほく》工業大学です。二年前から東北電子工業ソーラーカーチームが参戦しています。去年は三位でしたが、今年はもっと上をいくって評判です。このチームは企業としてじゃなくて、企業内の有志の集まりです。でも資金の一部は、会社から出てるって話です」

「企業内のクラブ活動のようなもんやな」

「そうは言っても、関わっているのは企業のエンジニアよ。技術力はある」

「その通りです。プロのエンジニア集団で、今年の優勝候補に挙がってます」

「チェリー1かて、ブログの前評判は一位や。みんなカッコだけで決めよるからな」

「他の有力チームは？」

「三陸工業高校です。上位三チームと比べると記録はかなり落ちます。高校生チームですから技術と資金に限度があるんでしょ。五位入賞の最後の一チームは毎年変わってます」

「チョロイわ。ガキが相手や」

「さあ、早くチェリー1を出しましょ。甲羅干《こうらぼ》しよ」

私は不安を吹き飛ばすように大声を出した。福原の声を聞いていると、振動で頭が震え始める。

「甲羅干し」は、ソーラーカーレース独特の光景だ。ピットの前に、出場するソーラーカーがずらりと勢ぞろいする。ソーラーパネルに太陽光を当てて、レース前に蓄電池に充電するのだ。

各チームはもっとも効率よく太陽光を取り込むために、太陽光に対してソーラーパネルの角度を調節する。そのために、ソーラーパネルを車から取り外したり、車自体を傾けたりするのだ。カメの甲羅干し同様、ソーラーカーの日光浴だ。

チェリー1はソーラーパネルをボディーに貼り付けているので、車ごと傾けなければならない。車を太陽の方に傾けた角度で固定するのだ。そして少しでも充電量を増やすために、太陽の動きに合わせてその角度を変えていく。さらに、ソーラーパネルは、温度が上がりすぎると変換効率が落ちるので冷やす必要がある。直接水をかけたり、噴霧器《ふんむき》で霧状の水を吹き付けたり、各チーム様々な方法を取っている。

私たちの未来工房のソーラーパネルは、高温になっても変換効率はさほど変わらない。これは、オーストラリアの砂漠を走る世界大会では、かなりの強みになると本田は言っていた。しかし、ここは東北でしかも今は十二月だ。さほどの強みにはならないだろう。それでもソーラーパネルの温度変化は細かくチェックしている。このデータはいつか役立つはずだ。

チェリー1の周りにはすぐに人垣ができた。スマートさでは、出場チームの中でも群を抜いている。まずは見かけから、優子の言葉通りだ。さらに、優子の前宣伝が効いているのだ。優子のところにはサインを求める若者がひっきりなしにやってくる。その中には一緒に写真を撮るよう頼む者もいる。その大部分が優子のサイン入りのTシャツを買っていった。その売上の三割が研究室に入る契約になっている。

「お前、今度はなんて宣伝したんや」

福原が優子に聞いたが、優子は笑みを浮かべるだけで答えない。

私は手のあいている学生たちを連れて、他のソーラーカーを見て歩いた。ソーラーカーはその形を見て、大体の性能を推測することができる。

「かわいい車ね。なんでできてるの」

三陸工業高校のピットの前には、テントウムシの形をした車が甲羅干しをしていた。半球形に近いボディーに隙間なくソーラーパネルが貼ってある。その中ほどに運転用の窓があった。この形だと、たしかに太陽がどの位置にあっても光が当たる。しかし空気抵抗と安定性には大いに問題がある。

「ベニヤです。小さく切ってつなぎ合わせてます。この形にするにはかなり苦労しました。それから紙やすりで磨いてペンキを塗りました」

「俺たちの車はチタンのフレームに新型のソーラーパネルや。ボディーはなんと炭素繊維やで。この車の三倍近くあるけど、小指一本で持ち上げることができるんや」

福原が運転席を覗き込んで言う。

「三陸工業高校か。俺の友達が落ちたところだ。高校生にしちゃ、よくできてるな。でも重心が高すぎる。バランスを取るのが難しいだろうな。スピードは出ませんよ」

早川が小声で言った。

「BKA15ってなんや。車の名前やろうけど」

「AKBの逆です。それに、うちのクラブは十五人だから」

高校生たちは明るく答えた。

三十分ほど他のチームのソーラーカーを見学して、私たちはピットに戻った。

「おかしな車ばっかりや。うちのチェリー1が最高やろ」

「大きな声を出しちゃダメよ。うちは初参加なんだから」

しかし福原の言葉通り、参加することに意義があるような車が半数以上だ。アルミやベニヤ製のボディーの車が大半で、中には発泡スチロール製のものもある。

「ライバルになりそうなのはやはり三台程度です。北海大学と星北工業大学です。あと、東北電子工業ソーラーカーチームですね。まあ楽勝と考えていいでしょ」

友美がノートを見ながら言った。彼女にしては最高に楽観的な言葉だ。去年、出場して上位に入った車についてのデータは、すべて研究済みの余裕からだろう。

「ただ、一台気になる車がありました」

友美はそう言って、デジカメを取り出した。学生たちが寄って来て覗き込んだ。

「宮城高専のミヤギの星1号です」

「たしかに速そうな車やな。そやけど、ミヤギの星1号なんて初耳や。米の名前みたいやで」

「うちと同じ初出場です。だからデータはありません。不気味な車です」

友美の言葉はもっともだ。ソーラーカーレースは伝統も大事だが、資金力はもっと大事だ。突然現れた車が上位に食い込むこともおかしくはない。私たちも、チェリー

1でそれを狙っているのだ。

さて、と言って友美は改まった表情をした。

「新しいデータが発表されています。今年、エントリーした車のものです。平均時速六十キロ以上が六台出場しています。北海大学の北海5は最高速度百五キロを出しています」

学生たちは友美に注目した。

「チェリー1かて、そのくらい出るんやろ」

「振動で分解しなきゃね」

優子の言葉は私の胸を直撃した。車より先に、私の方がバラバラになりそうだ。

「上位三チームは平均時速七十から八十キロ。あと三台がかなりレベルアップしたと言ってます」

友美はあとの三チームを読み上げた。二台はピットに入るときに見かけた車だ。たしかに形状からして他の車とは違っていた。整備をしている人数も二十人前後はいた。いずれにしても、五位以内に入ればいいのだ。私は自分に言い聞かせた。

「整備はできてるの。最高の準備をするのよ」

私は学生たちに言って立ち上がった。

チェリー1の周りには、あいかわらず人垣ができている。テレビと新聞で試走が紹介されたのと、優子のSNSフレンドが詰めかけているのだ。

「やはり、あなた方も参戦ですか」

振り向くと北海大学の秋山准教授が立っている。私は言葉に詰まった。スパイまがいのことをしたのには間違いないからだ。

「なかなかいい車じゃないですか。スピードが出そうだ。どのくらい出るんですか」

「まだ十分なデータを取ってないんです。作るのに精いっぱいで」

「これを作るのは大変だったでしょ。ボディーは炭素繊維だ。うちもそうですがね」

秋山は余裕を持って言った。

「ソーラーパネルはどこ製ですか。大会のパンフレットにもメーカーが書かれていませんが」

これも私は言葉に詰まった。あえて公表しなかったのだ。

「未来工房です」

秋山の顔色が変わった。やはり、未来工房を知っているのだ。

「あそこは市販はしてないはずですが」

「友達がやってるんです。このパネルは無料提供してくれました」

「いよいよだね、おなご先生」

声に振り向くと片山鉄工所の片山社長が立っている。背後には、製作に参加した地元中小企業の人たちが十人以上来ていた。中には作業着姿の工員もいる。

「いやあ、こいづの車に比べれば他のは玩具《おもちゃ》に見えてくるねえ。日本一の技術の塊だっちゃ。おら達も鼻が高《た》け。ブッチギリの優勝だっちゃ」

そうだろうと言って、片山は秋山の背中を叩いた。秋山は答えず、睨むようにチェリー1を見つめている。

「おらたち、こういう晴々しいところには無縁だばらさ。ひっそりと応援してるよ。頑張ってけろよ」

片山たちはチェリー1の車体に順番に手を触れると、観客席に戻っていった。彼らには振動については言っていない。相談すべきか迷っているうちにこの日が来てしまったのだ。

「製作に協力してくれた大学近くの工場の人たちです」

「お互い頑張りましょう」

私の言葉に、秋山は我に返ったように言い残すと行ってしまった。

谷本はついに現れなかった。昨日は、計算の途中です、と言い残して帰っていったのだが。チェリー1は、大きな爆弾を抱えたまま走ることになった。いつ爆発するか、まったく不明だ。

「この走り方、たしかに理屈には合ってるような気がする」

橋本が、早川に渡された用紙を見ながら最後の質問をしている。

「この通りに走れば、二割はスピードアップできる。しかし今回はスピードにこだわっちゃいけないんだな。とにかく五位入賞すること」

「追い抜くのはどこがいいんだ。コーナーは危険なんだろ」

「内側が取れればいいけど、ソーラーカーは接触したら終わりだから。安全なのは直線だろうな。十分な車幅を取って抜き去る。このコースの最長直線コースは七百メートルだ。一気に抜き去る。でも相手もかなりスピードを出してるだろうから、それ以上出さなきゃならない」

「補強してても、時速六十キロが限度だろうな。なんとなくそんな気がする」

「そうなると、難しいかもしれない」

「足枷《あしかせ》はめられて走ってるようなもんだな」

「三時間の長丁場だ。故障なく、バテずに走ったほうが勝ちだ」

二人の言葉は私の胸にグサリと突き刺さった。

二人の目が私に留まった。よほどひどい顔をしていたのだ。

「大丈夫です、先生。そんな顔をしないでください。この大会では五位以内に入ればいいんでしょ。そうすれば、来年三月の東日本レースには出ることができる。それまでにトラブルを解決する。任せてください」

橋本は私を慰めるように言った。しかし、私の不安は増すばかりだ。

「コンスタントに時速五十キロで走れば五位入賞は問題なしです」

私たちはここ数年のレースのビデオはすべて見ている。そのビデオでは、一位と二位は、毎年北海大学と星北工業大学がキープしている。去年は初出場の東北電子工業チームが三位に入った。以下の順位は毎年変わっているのが現状だった。今年もおそらく、同じような展開だろう。

「上位三車の平均速度は時速七十キロ以上といったとこ。最高速度は三チームとも百キロを超えています。この三チームの上に出るなら、それ以上のスピードを出さなきゃなりません」

振動さえなければ、今日の天候なら平均時速九十キロも楽に出せそうだ。しかし私の口から出たのは消極的なものだった。

「慎重に行くのよ。まだ振動対策が完全にはできてないんだから。次のレースに出ることだけを考えて」

「えらい弱気や。先生らしゅうないで。俺が乗れば一位をプレゼントできるんやけど」

「ヘンな挑発はやめて。目標は全国大会の優勝なんだから。そして世界大会」

福原と優子の声が割って入る。たしかにその通りだ。私は自分自身に言い聞かせた。

そのとき、友美の声が響いた。

「あれ、なんなのよ」

友美が観客席のほうを見ている。

「東北科学大学・ソーラーカー・チェリー1、頑張れ！！」

白布に赤字で書かれた巨大な横断幕が掲げられている。その前で学生たちが楽器を持って座っていた。

「うちの大学の吹奏楽部のやつらだ」

さらに前列に並んでいるのは、チアリーダーたちだ。学長、副学長以下、理事たちの顔も見える。スーツ姿は総勢二十人近い。

「学長の横にいるのは市議会議員たちですよ。これじゃ、負けられませんね」

大塚が小声で言った。

「学生たちが緊張するって言っておいたのよ。応援は断ったつもりなのに」

学生たちを見ると、しきりに学長たちのほうを見て、何事か囁《ささや》き合っている。私は学生たちのところに行った。

「あんなの気にする必要ないのよ。あなたたちは、いつものようにやるだけ」

「気にするなってムリ。こんなことって、初めてなんですから」

「せやな。生まれてこの方、期待、注目されたことなんかあれへん。勉強、スポーツ、どっちもダメ。なのにアレや。ドキドキするわ」

優子も福原もかなり興奮している。

「俺は前列右端の子がええな。管理工学科の三年生や。こら、絶対に勝たんならん。ごっつう緊張するわ」

私は福原の視線を追った。チアリーダーたちが応援の準備を始めている。

「学長も来てるのよ。理事や市議会議員をひきつれて」

「なんや見たことある顔が多いと思うた。学長も来てたんや。俺らの力を見せつけたろうや。優勝したら、研究費も増えるかもしれませんで。ボス」

「がんばってよ。いつも通りに走れば入賞は確実なんだから」

私は言ってからため息をついた。今どきの学生は度胸があるのか、いい加減なのか。

「ドライバーは乗車してください。コースに出て所定のスタート位置まで行ってください、エントリー車の紹介があります。それが終わるとスタートです」

係員が告げに来た。橋本がヘルメットを被って車に乗り込んだ。

「準備できました。コースに出します」

友美の声で学生たちはソーラーカーをコース上に押し出していった。私は友美とピットでパソコンのディスプレイを見つめていた。蓄電池はほぼフル充電されている。ソーラーカーレースでは蓄電池に充電された電力の配分が重要な要素となる。

「天気がいいので、初めからハイスピードのレースになりそうですね」

「あまり飛ばさないこと。チェリー1が走るのはこれで三度目、どんな爆弾が潜《ひそ》んでるか分からない」

私は無線機に向かってささやくように言った。

観客席で歓声が上がった。同時にブラスバンドの音楽が響き渡る。レース場に目をやると、スターティンググリッドには、色とりどりのソーラーカーが並んでいる。

スピーカーから各チームの紹介が流れ始めた。

〈第一コースは北海大学の北海5。去年の優勝チームの車です。第二コースは星北工業大学の北斗3号。去年は二位。今年は優勝を誓って一年間改良を続けてきました〉

スタートポジションは去年の実績に合わせて決められる。上位チームは前方、初参加チームは後方になる。三時間の耐久レースなのでスタート位置はさほど勝敗に影響ないのだが、やはり気になった。

〈三陸工業高校は去年四位でした。ＢＫＡ15はテントウムシ型の車です。チーム全員がＡＫＢ48の大ファンだそうです〉

アナウンスの声が流れると、観客席の一角からＡＫＢの歌が流れてくる。

「お祭りやないか。あんなんには絶対に負けへんで」

私も初めて福原に同意した。

〈初出場のチェリー１は東北科学大学のチームです〉

ドラムの音と共にひときわ高い歓声が上がった。他チームが動きを止めて、歓声のほうに目をやっている。ドラムが鳴らされ、チアリーダーたちが声を上げている。テレビカメラが向けられ、カメラのフラッシュが光った。

「これは絶対、負けられへんで」

福原の呟きが私の耳に入った。

2

「スタート六十秒前です」

レース場にアナウンスが響いた。電光掲示板を見ると、六十から数字が減っていく。場内から音が消えた。

十秒前。カウントダウンの声が聞こえ始める。八、七、六……二、一。

フラッグ台で日の丸が振られた。十五台のソーラーカーは一斉にスタートした。全車、急速に速度を上げていく。

チェリー1は最後から二台目のスタートだったが、数分後には先頭から七台目を走っていた。モーターの出力が大きい分、馬力はある。

「速すぎる。少し速度を落としなさい」

私は無線で橋本に呼びかけた。

「これは三時間の耐久レースなのよ。先は長いの」

〈現在時速三十キロです。スムーズです。何の振動もトラブルもないです。このままぶっちぎりの一位といきましょうよ〉

橋本の能天気な声が返ってくる。まるで鼻歌でも歌い出しそうな声だ。少しの緊張も感じられない。実際、さらにスピードを上げたチェリー1はすでに時速四十キロで走っている。新たに取り付けた歪計によるデータからも、振動は計測されていない。

現在、北海大学、東北電子工業、星北工業大学についで四位だ。五位の宮城高専は二百メートルばかり遅れている。しかし、全車まだ様子見の走り方といっていい。

私はパソコンのディスプレイを睨んでいた。たしかに時速三十キロをとっくに超えているが、何のトラブルも見られない。蓄電池の電気もほとんど減っていない。ソーラーパネルで生み出される電力で車は走っているのだ。モーターも車体もすべて正常だ。だが、私の不安はねっとりと身体に絡みついたままだ。

「ここは慎重にいきましょ。いつ振動が始まるか分からないんだから。五位以内に入れば次に進むことができる。私たちの目標はもっと先にあるでしょ」

私の言葉に橋本の返事はない。上位三台の車はますます速度を上げていく。時速五十キロを超えているだろう。しかし、まだ慣らし走行だ。

宮城高専のミヤギの星1号が速度を上げてきた。安定した走りでチェリー1に迫ってくる。追い抜かれるのは時間の問題だった。チェリー1の速度が上がった。四十キロから四十五キロ、五十キロ――。

「上げるなって言ってるでしょ。分からないの」

〈まだ振動は出ません。午後から曇るんでしょ。だったら、走れるときに走っておかなきゃ。他の車を引き離します〉

橋本の言葉と共にチェリー1の速度がさらに上がった。五十五キロに近づいている。いや、もう超えているか。

それでも上位三台との距離は縮まらない。むしろ開いている。彼らも速度を上げているのか。後ろからは、ミヤギの星1号が追って来て、その距離はますます縮まっていく。チェリー1のスピードが心もち落ちた。私の言葉が伝わったのだ。

スタートから三十分をすぎたころ、ミヤギの星1号が並んだ。そして、ミヤギの星

1号がチェリー1の横を滑るように抜いて行く。抜かれる寸前、観客席から悲鳴のような声が上がり、ブラスバンドの音がさらに激しくなる。東北科学大学の応援席だ。ソーラーカーの走行音はほとんどしない。ガソリンエンジンのようにガソリンの急速燃焼、爆発ではなく、モーターの回転を直接車輪に伝えるので驚くほど静かだ。

〈四位を走っていた東北科学大学のチェリー1のスピードが落ちています。ミヤギの星1号が快走し、そのまま抜き去っています。チェリー1にトラブルが起こったのでしょうか。やはり経験の差でしょうか。しかし、驚くべき加速でした。初参加ながら存在感は十分に示しています〉

「なにが経験の差や。ミヤギの星1号かて初参加やろ」

「その調子。まだ先は長いんだから。今、五位だから最後に余裕があれば抜けばいい」

　私は独り言のように呟いた。そのとき観客席と周りから歓声が上がった。コースに目を移すと、チェリー1のスピードが上がり始めた。一気にミヤギの星1号を抜き去っていく。そして、さらにスピードを上げる。

「橋本君、なに考えてるのよ。スピードの出しすぎ」

〈現在、時速六十キロです。振動なし。これ以上は出しませんから〉

「出しすぎよ。今のペースなら五十キロでも十分に五位以内に入れる。絶対にムリしちゃダメ」

〈現在、北海5、エレクトロン1、北斗3号がトップを激しく争っています。やはり上位三台が抜きんでています。一位、二位、三位は、この三台の争いとなりそうです。去年、五位だった三陸工業高校のスピードが上がっています。カタツムリのようなBKA15は確実に順位を上げています。堅実な走り、まさにカタツムリ走法です〉

「現在、チェリー1はソーラーパネルだけの電気で走っています。午後からは曇るそうです。今のうちに蓄電池の電力を使ってでも、走れるだけ走っておいた方がよくありませんか」

「振動が起こってぶっ壊れたらどうするのよ。いくら一位で走ってても、ゴールできなければアウトなのよ。二度目はないの。確実に五位を狙いましょ。コンスタントなスピードでより長く走ったほうが勝ちなのよ」

私は必死に感情を抑えながら友美に言った。友美は何も言わず、計算機を出して叩き始めた。

耐久レースの半分、一時間三十分をすぎる頃には、先頭グループの車は最後尾を走る車を何周か抜き去っていた。場内アナウンスでしか順位は分からなくなった。

二時間がすぎた。観客もさすがに疲れたらしく、声援は最初の半分以下に減っている。その中でひときわ目立つのが、東北科学大学のブラスバンドとチアガールたちだ。昼に三十分の休憩があったが、その他はチェリー1が前を通るたびにドラムの音が響き、歓声が上がっている。

「先生、私のデータによると、チェリー1は現在六位。五位は三陸工業高校のテントウムシです」

友美がノートを見せた。ノートには各チームごとに細かい数字が書かれている。

「現時点での各チームの車がピット前を通りすぎた時間と、走行距離です。一位は北海大学。二位は東北電子です。差は三キロというところ。一周四キロ弱だから一周の差もついていないです。三陸工業高校は四十七周目で約百八十キロを走行。うちのチェリー1は四十五周で約百七十キロ走行というところです」

私の脳に衝撃が走った。

「十キロ負けてるじゃない」

「このままだと七位の車にも抜かれます。全車のスピードが上がってます」

たしかに赤と黒のストライプの車がチェリー1の後ろにピタリとついている。

「このこと、橋本君は知ってるの」

「知らないと思います。彼は先生の指示通り、時速六十キロで走ってますから」

私は無線機を握り直した。

「橋本君。私がカン違いしてた。チェリー1は現在、六位なの。なんとかしてBKA

15を抜いてちょうだい」

私の声が終わらないうちにチェリー1のスピードが上がった。背後のストライプの車を引き離していく。

「何キロ出てるの」

〈現在、七十二キロ〉

橋本の短い言葉が返ってくる。ピットの前を通りすぎるとき、ハンドルにしがみつく橋本の姿を見た。

「振動は？」

〈ありません〉

臨時の改良が効いているのか。

「テントウムシのスピードが上がっとるで。あのテントウムシ、けっこう速いがな」

双眼鏡でコースを見ている福原が言う。

「ひどい話や。ベニヤの車に負けとるんや。炭素樹脂の最新ボディー車やのに。平均時速五十キロ出せば入賞できるて言うたんは誰や」

「今年のレベルが上がってるのよ。仕方がないでしょ」

〈振動が始まりました〉

橋本の声に、ピット中に緊張が走った。

〈スピードを上げてみます〉

チェリー1のスピードが、さらに目に見えて上がっていく。

〈振動が激しくなります〉

「ピットに戻って」

〈残り三十分です〉

「いいから戻るのよ。何とかするの」

私は無線機に向かって怒鳴っていた。学生たちが各自の役割の手を止めて私を見ている。

「何とかって方法はあるんですか」

友美の言葉に私は答えることができない。頭の中が熱で膨れ上がって考えることができない。

「走行を続けて。危ないと思ったら、その場で車を停めるのよ」

友美が私から無線機を取って、冷静な声を出した。

〈振動が激しくなってます。現在、八十キロ。これ以上スピードを上げるとヤバい〉

橋本の泣きそうな声が聞こえる。私は腹を決めて、友美から無線機を受け取った。

レースを棄権《きけん》するしかない。

3

「スピードを上げるんだ。アクセルを踏み込め」

そのとき突然、頭上から声が降ってきた。顔を上げると谷本が立っている。

「九十キロまで上げるんだ」

谷本が無線機に口を寄せて怒鳴った。

「谷本先生。学会は大丈夫なんですか」

「いても立ってもいられなくてね。今、時速何キロだ」

〈八十五キロです。もう限界です〉

「アクセルを踏み込むんだ」

谷本が再び怒鳴るような声を出した。

〈ダメです。車が壊れます。今でもひどい振動なんです〉

無線機から聞こえる橋本の声は震えている。

「黙って九十キロまで上げるんだ」

「ダメ。減速よ。私の言うことを聞くのよ」

「私を信じるんだ。アクセルを踏み込め」

〈俺はどっちを信じればいいんですか〉

「私は教授だぞ。その私が言ってる」

「スピードを上げて。でも、危険だと感じたらすぐに減速するのよ。責任はすべて私が取る」

私は谷本が持っている無線機に向かって怒鳴った。どう責任を取るか考える暇はなかった。

チェリー1は急速にスピードを上げていく。北海5に迫った。そしてスローモーションのように追い抜いていく。しかし、相手は何周かよけいに走っているのだ。

〈振動が激しくなります。これからピットに――〉

「スピードを上げるんだ。トロトロ走るな。男だろ」

橋本の声に、人が変わったように谷本が叫ぶ。チェリー1のスピードが上がり一気に北海5を引き離していく。瞬間スピードとしては百キロを超えているはずだ。危ない、私は思わず目を閉じた。フレームからボディーが吹き飛び、橋本がシートから投げ出される光景が浮かんだのだ。夢が現実になる。

歓声が上がった。目を開けると、チェリー1は何事もないように走り続けている。北斗3号を追い抜き、その間隔は見る間にひらいていく。

〈振動が消えました。スムーズに走っています〉

橋本の声がはっきりと聞こえる。もう震えはない。

「何キロだ」

〈九十二キロです〉

「よし、次の直線コースでそのままスピードを上げてみろ」

直線コースに入ると、チェリー1の速度が上がっていく。

〈百キロを超えました。振動はありません〉

「上げろ」

〈時速百二十キロ。振動がまた始まりました〉

橋本は言いながらも速度を上げていく。谷本も何も言わない。私と谷本のまわりに集まった学生たちも静まりかえって、谷本と橋本のやりとりを聞いている。私の心臓は今にも止まりそうだった。しかし、速度を落として帰って来いとは言えなかった。

〈百三十、百四十。時速百五十キロ。振動が収まりました。静かです〉

「そのままスピードを九十キロまで落とすんだ。時速九十キロで走れば入賞できる。何かあったらすぐに報告しろ。どんな細かいことでもだ」

谷本はホッとした表情で無線機を私に返した。

「フレームとボディーの締め付けを強くしたので、共振帯が上がったんですね」

「現在のチェリー1の振動は、七十キロ、百二十キロの前後で起こるんだ。共振の帯がある。それを超えると共振が収まる。だから共振を起こすスピードの範囲外で運転すればいいんだ」

「ラクダのコブの共振帯を持ってるんですか」

友美の問いに谷本が頷いた。

「昨夜、振動解析のプログラムを作って、チェリー1のデータを計算機にかけておいた。こっちに向かってる途中に計算結果が送られてきた。少し遅かったが」

「危ないっ」

優子が悲鳴のような声を上げた。コーナーを曲がるチェリー1がきしみにも似た音を上げたのだ。コーナーでスピードを落とさず曲がるテクニックは、橋本にはない。

「教えただろ。コーナーの手前で一瞬だけ、ブレーキを踏むんだ。ちょっとだけ減速して、曲がり切る前にアクセルだ」

今度は早川が無線機に向かって怒鳴っている。しかし車はコーナーでも速度を落とす気配はない。むしろ加速している。そして一瞬遅れてブレーキを踏み込む。

「バカ、そこはブレーキじゃない。アクセルだ。ハンドルはもっとゆっくり。大きく曲がれ。アクセルを踏みながらだ」

「まだ六位です。残り二十分で三十キロを走れば、何とか五位には食い込めます」

早川と友美の声が交互に聞こえる。私は拳《こぶし》を握りしめ、ただチェリー1を見ているだけだ。

「ということは時速九十キロやな。楽勝やん。橋本やったらやれるわ」

「何も起こらなければね」

「何が起こる言うんや。縁起悪いこと言うな。快調に走っとるやないか」

優子の言葉に福原が言い返した。チェリー1は確実にスピードを上げている。

橋本からの報告でも振動は感じられないそうだ。しかし、なぜか私の心は落ち着かなかった。

「BKA15のスピードが上がっています。時速八十キロに迫っています。まだ六位のままです」

友美がパソコンのキーボードを叩きながら言った。堅実な走りのBKA15にはいつの間にか貯金ができていたのだ。

「やっぱり、時速百キロ以上出さなあかん。チェリー1はもちそうか、橋本」

〈チェリー1に聞け。俺にだって分からん〉

「百キロ以上で走れ。そやないと、次のレースの出場資格は取れへんで」

「やめなさい。危ないわよ」

私は思わず大声を出したが、チェリー1はスピードを上げていく。

「あのスピードじゃ、コーナーを曲がり切れない」

「手前で一瞬スピードを落として、コーナーいっぱいを使って曲がるんだ。〇・五秒早くアクセルを踏め。お前はいつもワンテンポ遅れてる」

早川が無線機に向かって怒鳴っている。目の前を走りぬけるチェリー1は見違えるような走りを見せている。早川の指示は的確で、橋本のハンドル操作も目に見えて上手くなっている。運動神経はいいのだ。しかし、かなり危険な運転には違いない。

観客の声援が大きくなった。

「もうやめなさい。スピードを落として」

必死で怒鳴ったが、チェリー1のスピードは上がるばかりだ。あの慎重な橋本の走りだとは思えなかった。コーナーすれすれに曲がり、直線では驚くほどの加速で他の車を追い抜いていく。

〈あと何分だ〉

橋本の声は驚くほど落ち着いている。数分前、振動に怯えていた声だとは信じられなかった。

「十分よ」

〈五位との差は？〉

「十七キロ」

チェリー1のスピードがさらに上がっていく。

「百十キロは出てる。もう振動が始まっているはずだ」

「橋本の野郎、やる気やで」

「百二十キロに上がりました。振動はどうなってる」

観客席からの歓声が大きくなった。現在一位を走っている東北電子のエレクトロン1と直線で並んだかと思うと、あっという間に抜き去っていった。

〈東北科学大学のチェリー1、スピードを上げています。ただいまの周回ラップは一分五十一秒。コースレコードです。それもぶっちぎりの。今までの走りとは別の車のようです。チェリー1はさらにスピードを上げています〉

興奮した実況中継の声が観客席に響いている。観客の上げる歓声が波のように伝わっていく。その波の先端を走っていくのはチェリー1だ。

「あのスピードのままコーナーに突っ込むと車軸がもちません。スピードを落とすように言ってください」

友美が私に言った。

「聞こえたでしょ。すぐにコーナーよ。減速して」

チェリー1はわずかに減速したが、あまり変わらない速度でコーナーに突っ込んでいった。私は思わず目を閉じた。歓声がひときわ大きくなった。中には悲鳴のような声が交じっている。

目を開けると――チェリー1はコーナーから直線に入っていた。スピードは変わっていない。

〈早川、やったぜ。上手いコーナリングだろ。車輪の損傷なんてないだろ〉

「ああ、最高のドライブテクニックだ。誰に習った」

〈自力で覚えた。と言いたいが、お前とノートのおかげだ。ありがとよ〉

無線機から橋本の冷静な声が聞こえてくる。

「おしゃべりしてないで運転に集中して」

〈まかせてください。運転って意外と面白いもんですね。レースなんて頭のおかしな奴がすると思ってましたが〉

「絶対に五位入賞するのよ」

優子が腕を振り上げて怒鳴っている。

〈東北科学大学のチェリー1が時速百四十三キロを出しました。このソーラーカーレースでの最高スピードを記録しました。しかし、チェリー1は次の東日本選抜レースのキップを得ることができるでしょうか。微妙なところです。前半のレースが悔やまれます。手元の記録を見ますと、前半の平均スピードは時速五十八キロです。それがレース後半二十分では九十六キロを出しています。前半の借金を後半で巻き返すことができるか〉

レポーターは懸命にしゃべっている。

チェッカーフラッグが振られた。

4

チェリー1がピットに戻ってきた。

「橋本君、あなた大丈夫なの」

「しっかり息してます。頭の中はまだハンドル握ってコース上の気分ですけど」

「最後二十分、走りはすごかったで。最高時速百四十三キロって言うとったぞ。コースレコードや。せやけど、それまでが六十キロ弱やからな」

「急いで車体を調べて。かなりムリな走り方をしてるから、全体に負荷がかかりすぎてる。特に足回りを念入りにね。車軸はきっとボロボロ、代えたほうが安全ね」

「ごめんなさい。先生の指示に従わなくて。俺、どうしても入賞したかったんです」

車から引き出された橋本が、私の前に来て頭を下げた。

「顔を上げて。お礼を言うのは私よ。無事に帰って来たし、最高の走りはできたし。実は私、何を言ったか覚えてない、きっと支離滅裂《しりめつれつ》だったでしょうね」

私は本気でそう思った。後半二十分はほとんど記憶がない。もう、入賞なんてどうでもいい。

「今夜は残念会やろうや。惜しくも優勝を逃したんや」

福原が橋本の肩を叩きながら言った。

「みんな黙って」

友美の声が響いた。

〈一位、東北電子工業ソーラーカーチーム、エレクトロン1。二位、北海大学チーム、北海5。三位、星北工業大学チーム、北斗3号。四位、宮城高専、ミヤギの星1号。そして五位は初出場の東北科学大学のチェリー1です〉

学生たちの歓声が上がった。

〈以上五位までが東日本選抜大会への出場資格が与えられます。以下の順位は次の通りです〉

場内アナウンスが告げている。私は全身から力が抜けていくのを感じていた。頭の中が白く染まっていく。何本もの手が私の肩を叩き、握手を求めてくる。やりましたね、おめでとう、次も頑張りましょう。声は聞こえるが、答えることができない。目の中に、一緒にチェリー1を作り上げた日之出町の中小企業の人たちがにじんでいる。中には泣いている親父さんもいた。私の目と鼻にも身体中の水分が溢れてくる。

気がつくと椅子に座って、学生たちと中小企業の人たちが万歳をするのを見ていた。なんとか入賞できたのだ。とりあえず次のキップを得ることができた。じんわりと実感がわいてきた。

「テレビのレポーターとか新聞記者は来うへんのか」

福原が優子に聞いている。

「一位のインタビューに忙しいのよ。五位の私たちまで手が回らないって」

優子の皮肉を込めた声が聞こえる。

突然、笑い声が引いていった。ピットの前に十人以上の男女が立っている。中央にいるのは学長だ。その横には副学長。他の男女は知らない顔だ。そして彼らの後ろには、ブラスバンドのメンバーとチアリーダーたち。

「先生、学長です。OBと市議会議員さんたちが挨拶をしたいそうです」

友美が私の耳元で囁いた。

「入賞おめでとう。命が縮まる思いでしたが、良かった、次の出場資格が得られて」

学長が私の手を握った。私は無意識のうちに握り返し、頭を下げていた。

「星北工業大学に負けるとは。うちとは長年のライバル校だっちゃ。次はなんとしても勝ってもらわなくてはいけねえ」

一歩前に出た副学長が眉をしかめながら私を見た。

「そんなにプレッシャーのかかることは言わないで。今回はなんとか滑り込んだんだ。次の選抜レースは強豪ぞろいと聞いてます。今日以上に頑張ってください」

学長がなだめるように副学長を押し戻した。

「前半と最後とでは別の車が走っているのかと思いました。あれは作戦ですかな。前半もあの最後の走りができていれば、ぶっちぎりの一位ではないですか」

ＯＢだという市議会議員が言った。

私は答えることができなかった。チェリー1に問題があることは知られたくない。

「ご寄付、有り難うございました。あのお金のおかげで全員で来ることができました」

「悪いが何のことを言ってるか分からんね。研究費の寄付なら、今夜のＯＢ総会にかけてみるよ。優勝であれば問題ないんだがね。まあ次回のキップを手に入れたし、コースレコードを出したんで頑張ってはみるよ」

市議会議員は鷹揚《おうよう》な態度で言った。

「しかしうちの大学が大健闘したことには間違いないな。テレビには東北科学大学の名前も出るんだろう。宮城県で五位の成績なんだから。これは大学始まって以来の快挙かもしれませんな。これで一気に大学の名が上がるといいんだが」

「一気というわけにはいかんだべが。宮城地区予選だべがらね。ローカルだよ。次は東日本予選か。夢は広がりすてばな。さっそく後援会にも報告しなきゃならん。母校の快挙。次の選挙ポスターには使えっす」

副学長と市議会議員の話す声が聞こえる。

「表彰式が始まります。表彰台に上がるのは三位までのチームですが、四位と五位のチームには賞状と予選通過の認定証が渡されます」

運営委員がやって来て告げた。学長以下十数名の集団とブラスバンドのメンバー、チアリーダーたちは表彰式を見るためにピットを出ていった。

表彰式の間中、学生たちは表彰台のチームを見つめていた。こういう場ではいつもふざける福原も、目に焼き付けるように無言で表彰台のチームを睨んでいる。

表彰式が終わりピットに戻って帰り仕度をしていると、マイクを持ったレポーターとテレビカメラを担いだ男がやってきた。学生たちが私たちの周りを取り囲んだ。

「いや、惜しかったですね。最後の走りがすごかっただけに、前半がおしかった。あれは作戦なんですか。終盤二十分でスパートするってのは」

「似たようなものね。初めてのレースなんで様子を見てたんです。このレースの目標は次のレースのキップを得るためですから」

動揺してボロを出しそうだった私に代わって、友美が答える。レースが終わってから、私の様子がおかしいというのだ。たしかに、頭の中で何かが弾けたようで考えがまとまらない。

「では、前回の試走以来走ってないんですか。あのときはあれが最初の試走だったんでしょう」

「正式に走ったのはこれで二度目です」

レポーターは呆れたような顔で友美と私を見ている。

「そうや、まだ地方の選抜レースやからな。楽勝やで。車に余計な負荷をかけたくなかったんや。まだできたての車なんやから」

福原が横から口をはさんでくる。

「しかしコースレコード更新はすごい。今回一位の東北電子チームが、次のレースでは東北科学大学のチェリー1が最大のライバルになる、と言うわけですね」

レポーターは頷きながら言った。

「えっ、彼らはなんて言ったんですか」

私は思わず訊き返した。

「次はどこが最大のライバルになると思いますか、という問いに、東北科学大学のチェリー1だと答えました」

学生たち全員が意外そうな顔でレポーターを見ている。

「それが、二位の北海大学も、三位の星北工業大学も、四位の宮城高専までが最大のライバルにチェリー1を挙げてました。順位は自分たちより下なのに」

私はチェリー1に目を移した。うっすらと砂埃《すなぼこり》をかぶったソーラーパネルと流れるような車体が、次のレースを待っているように見える。

「この取材、テレビに出ますか」

「ちょっと難しいな」

今度はバッチリ取材してくださいよ、という優子に一位になったらねと答えて、レポーターたちは帰っていった。

「谷本先生は？」

ふと気が付いて学生たちに聞いた。

「とっくに帰りましたよ。研究室に戻るって」

「入賞したの知ってるよね」

学生たちは顔を見合わせ黙っている。慌てて携帯電話を出すとメールが入っている。

〈次のレースまでに、対策を考えよう。谷本〉

マカセテクダサイ、私は返信して携帯電話を閉じた。

「先生、お客さんです」

友美の声に振り向くと十人以上の高校生が立っている。ジャージの名前は三陸工業高校だ。

「チェリー1を見せてくれますか」

「ダメや。ソーラーカーってのはデリケートなんや。ヘタに触って壊されでもしたら大変や」

「見てっていいわよ。減るもんじゃなし」

優子が笑いながら招き入れると、高校生たちはチェリー1の周りに集まった。

「お前ら残念やったな。せやけどしょせん、うちのチェリー1には勝てん宿命なんや」

彼らの車はベニヤ板にソーラーパネルを貼り付けたものだが、コンスタントに時速六十キロ以上を出して三時間を走り切った。谷本が来るのが五分遅れていたら、チェリー1は負けていた。

「触ってもいいわよ。素人じゃないんだから。テントウムシ車、すごかった。ソーラーカー製作じゃ、あなたたちはプロよ」

私が高校生たちの背中を押すと、恐る恐るカーボンボディーに触れている。

私は優子と福原にチェリー1の説明を頼んで、ピット裏のバンに行った。大学に戻り、今日中に反省会を開かなければならない。帰り支度をしていると、優子と福原がやってきた。

「彼ら、すごく感激してました。来年はうちの大学を受験したいって。そして私たちと一緒にソーラーカーを作りたいそうです」

「あいつらアホやな。もっとええ大学かて通りそうな奴らばっかりやのに」

「工業高校の機械科ってすごいんですね。色々聞かれたけど、私、半分も答えられなかった」

「俺なんか、逆に教えてもろた」

「プライドってモノがないんだから」

「知らんもんは知らんやろ。俺かて、あいつらが知らんこともぎょうさん知っとんねんで」

福原がムキになって言うが、優子は鼻で笑って相手にしない。

5

夕方、実験室に戻り反省会を開いていると学長から電話があった。

〈今日は副学長が失礼した。私は五位でも立派だと思ったんだがね。もう分かってるとは思うが、彼はかなり偏屈《へんくつ》なところがあるから〉

「気にしてませんよ。それで、用はなんですか」

私は自分でも呆れるほど愛想のない声を出した。やはり疲れているのだ。

〈理事や卒業生から電話があってね。関係者にうちの大学がテレビに出るからと言っておいたんだ。みんな感激してね。うちの大学がこんな名誉なことで紹介されるなんて初めてのことなんだ〉

「でも、副学長やOBの市議会議員さんが言うように、優勝はできませんでした」

〈初出場で五位はすごいよ。きみには悪かったが、私はあまり期待してはいなかったんだ。それが地方局ながらテレビで放送された。これはすごいことだ。宣伝費ならすごい金がいったはずだ〉

「今、反省会の最中です。早く終わらないと。学生たちも疲れています」

〈それは申し訳なかった。手短に話すと、OB会から研究開発費が出ることが決まった。理事たちも乗り気で、別枠の研究費も申請できそうだ。早く知らせたかったので電話したんだ〉

「有り難うございます」

私は受話器を耳に当てたまま思わず頭を下げていた。心底有り難いと思ったのだ。これで次の遠征費を心配しないで済むかもしれない。

〈それに、現在の実験室では手狭ではないですか〉

「はい。車を含めて周辺装置も増えてきたので――」

未来工房から厳重に梱包され木箱に入れられた新しいソーラーパネルが送られてきたのだ。それに振動の原因が分かったので、ボディーを含めて大幅な改造をしなければならない。

〈学外になるのだが、浜の近くに廃業した自動車修理工場があります。そこのオーナ

ーが私の遠い親戚でね。大学に貸してもいいと言ってるんだ。どうだね〉

「そう言われても見てみないと分かりません。学生たちの意見も聞いてみないと」

〈じゃ、明日の朝、秘書に地図と鍵を届けさせる。頑張ってください〉

電話は切れた。

私は学長の言葉を学生たちに伝えた。

「いくら出るんや。また、十万ポッキリやないやろな。ケチ学長が」

「あんたたち、その口、ひねり上げるわよ。口を慎《つつし》みなさい」

思わず怒鳴っていた。

「あのお金は、たぶん学長のポケットマネーよ。今日、OBの市議会議員にお礼を言ったら、ポカンとしてた。最初は断られたのよ。だから学長は自分のお金を出して、今日はOB会の幹部を連れて応援に来たのよ。そして、彼らは出すことに決めた」

私の推測にすぎないが、間違いないだろう。学生たちは神妙な顔で聞いている。

「そやけど、あの副学長は許せん奴やな。俺らに恨みでもあるんかいな」

「この辺りの大地主で大金持ちって聞いてる。でもすごいケチらしい。学長の椅子を狙ってるんだけど、人望の点で副学長止まりらしい」

「今の学長はボーっとしてるけど可愛いところあるしね」

学生たちは勝手なことを話し始めた。

その夜、私が布団に倒れていると加奈子から電話があった。

〈ママ、テレビ見たよ。ママが映ってた。すごいね〉

「よく見つけたね。ちらっとなのに。ママも見てたけど、分からなかった」

夜の県内ニュースにレースが取り上げられたのだ。私は実験室で学生たちとパソコンで見ていたが、インタビューを受けていたのは一位と二位のチームだ。私たちは表彰式の場面にちらりと出ただけだ。それでも、五位東北科学大学、チェリー1と、女性アナウンサーが読み上げ、チェリー1の姿が映ったときには、学生たちの間に歓声が上がった。

〈おじいちゃんがテレビ観てて、教えてくれたの。ママだぞ、早く来いって〉

「ママだけの力じゃないのよ。お兄ちゃんやお姉ちゃんが頑張ったの」

〈次はいちばん大きな優勝カップでしょ。頑張ってね〉

おばあちゃんに代わるという言葉とともに、母親の声が聞こえてくる。

〈陽ちゃん、痩せたみたいだね。三食、ちゃんと食べてるの〉

「もちろん。今はそれしか楽しみはないもの。自分じゃ太ったと思ってたのに」

〈時々帰っておいでよ。お父さんも怒っちゃいないんだよ。お前の相手のことも。もう諦めたみたい。口には出さないけど、加奈子のこと可愛くて仕方ないんだよ〉

私は黙っていた。今日のこと、大学に来てからのこと、いろんなことが一気に脳裏にこみ上げてきて、声を出すと涙が流れそうになったのだ。

〈もう切るよ。加奈子の寝る時間だし。ちょっと待って、代わるから〉

〈ママ、今度ソーラーカー、乗せてね。運転もさせてね〉

早く帰ってきてねという言葉とともに電話は切れた。私はしばらく携帯電話を耳に当てたままでいた。加奈子の声がまだ耳の奥に残っている。

天井を見ていると、今日のシーンが甦《よみがえ》ってくる。振動さえなければ、いやラクダのコブさえ分かっていれば、優勝できたレースだった。チェリー1は二度目の走行ながら、三時間を走りきった。最高のソーラーカーだ。しかし、レースというのはすべての駆け引きを加えて優勝が決まるのだ。車の性能、ドライバーの力量、バックアップ体制の優劣、そして応援してくれる人々の歓声、そのすべてが勝っているチームが優勝するのだ。

車の性能については自信を持っていい。いや、安定性などについてはほとんどデータはない。これから出てくるトラブルもあるだろう。それらすべてを洗い出して手を打っておかなければ、全国優勝などできない。

考え始めると眠れなくなった。私は布団から起き出して、パソコンを立ち上げた。

第五章　海辺の実験室

1

翌日、昼前には全員が実験室に集まっていた。しかし私を含めて、全員がぼんやりしている。昨日の興奮がまだ全身に貼りついているのだ。

デスクの上には、宮城地区選抜レース通過認定書の横に自動車修理工場の地図と鍵が置かれている。昨夜の学長からの電話通り、秘書が届けてきたのだ。

ダラダラ坂を下りるとかすかに磯の香りが流れてくる。さらにその坂に続く道を歩いていくと、突き当たりに港があって、大小様々な漁船が係留されている。改めてここは港町だと思った。

「たしかにええところやな。毎日、釣りができるで。かなり魚臭いけど」

福原が鼻をつまんで、伸び上がるようにして港と海に目を向けている。

工場内はかなり厚く埃《ほこり》を被ってはいるが、整備リフトも問題なく動いた。床の中央には穴があり、その上に車を移動させれば立ったまま車底部の作業ができる。

「元車の修理工場か。たしかに今の実験室よりずっと使い勝手がよさそうだ。かなり広いし」

「掃除すれば綺麗になるね。結構大変そうだけど」

「シャワーもあるで。光熱費、水道代は大学が払《はろ》うてくれるから、ここで暮らせばただやな。寝袋持ち込めば、十分生活できそうや」

福原が隅のドアを開けて覗き込んでいる。事務所の埃だらけのソファーはベッドにも使えそうだ。いざとなれば、私がここを使いたい。私たちは三十分ほど工場と事務所を見て回った。

翌朝、八時前に工場に着くと、学生たちの笑い声と水を放射する音が聞こえる。工場からは水が流れ出ていた。カッパを着て長靴をはいた大塚と橋本が、高圧洗浄機で工場中を洗っていた。天井からは黒い水滴が落ちてくる。

中は見違えるようになっていた。埃も砂も壁や天井、床から剝《は》がして洗い流している。事務所のデスクもソファーも一皮むけたように色が変わっている。

学生たちはてきぱきと働いた。私よりも遥かに手際がいい。事務所は女性たちが中心になって掃除していた。夕方には、水没しそうだった工場も事務所も乾き、埃の膜で覆われていた室内は地肌が見えていた。

「ピカピカだぜ。まだ新しい事務所と工場だったんだ」

「あんだら、ここでなんばしてるね」

鉢巻をした年配の漁師がシャッターの外から覗き込んでいる。

「今度、この修理工場を使わせてもらうことになりました」

私は大学名を言って、漁師に向かって頭を下げた。学生たちも立ち上がって、私にならって頭を下げている。

「あんだら、この前のテレビに出てたろう。なんとかレースっていう、おてんと様の光でば走る車のレースだっちゃ。ダラダラ坂の大学の学生さんだっちゅうて評判になってる」

「惜しかったでしょ。もう少しで優勝できたのよ。それで、ここで優勝する車、ニューチェリー1を作るの」

優子が弾《はず》んだ声を上げた。

翌日には、橋本の高校時代の友達だという男たちがトラックを持ってきて、チェリー1と工作道具を新しい実験室に運び込んだ。さらにその日の午後には、冷蔵庫と洗濯機が運び込まれた。ほとんどタダ同然の値段で譲ってくれたのだ。

「ここが私たちの新しい教室兼実験室。チェリー1をブラッシュアップしていく場所」

私は事務所の横に大学の実験室から外してきた看板をかけた。

新しい実験室は予想外に便利だった。備え付けのリフトを使うと、ボディーは簡単に取り外すことができた。何より、毎朝ダラダラ坂を登らなくてすんだ。

私と学生たちはすぐに近くの住人と親しくなった。昼や夕方には、近所のおばさんたちから食べ物の差し入れもあった。

「学生さんはしっかり食べないかん。今度のレースは優勝して表彰台に立ってくれや」

そう言って、皿いっぱいの刺身や煮魚を持って来てくれたこともある。

色々出されていた車体の改造案は次第に絞られていった。要するに、車体の固有振動数を変えればいいのだ。

「フレームとボディーをしっかりくっつけると、振動開始の速度が上がった。もっと一体化すると、さらに上がる。時速百五十キロで最初の振動が出るようにすれば安心よ。レースじゃ百キロをちょっと超えれば十分」

「ボディーの型を変えればええんや。新幹線みたいに先を尖《とが》らせるのはどや。固有振動数も変わるやろ」

「そんなこと無理よ。時間もかかるし、第一いくらかかると思ってるの」

友美が強い口調で福原に反論した。

「それに、新しいボディーでまた同じ振動が起きたらどうするのよ」

「固有振動数を変えましょ。ボディーの締め付けを強くするために、ボルトの強度を上げて、数を増やせばいいのよ」

学生たちは驚いた顔で優子の方を見ている。

「もっと分かりやすう説明してや。俺、さっぱり分からんわ」

「私、そんなに難しいこと言ってるの」

優子の言葉に福原は肩をすくめた。

「風洞実験をやればすぐに分かるんだけど。そんな設備はないし、貸してくれそうなところもない。自分たちでなんとかしなくちゃならない」

私は言ってから、ため息をついた。

「コンピュータシミュレーションをやってみればいいんじゃないですか」

「その通りよ。でも誰がやるの。私はできない。あなたたち、誰かできるの」

学生たちは黙り込んだままだ。私には、時間も知識もない。

「いずれにしても、次のレースまで二ヶ月と少ししかない。研究費も限られてるので、大幅に設計を変えることはできない。現在の形を基本にして、細かい改良をやっていくほかないのよ」

これが私の出した結論だった。

時間は意外と早くすぎていった。私も学生たちも表面上は以前の生活に戻っていた。しかし、私の心は焦っていた。

そうこうしているうちに冬休みに入った。冬休みに入ってからも私も学生たちも、チェリー1の改良のために実験室に通っていた。

そして、十二月も終りに近づき、クリスマスがすぎると学生たちは実家に帰っていった。私も仙台の実家に戻った。

年末とお正月の三が日を加奈子と両親の四人ですごした。四人でのお正月は初めてだった。私はできるだけ波風を立てず、静かにすごそうと決心していた。父親も表面上は穏やかだった。加奈子の父親の話、将来の話はタブーとしてお互いひと言も口にしない。

私と父親の間に立っている母親が神経を使っているのが痛いほどわかった。

そして三が日の最後の日の夜、私は加奈子を寝かしつけてからそっと実家を出た。三陸日之出町に着いたその足で、実験室に向かった。実験室の見える所まで来ると、事務所に明かりがついている。

ドアの前に立つと笑い声が聞こえてくる。実験室には学生全員が揃っていた。

2

年が明けて半月がすぎていた。次の東日本ソーラーカーレースまで、二ヶ月を切っている。

チェリー1の改造、バックアップ体制の更なる強化、そしてドライバーの運転技術の向上。やることは山ほどあった。わずかではあるが研究費の増額と大学OB会からの寄付もあって、資金的には大きな苦労はなくなっていた。しかし、友美は常に経理ノートを放そうとしない。

大きな問題が起こっていた。学生たちの士気が落ちていることだ。遅刻が多くなった。何かと理由をつけて、早く帰ろうとする。

前のレース直後は全員やる気満々だったが、時がたつにつれて楽な方に流れている。少なくとも私はそう感じた。早く次の目的を決めなければ、と思い始めていた。

実験室で振動対策を話し合っていると、車の止まる音とともに優子が駆け込んできた。

「早川君がケガをして、病院に運ばれました」

優子の言葉に部屋中の者が立ち上がった。

「ケガて、どないしたんや。喧嘩《けんか》か」

「あんたと違うわよ。でも、どうしたのよ。ひどいの」

友美が珍しく興奮している。

「交通事故です。救急車で搬送《はんそう》されました」

「傷の具合は？」

「血まみれだったそうです」

私の全身から血の気が引いていった。

「自転車で林の中に突っ込んだんです。木の枝で顔中を切って」

「自転車で林と衝突かいな。運動神経ゼロに近いんとちゃうか」

福原が気の抜けたような声を出した。みんなも同様で椅子に座り込んだ。命に別状なさそうだと判断したのだ。

「目撃者によると、飛び出してきた子供を避けて空中に飛び上がって林に突っ込んでいったって。よく死ななかったというのが救急車の隊員の意見らしい」

「ゴメン、運動神経ゼロは訂正や」

私は行くよと叫ぶと、バッグをつかんで飛び出していた。学生たちも慌ててあとを追ってくる。

「ボス、私、車です。乗ってください」

優子が軽自動車から首を出して大声を上げている。

私と学生たちが病院に駆けつけると、早川が一人ぽつんと診察室前の椅子に座っていた。

私の顔を見て、立ち上がろうとしてよろめいた。私は早川の腕をつかんで支えた。

「頭を打ったんじゃないでしょうね。CTスキャンは撮ったの。寝てなくちゃダメでしょ」

「頭は何ともありません。骨も大丈夫でした。しばらく休んで、帰っていいと言われました。まだ麻酔が効いててフラフラするんです。腕の麻酔だけなのに」

早川は腕に包帯を巻いている。顔にはいくつもの擦《す》りむいた痕《あと》があった。

「額の絆創膏《ばんそうこう》は擦《かす》り傷です。腕の切り傷は五針縫いました。見た目はかなりひどそうですが、腕以外はすべて擦り傷です。一、二週間もすれば治るそうです。傷跡も残らないって」

私の動揺を抑えるように、早川が落ち着いた声で言った。

「包帯でぐるぐる巻きで、集中治療室かと思うたやないか。そやけどやっぱりボロボロやで」

福原は口悪く言ったが、早川の言葉を聞いてホッとしているのがよく分かる。

「重傷だって思ったのよ。空を飛んで林に突っ込んだって聞いたから」

「小学生の集団下校中だったから。みんなすごく騒いでて、一人の子が急に飛び出してきて、僕はそれを避けて——」

優子は痛そうに顔をしかめた。

「心配したんやで。おまえ運動神経にぶそうやったから」

「コーヒーでも飲んできなさい」

財布を出そうとしたが見当たらない。コートの中にあるのを思い出した。慌ててコートを忘れてきている。私は大塚に千円を借りて、缶コーヒーを買ってくるよう学生たちに言った。

「さあ、先生のおごりだ。全員で買いに行くんだ」

大塚が私のほうをちらりと見て、学生たちを連れて待合室のほうに行った。

「何かあったの。ちょっと変よ」

二人きりになったとき聞いたが、早川は下を向いたままで答えない。

「相手の小学生は？」

「大丈夫でした。今度は衝突を避けられたんだから」

「今度、って？」

早川の顔に一瞬、暗い影がよぎった。

「大げさだな。全員で来るなんて。死んだとでも思ったんでしょ。なんせ意識がなくて、救急車で運ばれたんだから。意識はすぐに戻って、家にも電話しました。何でもないからって」

早川は話題を変えるように言った。

「少なくとも、大ケガをしたとは思った。病院に担《かつ》ぎ込まれたって聞いたから」

「僕も最初はそう思いました。意識が戻ってからもしばらくもうろうとしてたから。だから半分くらいしか覚えていません。警察は来なかったんですか」

「だって、早川君が自転車で林の中に飛び込んだだけでしょ。子どもは無傷だし。その子のお母さんがさんざん謝ってたんでしょ。ちょっと目を離した隙なんだって。向井さんが看護師さんから聞いたのよ」

「僕の自転車は？」

急に真剣な顔になって辺りを見回し始めた。

「病院にあるはずないでしょ。どこにあるか聞いて、福原君たちに実験室に運んでもらう。もう帰っていいんだったら家まで送るよ。今日は寝てなさい」

エレベーターが開いて、学生たちが出てきた。

「向井さん、一緒に送って行って」

私は立ち上がって優子に言った。

私は優子の車で早川を家まで送ってから実験室に戻った。

る。


「早川君、変ですね。ちょっと家族に会っていくと言っただけなのに」

優子が憤慨《ふんがい》しながら言った。私は早川の保護者に会って怪我の説明をすると言ったが、早川が強い口調で断ったのだ。「もう子供じゃないし、余計なことをしないでください」確かに二十歳をすぎている。しかし、やっていることは子供に近いこともある。


翌朝、実験室に行くと、シャッターが開いている。部屋の隅で早川、橋本、福原がしゃがみ込んでいた。

三人の前には異様に変形した自転車がある。前輪がゆがみスポークの半分以上が曲がったり外れたりしている。ハンドルも握りが取れ、変形している。よほど烈《はげ》しくぶつかったのだ。よく死ななかった、と言った目撃者の言葉も分かる気がした。

「メチャメチャだ。よくあなたが壊れなかった。幸運だったのよ」

「僕が壊れればよかった。この自転車四万円以上したんだ」

「やめなさい、そんなこと言うの。お母さんが泣くわよ。友達だって。冗談でもね」

早川は何も答えない。

その日の午後、早川が授業に出ているとき、私は橋本を呼んだ。橋本は渋々やってきた。私が学生を個人的に呼ぶときは、ロクなことではないと知っているのだ。たしかに面倒な話だ。

「あなた、早川君とは親しいでしょ。彼、昔なにかあったの」

「そんなに親しくはないです。あいつ、付き合うとけっこういい奴だけど、第一印象が暗いでしょ。だから、初めは声かけにくくって引いちゃうんです。友達いないんじゃないかな。それに、人間嫌いみたいなところがあるし」

橋本は珍しく言葉を選びながら、ゆっくりと話した。早川をできるかぎり傷つけないように、しかしやはり言っておかなきゃという思いからなのか。

「なぜなの。人間嫌いって」

「知りません。みんなが言ってるから」

橋本からはこれといった話は聞けなかった。放っておくべきか迷ったが、今度は友美を呼んだ。

「昔、同じクラスだったんでしょ。少しは早川君のこと知ってるんじゃないの」

「前に話した程度ですよ。一年生のとき休学して、私たちが三年生に進級してから復学してきました。でも、何となく人格が変わってて別人みたいでした」

「そこまでは聞いてる。それ以外のことよ」

友美はしばらく考え込んでいたが、やがて伝聞情報ですが、と言って話し始めた。

「事故を起こしたらしいです。バイクで走ってて子供を撥《は》ねたんじゃないかな。これ噂で聞いただけですよ。詳しいことは知りません。私、当時は自分のことで頭がいっぱいで他人には興味なかったから」

「その子……」

私は次の言葉を呑み込んだ。亡くなったのかと、言いかけたのだ。

「大したことなかったんじゃないですか。相手が死んでたり、ひどい後遺症が残ったり、飲酒運転だったら、かなり騒がれますから。新聞にも載るし、今は刑務所にだって入るんでしょ。彼にはそんな話、まったくありませんでした。でも二年近く休学してるし。よく分かりません」

友美からもそれ以上の話は聞けなかった。私は学生たちから話を聞くのはやめにした。こそこそ探っているようで嫌だったのだ。しかし、私のもやもやは晴れなかった。結局最後に、私は直接早川に聞くことにした。

翌日、私は早川に残るように言った。早川は何か言いたそうな顔をしたが、何も言わず私の言葉に従った。

「正直に話してちょうだい。昔、何かあったんでしょ。それで、あなたが困るようなことには絶対にしないから」

私は前置きして昔の交通事故について聞いた。

早川は視線を膝のあたりに置き、長い間無言だった。私が口を開こうとしたとき顔を上げた。

「高校三年のとき、バイクの免許を取って夢中になってました。暴走族にも一時入りましたがすぐにやめました。ただ走り回るだけじゃなく、もっと運転テクニックを身につけたかったんです。プロのレーサーになりたいと思って。でも——大学一年のとき、事故を起こして——」

早川は唇をかみしめている。よほどショックだったのだろう。

「子供を撥ねたのね」

「足が悪くなりました。普通に歩いてるときは分からないのですが……走ったりすると……」

「その子、今どうしてるの」

「小学校に通ってます。四月から二年生です」

加奈子の二年上だ。

「今でも交流はあるんだ」

「時々、会いに行ってます。僕がやったんだから」

責任持たなきゃ、と小さな声で言った。

月に一、二度、実験室を早く抜け出すのと関係があるのかもしれない。

「その子、どこに住んでるの。そんなに遠くないんでしょ」

早川は答えない。

「今度のレースに呼んでみたら。お弁当とお菓子を持ってくると、なかなか楽しいって言って。それにソーラーカーに乗せてあげるからって」

早川は顔を上げて私を見た。

「みんなに紹介してあげなさいよ。橋本君や福原君は大歓迎よ。その子、女の子なんでしょ」

「ダメですよ」

「どうして」

「バイクも車も一緒です。バイクでケガをさせたんだ。だから、僕はもう二度とバイクや車には乗らないって約束しました。その子とお母さんに」

「そう――。でも、その子だって早川君の気持ち分かってくれてる。許してくれてると思う」

私はそう言うのがやっとだった。私は加奈子のことを思い浮かべていた。もし加奈子が事故に遭ったら。私は絶対に――。

チェリー1の改良はわずかずつだが進んでいた。ブレーキの効きや車軸の強度を上げることなどだ。コーナリングは格段に良くなった。ただし、最大の改良点である振動を除いてだ。しかしフレームとボディーの取り付けをさらに強くしてあるので、共振領域も変わっているはずだ。

「試走する必要があるな。そうすればどのくらいのスピードで振動が出るか分かる」

「前のコース、使っていいって言ってきたぜ。これも予選に通ったおかげだ。あれだけバッチリ新聞に出たんだからな」

今年になってからさらに宮城日報でソーラーカー特集が組まれ、初参加ながらコースレコードを出した期待の星として紹介されたのだ。

「ほんと、ここまで待遇が違うとかえって嫌味ね。私、先週マンションのエレベーターで高校生三人に握手求められちゃった」

「おまえ、したんか」

優子の言葉に福原が語気を強くして聞いた。

「もちろん。私、若い男の子好きだもの」

優子が笑って答えた。

3

いよいよ二月に入り、本格的に東日本ソーラーカーレースの準備が始まった。いぜんとして、車体の振動問題は完全には解決がついていない。第一、宮城地区選抜レース以来まだ走らせてもいないのだ。

東日本ソーラーカーレースでは、上位十二位までが八月に鈴鹿で行われる全国大会に出場できる。しかし、ハードルはかなり高い。北海大学チームですら、三位以内に入ったことはない。

「前のレースは同好会の親睦試合のようなものだった。今度は体育会系の真剣勝負よ。かなりハイレベルの車が出場している」

私は壁に貼られた三十枚以上の写真に目を向けた。去年の東日本ソーラーカーレースに出場したソーラーカーの写真だ。橋本と優子がインターネットから探し出して、性能と共にプリントアウトしたものだ。前回のレースに比べてどの車もかなり速そうだ。チームの人数も多いし、金もかかっている。これらの車の中では、チェリー1もほとんど目立たない。

「俺たち、ギリギリ五位で予選通過や。この三十台以上の車の中で十二位に入るんか。ちょっとしんどそうな気もするで」

いつも強気の福原までが珍しく弱気な言葉を吐いている。

「ここで上位に入る車は時速八十キロ以上は楽に出すことができる。それは私たちの車も同じ。でも彼らの車は安定してその速度で走ることができる。私たちのチェリー1は振動という爆弾を抱えている。このハンディを背負って勝つためには、何が必要だと思う」

「ドライバーの腕やと思います」

福原が橋本に視線を向けて言った。笑いをかみ殺している。

東日本ソーラーカーレースは、筑波《つくば》スポーツラインで行われる。コース全長は約二千百メートル、メインストレートは二百八十メートルとなっている。コース形状は、まず第一コーナーで出口に行くほど湾曲《わんきょく》し、ドライバーにとってはなかなか出口が見えない造りになっているのが特徴だ。続くS字コーナーはゆるいカーブながらリズミカルな切り返しが要求され、路面のコンディションが悪いときには微妙なアクセルワークが必要となる。

「だったら、おまえが運転しろよ。俺は運転なんてイヤだって言ってるだろ」

「おまえのドライブテクニック、なかなかのもんやったで。最後のコーナリングなんて、プロ並みや。調子に乗ってスピード出しすぎて、分解するかと心配したわ。おまえは度胸がある。小便も漏らしてなかったし」

「振動帯のことが分かってなかったんだ。今度は初めから飛ばしてやるさ。だから、少々のことでぶっ壊れるような車を作るなよ」

「やめなさい。男のケンカなんてみっともないだけよ。今度は私も乗ってあげる」

優子の言葉に視線が集中する。

「よけいアカンやろ、おまえの運転。軽自動車、ボコボコやないか」

優子の運転は下手なくせに荒い。しょっちゅう壁に当てたり、こすったりしている。初めての傷は夢にまで出たと言うが、傷が三ヶ所を超えたときから平気になったと笑っていた。

「無事故無違反よ。あんたの無免許運転とは違うからね」

確かに人身事故は起こしていないし、違反も表面には出ていない。他の車にぶつけたりこすったりという話も聞いていない。優子の相手は車庫の壁やブロック塀なのだ。

「レースに勝つっていうのは運転センスの問題なんや」

福原の言葉で全員の目が早川に向いた。

「僕は――ダメだ」

「なんでダメなんだ。体重だって適正だろ。砂袋も必要ない」

レース規則にはドライバーの規定体重があり、それに満たない重量は砂袋で補正される。

「前のレースでのおまえのアドバイス、最高に役立ったぜ。あれっておまえの体験じゃないのか」

「とにかくダメなんだ」

早川の口調が強くなる。

「やめなさい。嫌だって言ってるんだから。でも橋本君以外のドライバーも絶対に必要ね」

私の言葉に全員が考え込んでいる。東日本ソーラーカーレースは六時間の耐久レースだ。朝の九時にスタートして午後三時まで走り続け、その間の走行距離で順位を決めるのだ。

「六時間、橋本君だけで走り続けることはできない。交替のドライバーは絶対必要」

今度は全員の目が大塚に注がれた。

「私はムリです。車の運転は三十年以上やっていますが、自分の運動神経も運転技術もよくないことは知っています」

「でも、ゴールドカードでしょ。三十年間、無事故無違反」

「それと運転が上手いというのは関係ありません。私はただ慎重なだけです。妻だってゴールドカードです。運転なんて十年以上やってなくてもね。それに家族が許してくれない。カーレースのドライバーだなんて。絶対に事故を起こします」

次に視線が集中したのは友美だ。運転免許証を取ったのは二十歳のときで、それ以来無事故無違反なのは全員が知っている。

「たかが運転やろ。ハンドル握ってアクセルを踏んで、たまにブレーキも踏む」

「免許証を取ってから運転したことないの。怖いこと言わないでよ」

「じゃ、運転できる奴がいないじゃないか。先生だって免許は持ってましたよね」

今度は全員の目が私に向いた。私も友美と同じようなものだ。しかし、友美は私より若い。それは進歩の余地があるということだ。

「仕方がない、友美さんに頼みましょ」

友美は突然の私の言葉に目をパチクリさせている。

「やれって言うのならやりますけど、車が壊れても知りませんよ」

「いざとなったら俺が六時間走ります。でも全員、登録だけはしておいてください」

橋本が言った。やはり六時間を一人で走りきる自信はないのだ。当然のことだし、私も一人で走らせる気はない。

「分かったわ。免許証を持っている者、全員をドライバーとして登録します」

私の言葉に全員が頷いている。いや、福原だけが顔をしかめている。彼はまだ免許を取っていない。筆記試験で二度落ちたという話を聞いている。

私たちは様々なトラブルを体験しながらも、三月六日の日曜日に向かい、準備を進めていった。

「レースの出場チームが決まりました」

大塚が事務室から出てきた。手には一枚の用紙を持っている。学生たちが寄ってきた。

「全部で三十五チーム。初出場は七チーム。オリエント電気も入っています」

大塚は読み上げてから、用紙を私に渡した。確かにオリエント電気の名がある。私が在籍していたときには、レースに出るなどという話はなかった。つくば研究所で研究開発をやっているとは聞いていたが、当時私はソーラーカーには全く関心がなかったのだ。

友美がさらに一枚の用紙を持って事務室から出てきた。その用紙を壁の写真に並べて貼った。ソーラーカーの写真だが、一目でプロのエンジニアとデザイナーが研究の末に作り上げた車体であることが分かる。流れるような美しい曲線が大地にしっかりと根を下ろしている。

「すげえ。絶対に速そうだ」

「時間と金をたっぷりかけとるで。どこの車や」

「そればかりじゃなくて、頭もたっぷり使ってる。車体のラインを見れば一目瞭然」

学生たちの間からため息のような声が聞こえてくる。

「オリエントI。オリエント電気のソーラーカーです。初出場ながらすでに優勝候補の一台に挙げられています。試走では最高速度百二十二キロを出しています。耐久走行は二十四時間。この時の平均速度は八十二キロ。これって、夜も走ってです。かなり高性能の蓄電池を積んでます」

友美が読み上げる数値を全員が何も言わず聞いている。たしかにショックな値だ。

「絶対に、一億、二億じゃできない車だぜ」

「やっぱり大企業はすごいな。初出場でこれだぜ」

「初出場とは言っても、最近始めたんじゃない。社内では数年前から研究開発はやってた。その結果の車よ。それに引き換え、うちのチェリー1は生まれて三ヶ月。まだやっとハイハイを始めた赤ん坊。これから歩き方や走り方を教えていく。しっかりマスターすれば、すぐに賢い子供、そして立派な大人に成長する。あなたたちと同じよ」

私は沈滞した空気を吹き飛ばすように言った。

「優勝せんかったら、ボスのメンツが立たへんもんな。大企業がなんや言うんや。俺らが絶対に優勝させたる」

福原が私の心を代弁するように言う。

「ついでに副学長の野郎をギャフンと言わせてやろうぜ。あの野郎、態度がメチャメチャでかかったからな」

私はこぼれそうになる涙を必死でこらえていた。

私はオリエント電気のオリエントIの写真と公式データを持って谷本の部屋を訪ねた。谷本は長い間、その写真を眺めていたがぽつりと言った。

「この形に落ち着いたのか」

「先生はオリエント電気のソーラーカー製作にどの程度関わったんですか」

「三年ほど前になるが初期設計のとき相談を受けた。私が推薦したのはマグロの形だ。大海を高速で泳ぐマグロこそ、理想の形だと。その後も、何度かアドバイスをしたことがある。しかし、ここ一年は——そういえば何も言ってこなかったな」

マグロは時速百キロ近い速さで泳ぐ。口からエラに海水を流しながら呼吸しているので常に泳ぎ続け、止まると死んでしまうと聞いたことがある。

「私たちのチェリー1はオリエントIに勝てますか」

「これはまた、直接的な質問だな」

谷本は笑みを浮かべた。そしてまたしばらく考え込んでいる。仕方がないので私が代わりに口を開いた。

「オリエント電気にとっては、お金は問題ではありません。宣伝費と考えれば、かなりの出費も許されます。最高のソーラーパネル、蓄電池、モーターを使い、最高のエンジニアのもとで、飛行機なみの素材を使ったソーラーカーということでしょ。三年前から開発を始めていたのなら、去年でも優勝を狙える車があったはずです。でも出場はしなかった。オリエント電気では二位は意味がないのです。むしろ出ないほうがいい。初出場での優勝が義務づけられています」

「ということは、我々の利点はすべてクリアーしているか、それ以上の技術を導入しているということだ」

　私は内心かなりの衝撃を受けていた。その衝撃を隠すのが精いっぱいだった。

「彼らに勝つにはどうすればいいですか。先生はアドバイスしてたんでしょ」

「いま言った条件を満たして、プラス何かがいる。その何かを考えればいい。ただし、言うのはたやすいが、実際にやるとなると大変だ。すでにギリギリの条件を達成しての出場だろうから」

「その上を行けば優勝というわけですね」

　私は学生たちを思い浮かべていた。彼らと一緒ならできる。必ずやってやる。どんなことでも叶《かな》いそうな気がしていたのだ。

「私もできる限り力になる。もう一度、車体設計をやり直す。最新モデルとデータを使って」

　よろしくお願いしますと頭を下げながら、頭の中には様々な改良点が渦を巻いていた。ただし、その横に並んでいるのは時間軸だ。

その日、実験室に戻ってから学生たちを集めた。谷本との会話の要点を繰り返した。学生たちは真剣な表情で聞いている。

私たちはチェリー1にさらに改良を加えていった。

「オリエントIが時速百三十二キロを出しました」

友美がプリント用紙を持ってやってきた。

「昨日の午後、埼玉のレース場で。ほとんど貸し切りで最後の仕上げをやってるって出てる」

「金のあるところは違うな。うちなんて二回試走しただけや。その一回は本番のレースやし」

そのときの最高時速はほんの数秒だったが百四十三キロだった。私がそれ以上スピードを上げるのを止めたのだ。

「昨日はギンギンに晴れてた。曇ってればそれだけのスピードが出るかどうか分からないぜ」

「チェリー1も、そのくらい楽勝だ。問題はそのスピードをどれだけの時間維持できるかだ」

「相手のバックは資本金三千億円、従業員二十五万人の大企業だ。それに、ソーラーカーチームは二十人と書いてある。全員がエリートエンジニアだぜ。うちのバックは財政難の大学とケチなOBだ。チームメンバーは俺たち落ちこぼれ」

「アホ言うな。チェリー1が泣くわ。今度は最初から勝負に出られるんやで。敗けへんで」

福原が橋本を睨みつける。ボディーとフレームのさらなる一体化を図ったので、最初の振動帯は時速百キロを超えたところだろう。しかし、これもあくまで計算上だ。試走を計画していたが時間だけがすぎてきたのだ。そして、ついに明日試走して、ニューチェリー1の性能を確かめる。

「相手はプロのドライバーを使うだろ。だったら勝ち目はないよ」

早川が言った。

「プロのドライバーて、そんなに違うんか」

早川は答えない。答えられないくらい違うのだろう。

その日の午後、未来工房の本田から荷物が届いた。最新型のソーラーパネルだ。箱の上に性能表が貼ってあった。赤のフェルトペンでマル秘印と、試験中と書いて丸で囲んである。

「箱の表に貼ってマル秘もないやろ」

福原が言って勢いよくはがした。

「あの人、すごく頭のいい人にしてはドジだよな。今ごろ送ってくれても、俺たちどうしようもないだろ。明日は試走だし、三日後にはレースだぜ」

橋本がソーラーパネルの箱を見ながら言う。

私が福原に渡された性能表を見ていると、背後から友美と早川が覗き込んでくる。

「ただソーラーパネルをボディーに貼り付けるだけじゃダメだろ。性能テストもしなきゃならないし、細かいデータも取りなおさなきゃならない。他のパーツとのバランスもチェックしなきゃならない。最低半月は必要だぜ。俺はやめた方がいいと思う」

橋本は一気に言うと同意を求めるように他の学生たちを見ている。

私は性能表を橋本に渡した。彼は何も言わずに眺めている。顔つきが変わり、その目は真剣そのものだ。

「エネルギー変換効率は今のパネルの一・二倍。重量は〇・八倍か」

「これって試作品なんでしょ。だったら――」

「前のもそうだった。でも、彼はいい加減なものを送りつけることはしない。信頼していい」

それは学生たちも認めるところだ。

「さあ、どないするんや。今までのもので出場するんか。新しいパネルを使うんか」

福原は茶化すように言うが、目は笑っていない。

「本田さんはなんて言ってるんです」

「ただ性能表が貼ってあるだけ。使うのか使わないのか、私たちが決めろってこと」

「試験中のソーラーパネルだけど、今のものより発電効率は遥かにいいし軽い。陽が出てれば、蓄電池は今の三分の二で十分に間に合う。つまり重量は大幅に減らせます」

友美が計算機を叩きながら言った。

「重量を軽くすると共振の幅も変わるんじゃないの。新しく計算しなきゃならないでしょ」

「だったら、減らすより蓄電池を一個増やせば。電力の心配なく最初からとばすことができる」

優子の言葉に、友美が計算機を叩きながら言う。

「やろうや。今のままやったら、ぶっちぎりの一位っちゅうわけにはいかんのやろ」

「でも、十二位以内に入ればいいんでしょ。今から車をいじるなんて危険じゃない。大冒険よ」

優子にしては珍しく消極的だ。それだけ真剣になっているのか。

「大塚さんはどう思いますか」

「私は皆さんの決定に従いますよ。今までもそうしてきた。そして間違いはなかった」

「ボスはどっちです」

「明後日の午前中には貼り替えを終えて、基礎データを取って、出発しなきゃならない。何ぐずぐずしてるのよ。ボディーからパネルを剝《は》がす班とソーラーパネルをチェックして貼り付ける班に分けましょ。早くすんだほうがもう一方を手伝うの」

私は学生たちに向かって叫んだ。

「私は谷本先生に頼んで重量が変わった場合の共振帯を調べ直す。試走は中止。前と同じ、ぶっつけ本番でいく。一発勝負だからミスは許されない」

私はパンパンと手を叩きながら立ち上がった。学生たちは一斉に自分の持ち場に飛んでいく。

その日から二日間、全員で実験室に泊り込んで、ほとんど徹夜の作業を続けた。

三日目の朝、私たちの前にはニュー・チェリー1の姿があった。

第六章　セカンド・レース

1

東日本ソーラーカーレースの日、空はどんよりと曇っていた。前回と同じようにトラックにチェリー1を積み、バンと共に移動した。

レースが行われる筑波スポーツラインは、茨城県下妻《しもつま》市にある。宮城からは東北自動車道をひたすら南下し、那須《なす》を越えて宇都宮《うつのみや》のあたりからは国道に入る。およそ五時間の行程だ。その間、ドライバーを除いて学生たちは熟睡していた。私はレースの手筈《てはず》を考えようとしたが、知らない間に目は閉じていた。

その日の夕方には、下妻の宿泊施設についた。友美がまる一日かけて探したという、県の青少年の家だ。朝食付き、一人一泊三千二百円。学生たちは二人部屋で、私には一人部屋を用意してくれていた。

町の見物、グルメスポットの散策、学生たちには色々と計画があったようだが、到着と同時に全員が無言で部屋に入っていった。私も部屋に入ってベッドに横になってからの記憶はない。

翌朝目を覚ますと、食堂から学生たちの声が聞こえる。すでに五時を回っている。食堂に行くと学生たちは朝食を終え、レース場に行く用意もほとんど終わっていた。私は学生たちにせかされながら急いで食事をとると、レース場に向かった。

私たちはチェリー1をピットに運んで一息ついていた。スタートは九時だ。二時間半で整備をすませなければならない。

「すごいな。宮城地区選抜とは大違いや」

福原が観客席に視線を向けて言った。朝六時半だというのに、観客席のほぼ三分の一が埋まっている。この調子だと、レースが始まる頃には半分は埋まるだろう。

「ほとんど家族とか関係者やろ。野球とかサッカーとは違うで。ぐるぐるコース回るだけでおもろないもんな」

「やっぱり関わった者じゃないと分からないんだろうな。この高揚感は」

橋本がピットの前に立って深く息を吸い込んでいる。さすがに東北科学大学の応援団は来ていなかった。ほっとしたと同時に、多少寂しい思いさえした。

しかしその思いも、すぐにわずらわしさに変わった。コースを隔《へだ》てた斜め前方に「東北科学大学ガンバレ！」の横断幕が上がったのだ。双眼鏡で見ると、学長があくびをしている。その横には居眠りをしている副学長とＯＢの市議会議員たちがいる。ブラスバンドの学生たちは――楽器の調整をしている。チアガールたちもウォーミングアップに忙しそうだ。

「前のレースとはぜんぜん雰囲気が違うね。かなり緊張する」

優子がピッチ前に並んでいるソーラーカーに目を向けながら言った。たしかに全車、楽しみに来ているのではない。勝つために来ているのだ。

ピッチ裏の広場にはトレーラートラックや大型のワゴントラックが並んでいる。北海道、東北、関東の各地からソーラーカーと部品、スタッフを乗せてきたのだ。一チームで二、三台のソーラーカーを運んできたチームもある。トラックの荷台に乗せてきたのは私たちのチームだけだった。数日前から来て調整を始めているチームもあると聞いている。

さすがに予選を勝ち抜いてきただけあって、どのソーラーカーも空気抵抗を極力減らした無駄のない形をしている。

「どれが優勝してもおかしくない車ばっかりやで。さすが宮城地区選抜とは格が違うで。ちょっとヤバイなと思うてまうわ」

福原までが深刻な表情で他の車を見ている。

「外見だけじゃ決まらない。俺たちのソーラーパネルは最先端をいってるんだろ」

「せやな。蓄電池かてここの中で一番軽うて多いはずや。たぶんやけど」

福原と橋本が話しているが、いつもの威勢のよさはない。

出発前に、各ソーラーカーのスペックを調べてみたが、全車大きな違いはなかった。優劣は細かい技術の積み重ねで決まるのだろう。そして、バックアップ体制と、チームワークだ。それでもオリエントⅠの総合力はずば抜けていた。さすが日本を代表する電子機器メーカー、オリエント電気の車だと思わせるものだ。

「レースは長丁場よ。初めは先頭集団について行けばいい。中盤になる前に車の状態を試して。調子が良ければそこで全力走行して貯金をする」

「前のレースの逆ですね」

「そう。前半でできるだけ後続を引き離す。終盤はそれまでの車の状態と状況を考えた走りをする。優勝はしたいけど、絶対にムリはしないこと。十二位以内に入って、鈴鹿のレースに出場するのが一番の目的。優勝は鈴鹿までとっておきましょ。焦らず侮《あなど》らず自分たちのペースで。分かったね」

私は学生たちを前に話した。全員が頷いている。空を見上げると曇っていた空にわずかに光が差している。このまま曇っていればチェリー1には有利なのだが。

「さあ、急いで登録を済ませて甲羅干しよ」

私の合図で学生たちはチェリー1をピットの前に引き出した。

各ピット前には色取り取りのソーラーカーが並んでいる。ソーラーパネルが陽に照らされて黒い光沢を放っているのは黒いダイヤがばらまかれたようだ。

「未来工房のパネルは他の車より、二十パーセントは多く電気を生み出せます。この天気なら、もう勝ったも同然ですよね」

優子が福原同様、能天気な声を上げている。

「総合力の問題よ。一ヶ所がずば抜けてても、他が劣れば総合力は劣ってるほうになる。ウィークポイントなんてない。そう思えなきゃ、優勝なんてできないのよ」

私は、自分自身に言い聞かせるように言った。

「いよいよだね」

宮城放送のレポーターとカメラマンだ。今日は全国放送のテレビ局も入っている。報道の腕章《わんしょう》をつけた人たちも前回のレースの数倍いる。

「しっかり取材してね。今日は優勝するから」

優子が嬉しそうな声を上げた。

「できればぶっちぎりで優勝してほしいね。報道は公平でなきゃならないんだが、きみらを見てると応援したくなる。前のレースの後半二十分の走りができれば、優勝も夢じゃないよ」

「まかせてください。それ以上で走ります」

「マークするのはオリエントⅠ。オリエント電気のソーラーカーだ」

「そんなにすごいんですか」

「そりゃそうだろ。世界的大企業が参戦するんだ。負けるわけにはいかない。優勝が社長命令だって話も聞いたよ」

それは間違っている。企業としてのメンツはあるだろうが、やはり研究開発の一環なのだ。問題点を見つけてさらにより良いものを目指せばいい。

私たちのピットから二つ隔てたピットがオリエント電気のチームだった。

声を聞いたような気がして、私はピットからコースへと目を移した。

逆光の中に小さな影が立っている。女の子だ。その女の子が私に向かって駆け寄ってくる。私は両腕を広げて抱きとめた。

「どうしたのよカナちゃん。ママ、驚いてひっくり返りそうになるじゃない」

「おばあちゃんに頼んで、連れてきてもらった。ママ、怒ってない？」

「こんなに嬉しいことって久し振り」

私は加奈子を抱きしめた。やわらかくて温かい感触が私にしみ込んでくる。

顔を上げると、友美が私たちを見ていた。そしてそのまわりを学生たちが取り囲んでいる。

「加奈子よ。私の娘」

息を切らした六十代の女性が走ってきた。私の母親、加奈子の祖母だ。

「黙って見て帰ろうって言ったんだけど、いつの間にかいなくなって」

肩で息をしながら言った。

「このおかしな車、ママたちが作ったの？　へんてこりんだけどキレイ」

加奈子は私の腕をすり抜けるとチェリー1の前に行った。

「ボスの子供か。初耳やな」

「可愛いじゃない。ボスにすごく似てますね」

「じゃ、お父さんもいるんやろ。紹介してほしいやん」

学生たちが口々に勝手なことを言い始めた。

「この子のお父さんは、この子が生まれる前に交通事故で死んだ。現在は私の母親に預かってもらってる。住んでるのは仙台市の郊外。これでいい？」

私は一気に言って、学生たちを見た。これは私が加奈子に言っているウソだ。しかし今では後悔している。いずれ近いうちに本当のことを言うつもりだ。

学生たち全員が固まったように私と加奈子を見ている。

「なんで一緒に暮らさないんですか」

優子が全員を代表する、という風に聞いた。

「今の私には、この子の世話をしながら仕事を続けることはできない。だからよ」

「でもまだこんなに小さいし」

「そや、早よ言うてくれたら俺らかて面倒みてやんのに」

言葉が出てこない。だめだ。最近、完全に涙腺《るいせん》が緩んでる。

「ママをいじめないで。ママは頑張ってるんだから。加奈は平気よ。おばあちゃんやおじいちゃんと一緒にいるの楽しいもの」

加奈子が一歩前に出て学生たちを睨んだ。

「いじめてるわけやないで。いじめられてるのは俺たちや。昨日かてほとんど徹夜や」

「この数ヶ月は気の休まる時間もなかったもの。目をつぶるとボスの顔が浮かぶんだ」

「ママは本当は優しいのよ。それはお兄ちゃんたちが悪いから」

加奈子がむきになって言い返している。

「まあ、そうなんやろうけど。おまえもたまに遊びに来いや。俺らの車に乗せたる」

「今日、乗せてくれる。おばあちゃんは見るだけだって言ったけど」

「レースがすんだら乗せてやるよ。優勝した車に」

「さあ、加奈ちゃん、あっちに行こう。ここにいるとみんなの邪魔になるから」

母が加奈子を促している。

「あと、一時間しかない。急いで最後の点検をするのよ」

私は学生たちに指示を出した。母は加奈子を連れて観客席の方に戻って行った。

「ボス、子持ちやったんか」

「一緒に暮らせばいいんじゃないですか。俺たちも面倒見ますよ。可愛くて賢そうだし。ちょっと気が強そうなのはボス似か」

「さっさと仕事するのよ」

私は大声を上げた。早川が何かを探すようにピットの出入り口に目を向けている。

点検は意外と早くすんだ。というより、昨日、実験室を出るときにチェックは終えていたのだ。この一週間は、私も学生たちもチェリー1と同居していたようなものだ。しかしトラックでの長距離移動で、多少の狂いが出ている可能性はある。だがその危惧《きぐ》も「そんなやわな車やったら、六時間を走りきれるわけないやろ」という福原の言葉で吹き飛ばされた。

「先生、挨拶に行かないんですか。オリエント電気です。昔の職場のチームでしょう。それともあのチームに知り合いはいないんですか」

大塚が私のところにやってきて言った。

「いないことはないんだけど」

研究所の二年後輩の塚本《つかもと》に気づいていた。彼はやはり半導体をやっていたが、ソーラーカーに興味を持っていたのを覚えている。デスクの前に写真を貼っていたし、本も何冊か持っていた。私が辞める一年ほど前に他の部署に移っていった。思いがかなったのだ。

「だったら、挨拶に行ったほうがいい。それとも、相手がやってくるのを待ってるんですか」

「彼らは私が大学に勤めてることもソーラーカーを作ってることも知らない」

「昔の職場で何があったのかは知りません。しかし、大企業を辞めて研究費もまともにつかない地方大学に来るのには色々あったと察しはつきます。でも、先生が今後も本気でソーラーカーをやるつもりなら、そして優勝するつもりなら、オリエント電気とは仲良くやるべきです」

大塚は意味深長《いみしんちょう》な言い方をした。しかし、言いたいことは理解できる。私の将来を考えてのことだ。確実にオリエントIには、日本というより世界最先端の技術が使われている。そして全日本ソーラーカーレースで優勝するためには、その技術を知ることは不可欠だ。

「分かってる。絶対にそれは必要ね」

私は覚悟を決めて立ち上がった。

私はピットの前に立った。

中ではオリエント電気のロゴ入り作業服を着た二十人近いエンジニアたちが、二台のソーラーカーの周りに集まっている。

「何か用ですか」

二十代と思えるエンジニアが問いかけてきた。

「塚本君――じゃなくて、塚本さんはいますか。塚本浩二《こうじ》さんです」

「マネージャーですね。呼んできます」

すぐに背の高い半分禿《は》げあがった男が出てきた。一年半余りでさらに髪が薄くなっている。

「野口先輩じゃありませんか。陽子さんですよね」

「そんなに驚かないでよ。私、そんなに変わったの」

「いや、相変わらず綺麗だなと思って」

塚本は私の顔を見て、その視線をウインドブレーカーに移した。

「やっぱり本当だったんだ。陽子さんが大学に移ったって話、聞いてました。東北科学大学だったんですか」

「知ってるの」

「宮城地区選抜レースですごい記録を出したんでしょ。この世界じゃ評判ですよ。狭いですから」

「あなたのほうこそ、優勝候補なんでしょ。次々に記録を塗り替えてるって」

「このチェリー1が陽子さんのチームが作ったソーラーカーでしょ」

塚本は持っていたファイルから写真と用紙を取り出した。たしかにチェリー1だ。写真にはかなりの書き込みがある。用紙にも赤いアンダーラインや部品メーカーの名前の書き込み、何かを計算した跡もある。かなり研究されている。喜んだほうがいいのか、悲しむべきか。

「前のレースでコースレコードを出したんでしょ。製作を始めて半年あまりで、すごいですよ。誰が指揮を執ってるんだって評判でした。陽子さんなら納得です」

「まだ中途半端なものよ。問題が山積み」

「一つは振動でしょ。あるスピードになると振動が始まる。レースの報告書を読むと、最初は時速五十キロ程度の振動のない領域で走ってる。しかし最後は時速八十キロ以上に上げてる。選抜に残るためにムリしてスピードを出したんでしょ」

塚本は違いますか、という顔で私を見た。私はすぐには答えられない。

「実は、初期のうちの車にもありました。車体のボディーとフレームの間に空気が流れ込んで、ある時速になると共振を始めるんです」

「まあそうね」

うちと一緒だという言葉を呑み込んだ。

「ボディーを五回も作り直しましたよ。やっと、収まりましたがね。共振帯の問題だったでしょ。解決するのに苦労しました。でももう問題はありません」

私は殴りつけたい気分だった。こっちは、一台作るのにも苦労してるんだ。

ピットの中を見ると、二台のソーラーカーが並んでいる。予備の車体なのだろう。

出かかった言葉をなんとか我慢した。どうやって解決したのか。私たちはまだ完全には解決していない。

出場チームと車の紹介が始まった。すべてのチームの車がピット前に並び始めた。

オリエントIも私たちの前を押されていく。

私は改めて会いましょと塚本に言って、自分のピットに引き返した。

「マネージャーですって。偉いの」

「このチームを任されてます」

別れる前に聞いた塚本の言葉がまだ耳の奥に残っている。

「あの男、なんですか。けっこうええ男やないですか。髪が薄い以外は」

ピットの前で私の方を見ていた福原が聞いた。

「昔の同僚、後輩よ。現在はオリエント電気チームのトップ」

学生たちは唖然とした顔で私を見ている。

「先生のボーイフレンドじゃないんでしょ」

「絶対に、負けちゃダメよ。分かってるわね」

私は心の内に燃え上がるものを感じた。

〈あと二十分でスタートです。各車、指定のスタート位置に並んでください。ドライバーは車の横に待機してください〉

場外アナウンスが続いていた。

2

各チームのソーラーカーがスタート位置に移動している。

チェリー1も学生たちに押されてコースへと運ばれていった。場内マイクでチームの名前と車名が読み上げられるたびに、観客席から歓声が上がっている。チェリー1も歓声は他のどの車にも負けなかった。なんせ、大学チアガールとブラスバンドがついているのだ。

私は空を見上げた。わずかだった陽の光が空いっぱいに広がっている。冬の終わり、春の初めの青空の中をゆったりと雲が流れていく。

「いよいよですね」

友美の声が聞こえた。

「そうね。いよいよね。さあ、私たちはピットに戻りましょ」

ピットのデスクに座り、パソコンとマイクをチェックした。

パソコンには、チェリー1の体調がすべて管理できる数値が映し出されている。改良後、試走さえしていないチェリー1には、これだけが頼りだ。

ひときわ高い歓声が上がった。スタートのフラッグが振られている。

〈スタート、問題ありません〉

無線機に橋本の声が聞こえ、ピットの前をチェリー1が軽快に走り抜けていく。

最初の数周は各車、今日の天候による充電量と各部のパーツの調子を確かめるように、ゆっくりと走っている。そして、コンディションが分かると同時に急速に速度を上げていく。

「その調子よ。速度をセーブして蓄電池に電気を溜めるのよ。私たちにはニューソーラーパネルがついてる。向井さんの予想だと、午後からは再び曇りになる。そのとき蓄電池に十分電気が溜まっているほうが有利でしょ。だから今は省エネ走行よ。加速時に大量に電力を食うこと忘れないでね」

私は無意識のうちにマイクに向かって話しかけていた。

〈分かりました、ボス。ブレーキは極力使いません〉

橋本は言葉通り、コーナー直前になってもブレーキを使わず大きなカーブを描きながら突っ込んでいく。

「先頭には出ないで。先頭集団ができてるうちは、その後ろにつくのよ。空気抵抗が少なくなって省エネ走行になる。すぐに集団はバラけるから。そのときは前に出て」

〈充電の割合を時間を追って教えてください。運転に集中してると気がつかなくて〉

「現在、七十二パーセント。この調子だと二時間後には百パーセント充電に近づく」

　橋本の走りかたはムダがなくスムーズだった。ブレーキはほとんど使わず、ほぼ一定の速度を保っている。前のレースよりかなり上手くなっている。早川が橋本にしつこいほど教えていたのだ。それに、本田が送ってくれたパネルの変換効率はやはりすごい。

　しかし、その他の車も前のレースとは格段に違っていた。どの車も真剣に優勝を狙っている。

「いい調子よ。この状態を続けて。後半でフルスピード。ゴールのときには蓄電池に電気は残っていない。このパターンよ」

〈スピードを出したくてうずうずしてます。チェリー1だって同じです〉

「現在、十二位。もう少ししたらスピードを上げましょ。でも、トップはまだまだよ。先頭集団には遅れないで。終盤もトップから数台目を走って、残り時間一時間で一気に追い抜いて、そのままトップを走ってゴールする」

　数分前までは考えてもいなかった言葉が私の頭をかすめた。ひょっとして本当に優勝が狙える。

同時に、しゃべりながら不安になった。うまくいきすぎている。こういうときは、もっと慎重になるべきだ。学生たちはすでに優勝した気分で応援している。

そのとき、観客席でざわめきが起こった。ピットからは見えないコースのどこかの観客席から伝わってくるのだ。

イエローフラッグが振られている。この旗が振られるのは、コース上に危険がある時だ。スピンや故障で停まっている車があるか、クラッシュだ。この旗が出ている間は、全車スローダウンし、前走車を追い越してはならない。

各ピット前には関係者が出てきてコースを見ている。

「何が起こったの」

「分かりません」

〈先頭集団に接触事故が起こったようです。数台の車がコースを外れています。しばらくお待ちください。詳しいことが分かりしだい報告します〉

場内アナウンスが告げ始めた。

「接触事故て、チェリー1やないやろな。モニターで見えへんのか」

各ピットには数台のテレビモニターがあって、コース各部の映像が見える仕組みになっている。しかし反対側の直線とコーナーだけで、全コースを見ることはムリだ。

「コーナーを回ったところに十台近い車が停まっています。たぶん、あの辺りだと思います」

「チェリー1はどうなってる」

「シルバーと黄色と赤のボディーの車は確認できますが、詳しくは分かりません」

チェリー1は先頭集団の背後を走っていたのだから、巻き込まれた可能性はある。

「無線はどうなってるの」

「応答がありません」

友美の言葉で、私の全身から血の気が引いていく。

「橋本君。どうなってるの。事故が起こってる。応答してちょうだい」

私は無線機の前に行き、必死で呼びかけたが返事はない。

「誰か事務局に聞いてきてちょうだい。何が起こってるの」

私が叫んだとき、無線が鳴り始めた。

〈俺の目の前でクラッシュが起こった。ボディーの接触で車体がぶれ、何台かが玉突き衝突だ〉

「あなたはどうなのよ。怪我はないの。すぐ後ろを走ってたんでしょ」

〈追い抜こうと外側に出てました。間一髪、クラッシュの横を通り抜けて無事です〉

「だったら、早く応答してよ。寿命が縮まるじゃない」

〈運転に専念しろってボスが言ったでしょ。チェリー1だって結構ヤバかったんです〉

笑いかけている。

目の前をチェリー1が走りすぎていく。橋本がピットのほうを見て、親指を立てて
〈先頭集団の数台が接触事故を起こしました。その中に後続の何台かが突っ込んでいきました。五台はすでにレースに復帰しています。それを追って二台が走り始めました。しかし二台はまだ事故現場に停まっています。ソーラーカーレースではきわめて珍しい事故です。怪我人はいない模様です〉

すぐにイエローフラッグはグリーンフラッグに変わった。イエローフラッグによる警告や追い越し禁止が解除され、通常走行に戻ったのだ。私たちの目の前を、スピードを上げた車が次々に走り抜けていく。私の頭をかすめた、優勝の二文字が風に流されるように消えていく。やはり全車、かなりの性能だ。何台かは、直線では瞬間でも百キロを超えているはずだ。ほとんどの車が平均時速七十キロ以上で走っている。なかでもオリエント電気のオリエントIはぶっちぎりで先を走っていた。すでに二位とは一周以上の差を付けている。

二時間がすぎた。その間に、三台の車が棄権した。一台はモーター部が煙を出し始

めたのだ。おそらくモーターのコイルが焼き切れたのだろう。高速回転で熱が出すぎたのだ。二台はエンストして動かなくなった。

チェリー1は順調に走り続けている。


そのとき、隣のピットが騒がしくなった。学生たちがコースのほうを見ている。コースに目を向けると、トップを走っていたオリエントIのスピードが落ちている。オリエント電気のピットに目を移すと、ピット前に十人以上の人が出ていた。

「何が起こってるの」

「私にも分かりません。クラッシュしたとき、どこかの配線が切れたんじゃないですか。途中棄権は、全車クラッシュ組ですから」

「だったら、早めにピットインしてチェックすればいいのに。あんなにスピードが落ちてる」

「トップの座を奪われるんじゃないか、心配してるのよ」

「抜かれたら、抜き返したったらええやん」

福原は当たり前のように言うが、それはオリエント電気の意に反する。彼らは常にトップでなくてはならないのだ。

しかしやがて、オリエントIはピットに戻ってきた。

「どうかしたんですかね。かなり騒がしいです」

大塚が私の横に来て言った。

「トラブルです。でも、すぐに復帰するでしょ。最高のエンジニアと装備をそろえてるんだから」

私の思いに反して十分たっても、レースに復帰する気配はない。かなりの貯金はあるはずだが、あと十分もぐずぐずしているとやはりヤバイ。

私は気にはなったがどうすることもできなかった。

「これで一台抜けよった。それも優勝候補や。俺たちの優勝が一歩近づいたで」

福原が言ったが、誰も相手にしない。そう、私たちは誰の力も借りない、誰の不幸も利用しない。自分たちの実力で優勝する。

オリエント電気の塚本の顔を思い浮かべた。優秀な男だが繊細で気が小さなところがある。今ごろは青くなって指示を出しているだろう。

私はパソコンの前を離れ、トイレに行くふりをしてオリエント電気のピットの背後に行った。

オリエントIの周りにエンジニアたちが集まっている。

「どうかしたの」

私は入口にいたオリエント電気の作業服を着た若い男に声をかけた。

男は胡散臭そうに私を見ている。

「塚本君とは友達よ。彼を助けたいの。早く言いなさい」

私の勢いに気圧《けお》されたのか、男がしゃべり始める。

「制御盤の一つがトラブルを起こしたみたいです。予備のに取り換えたんですが、うまく働かなくて。オリエントI用に開発したんだけど、テストが不十分だったかな」

私は、エンジニアたちの外に一人立っている塚本の側に行った。顔色が青く、かなり動揺している。

「あなた、マネージャーでしょ、このチームを任されている。すぐに故障箇所を調べるのよ」

私は周りに気付かれないように小声で言った。

「絶対に大丈夫なはずなのに。オリエントIが故障するなんて」

故障なんてしない、塚本は呟くばかりだ。私は引っ叩《ぱた》きたい衝動にかられていた。

「あのスピードの落ち方は普通じゃなかった。どこかがショートして蓄電池が空になった。あるいはソーラーパネルの断線かもしれない。それを調べるんでしょ」

私は耳元で言って塚本の背中を叩いた。

「どうしたんだろ。テストのときはトラブルなんて起こらなかったのに」

塚本はか細い声を出すが、動こうとしない。

「衝突したでしょ。そのとき、おかしくなったんじゃないの」

私は塚本の腕をつかみ、エンジニアたちをかき分けてオリエントIの側に行った。

気がつくと大塚がついて来ている。ソーラーパネルを上げた内部は電子部品の集合だ。

「何なのよ、これ。うちの車なんてこの十分の一もないわよ」

「モーター出力、蓄電池電力の調整、すべて電子制御しています」

「どこがおかしいの。早く調べなさい。制御盤の予備はあるんでしょ」

「付け換えても動かないんです」

塚本は半泣きの声で言う。私は制御盤を調べた。

「このあたりの制御盤はいらないんじゃないの」

「これでモーターの効率が一・二パーセント上がります」

「A2のコントローラーを持って来て。予備があったでしょう」

私はその制御盤を取り外し、背後にいた大塚に言った。

「えっ、なんでですか。うちにだっているでしょう」

「大丈夫よ。A2はほとんど壊れない」

修理は五分ほどで終わった。三つあった制御盤を一つに減らしたのだ。

オリエントIがゆっくりと走り出した。エンジニアたちの間に歓声が上がる。

「一・二パーセントのモーター効率は犠牲にしたけど、とにかく走る。それでもこの車なら十分上位は狙える」

「有り難うございます。さすが先輩です。最高に感謝してます」

塚本は何度も頭を下げ続けた。私の横で大塚が複雑な表情をしている。

ピットに戻ると福原が寄ってきた。

「何してきはったんです。オリエント電気のピットで歓声が上がって、オリエントＩが出ていきよった」

「チェリー1は大丈夫なの」

私は福原を無視して聞いた。

「順調です。あと半分です」

時計を見るとすでに三時間がすぎている。その間、橋本が一人で走り続けているのだ。私はマイクの前に座った。

「疲れたでしょ。一度、ピットに戻って。向井さんと交代してもらいましょ」

レース場に来る直前になって、二番手のドライバーは優子と決めていたのだ。度胸がありそうだし、見かけよりは慎重だ。そして何より本人が乗りたがっている。

〈俺は大丈夫です。このまま行けるところまで行きます〉

橋本の声が返ってくる。声からは身体の状態までは分からなかったが、彼は最後まで自分一人で走り切るつもりだ。

「とにかく、帰ってきなさい。それから決めましょ」

〈ヤバイと思ったら、連絡します〉

「うちの学生たちは、なぜいつも私の言うことを聞かないの」

モニターにチェリー1が現れた。かなりのスピードでコーナーに突っ込んでいく。

「あいつ、ヤバいで。えらい熱うなっとる」

「自分の運転で、できるだけ走行距離を伸ばしておきたいのよ」

「私のこと信用してないのね」

「危ない！」

早川の声が聞こえた。チェリー1はコースを外れてボディーの尻を外壁にこすった。それでもスピードを落とさずコーナーを抜け、直線に入っていく。私はマイクのスイッチを入れた。

「もっと左によって。前の車、何だかヘン。ハンドルの故障かしら。フラフラしてる」

〈分かってます。気をつけます〉

五十メートルほど先を行く車が小刻みだが蛇行《だこう》している。ドライバーが必死に立て直そうとしているが、制御できないのだ。チェリー1がその車の横を走り抜けようとした。そのとき、車が大きく外側に揺れる。

背後の学生たちから悲鳴のような声が漏れた。

「クラッシュや！」

福原の声で、私は思わず目を閉じた。

「大丈夫です。ちょっとぶつかっただけみたい」

友美の声で目を開けると、チェリー1は何事もなかったようにその車を追い抜いていく。

「橋本はかなり疲れてる。だからよけきれなかったんだ」

早川の呟くような声が聞こえた。

3

〈モーターの調子がおかしい。アクセルを踏んでも速度が上がらない〉

突然、橋本の声が聞こえた。私はパソコンと無線機に飛びついた。

「モーターの回転が落ちてるわ。次の周回のとき、ピットに入って」

私はマイクに向かって怒鳴るような声を出した。やはりさっきの接触で何かが起こったのだ。

〈いま何位ですか〉

「まだ五位よ。ピットで点検しましょ」

〈でも、六位、七位とはほとんど差がないんでしょ。後ろに迫ってるのが六位ですね。ピットに入ってる時間はありません〉

「途中で止まったらどうするの。終わりよ」

〈押していきます〉

チェリー1はピットの前を通りすぎていった。たしかに徐々にスピードが落ちている。現在のスピードが保たれているのは慣性《かんせい》の法則によってだ。

「勝手にしなさい。泣くのはあなたたちよ」

私は無線機を持って椅子から立ち上がった。

チェリー1のスピードが目に見えて落ち始めた。やはりどこかにトラブルがあるのだ。その間にも他の車が追い抜いていく。

「次は必ずピットインよ。状況を説明しなさい。一周してる間に対策を考える。全員、スピーカーの周りに集まって。橋本君からの緊急報告よ。しっかり聞いて故障箇所を考えて」

私が怒鳴ると、学生たちが集まってきた。

〈多分、どこかでショートして電気切れだと思います。スピードはどんどん落ちてい

ます〉

「衝突のときに配線がいかれたんですかね。線の被覆管《ひふくかん》がつぶれたとか」

「ソーラーパネル側か、蓄電池側が断線した。それとも両方か」

「モニターじゃ、蓄電池に電気は残ってます。パネル側の配線の断線です」

「チェリー1が見えました。スピードはかなり落ちてます。ここまで帰りつけるかどうか」

優子が悲鳴のような声を上げる。その間にも他の車が悠々《ゆうゆう》と追い抜いていく。

「ダメだ、止まってしまう」

チェリー1はピットから五十メートルほど手前で動かなくなった。

「待って！」

私は飛び出そうとする学生たちに向かって大声を上げた。

「触ると失格になるわよ」

ピットに入るまでは他の者が手を貸すと失格になる。そのとき、運転席のフードが開き、橋本が車から這《は》い出てくる。

「何しとるんや、あいつ」

「火でも出たんじゃないですか」

私はパソコンの前に走った。火は出ていないが蓄電池の電圧が下がっている。

「がんばれ、橋本」

学生たちの声が聞こえ始めた。全員が橋本の名前を呼んでいる。

コースを見ると橋本が車から降りて、チェリー1を押している。チェリー1はゆっくりと動き始めた。

「頑張れ、橋本」

気がつくと私も一緒に叫んでいた。車体が大きいので一人だと上手く制動がきかず、車体が左右に曲りながら進んでいく。後続の車が次々に追い抜いていった。

「現在、十一位。あと一台に抜かれれば十二位」

橋本が走り始めた。コツをつかんだのだ。

「もう少しよ。頑張って」

私は拳を握りしめた。ピットまで二十メートルほどだ。

「頑張れ、チェリー1」

観客席からも声が聞こえ始めた。

「あと十メートルや。死んでもええから頑張るんや」

「あと五メートルだ」

その時、後続車がチェリー1の横を走り抜けていった。

橋本はピットに入ったと同時に、その場に倒れ込んだ。私たちは橋本のところに駆け寄った。橋本は口をいっぱいに開けて空気を吸い込んでいる。

「早く修理してくれ。さっきの接触でどこかの配線が切れたんだ。たぶん後部だ」

私たちの顔が視野《しや》に入った瞬間、橋本は切れ切れの声を出した。

「急いで故障箇所を調べて。福原君は橋本君を運んで休ませてあげて」

「先にトイレに行かせてくれ。漏らしそうだった」

「他の人は一緒に来て」

私の言葉が終わらないうちに、チェリー1はピットの中に押されていき、ソーラーパネルが取り払われた。

「ぶつかったのは左のテイルの辺り。早く調べて」

「ここです。ソーラーパネルの配線が切れて充電されていません。蓄電池も液が漏れています。交換しなきゃダメです」

「予備があるでしょ。急いで換えて」

学生たちはきびきびとよく働いた。十分ほどで新しい線につなぎ直し、蓄電池を取り換えた。再びチェリー1のモーターが回り始めた。

「橋本君はもう限界よ。これ以上続けると事故を起こすわ」

私はトイレから戻ってきた橋本に言った。四時間近くを一人で走りきったのだ。足元がふらつき、注意力も集中力も落ちている。だから接触事故を起こした。

「次はまかせてよ」

優子がヘルメットを持って立ち上がった。

「十五分のロスは痛いですね。各車の実力は拮抗《きっこう》してますから」

計算機を叩いていた友美が言う。

「残りを時速百キロ近くで走らなきゃならないです」

「やっぱり俺が走ります。今までも百キロを超えたことは何度かありますから」

橋本が優子を押しのけた。

「ムリしちゃダメ。事故が起こったら取り返しがつかない。向井さん、お願い。でも、絶対にムリはしないこと」

優子が橋本の前に出てヘルメットを被った。

「俺が走ります」

振り向くとヘルメットを持った早川が立っている。

「おまえはムリや。理屈だけやろ。向井に任せとき」

「もう運転はしないんじゃないの」

「由美《ゆみ》ちゃんに、お兄ちゃんの運転が見たいって言われたんです。彼女のお母さんも、ぜひ見せてくれって」

早川は私の目の前にスマホを突き出した。

女の子がVサインをして笑っている写真と、「運転、がんばって」というメールが入っている。

「観客席のどこかで見てるはずです」

「あなたが走って」

学生たちは意外そうな顔で私と早川を見ている。

「せやけど、下手やったら交代やで。すぐピットに戻って、向井に代われや」

早川は答えずヘルメットを被った。


「すげえ」

福原の口から声が漏れた。たしかにすごい走行だった。ドライバーの腕でここまで違うのかと思う走りだ。カーブの曲がり方、直線での加速。すべてスムーズで無駄がなく、余分な力のかからない走り方だ。

「職人ってのはすごいもんだっちゃ。同じ食材でもプロの料理人と主婦が作った料理はまっだぐ違うだべ。それと同じじっちゃ」

私は片山鉄工所の社長の言葉を思い出していた。電話中にさり気なく言った言葉だが、私の脳裏に刻まれている。ドライバーも同じだった。早川はプロだ。

「私、もう乗りたいなんて言わない。ドライバー、早川君にゆずる」

優子が目の前を走り抜けていくチェリー1に目を向けたまま、呟くように言う。

「スピードを落として。百五キロよ」

私が呼びかけたがスピードは落ちる気配はない。それどころか、スピードを増している。やはりここの学生は私の言葉を聞かない。

「やめろ。百十キロを超しとるぞ。振動が起こっとるやろ。ボディーがふっ飛ぶで」

福原が叫んでいるが聞こえるはずはない。スピードはさらに上がっていった。

「おかしいな。車体には問題が出ていません」

パソコンを見ていた友美が言った。今回は振動計も付けているので、振動も計測できる。

「俺のときは百キロを超えたところで振動が出始めたぞ。パソコンがおかしいんじゃないか。それとも谷本先生の計算が間違ってたか」

車は一瞬だけ百二十キロに達したところでスピードを落としたが、また上げる。

「おまえ、大したもんやな。初めからおまえが走っときゃよかったんや」

「なぜ、百キロを超えても振動が出ないんだ。俺のときはパネルが外れそうだった」

〈風に乗って走ってる〉

「難しいこと言うな。乗ってるのは車やろ」

〈振動が始まったら消してるんだ。正面から風を直接受けないようにするんだ。直線

では車体をわずかに前に傾けて風をやりすごす〉

全員がおかしな顔をしている。私にも早川の言葉の意味は分からなかった。

〈パネルの取り付けをもっとしっかりすれば、最高時速百三十キロはらくに出ます。車体の改良によっては、さらにもう少し出るかな〉

早川の淡々とした口調の声が流れてくる。

「ムリしちゃだめよ。ギリギリの設計なんだから。十二位以内に入ることを目標にしましょ」

そうは言っても、ピットでのロスタイムは計算に入れてなかった。早川にはできる限りのスピードで走ってもらいたかった。私の横では友美がしきりに計算機を叩いている。

オリエントIはピットインしてから二時間ほどで首位を取り戻していた。やはり総合力抜群の車なのだ。

やがてレースが開始されて六時間がすぎた。

チェッカーフラッグが振られ、その前を全車が走り抜けていく。

「何位なの」

私は友美に聞いた。学生たちが集まってくるが、友美は計算機を叩き続けている。

「さっさとしろよ。大した計算やないんやろ」

「私の計算だと十三位。十二位が関東国際大学のユニバーサル号」

「間違いやないんか。もう一回やり直せ」

「あんたと違うよ。三度やったけど間違いない。彼らの方が八百メートル走行距離が長い」

「そんなんウソや。公式発表まで分からへんで」

「さあ、用意して。早川君が帰ってくるわよ」

チェリー1が静かにピットに入ってくる。車は私たちの前にピタリと止まった。福原がフードを取ると早川が這い出てきた。高揚のためか、わずかに顔に赤みがさしている。

アナウンスが順位を流し始めた。

〈一位、オリエント電気、オリエントI。二位、石川工科大学エコチーム石川、石川チャレンジャー。三位、八戸理科大学ソーラー部、オーロラ8号。四位、北海大学、北海5。五位、文京理科大学チャレンジ工房、アポロエース。六位、太平洋高専ソーラーレーシング部、ソラリス2……〉

次々に順位と名前が読み上げられていく。

そのたびにピットと観客席で歓声が上がっている。

学生たちは静まり返って聞いている。心臓の鼓動さえ聞こえてきそうだった。

〈十位、エコファクトリー企画EVチーム、ソーラーフォックス。十二位、関東国際大学、ユニバーサル号。十三位、東北科学大学、チェリー1……〉

私の中から周りの音が消えていった。これで、すべてが終わった。観客席のほうを見ると学長たちの姿はない。

「あなたたちはよくやったわ。たった半年余りでチェリー1を作り上げ、東日本予選でも十三位に入った。これって、すごいことよ」

私は学生たちを元気づけるつもりで言ったのだが、虚しい言葉となって消えていく。

4

私たちはチェリー1を前にして実験室にいた。全員が無言でチェリー1を見つめている。

レース場からどうして帰ったのか、ほとんど覚えてはいない。

表彰式なんて見たくない、早く帰ろうという福原と優子を怒鳴りつけて、表彰式が終わるまで見ていた。

表彰台が組まれ、関係者が台上に立ってシャンパンファイトもあった。学生たちは全員が睨むように見ていた。福原はしきりに瞬《まばた》きをしていた。泣いていたのだ。この悔しさを忘れないでほしい。しかし、私たちに次はないのだ。特に私には。

前回同様、反省会を開くつもりだったが、とてもそんな気分ではなかった。

実験室のドアがノックもなく開いた。数名のスーツ姿の男が入ってくる。その男たちが私に近づいてきた。

「わがっとりすね。こいづのプロジェクトはこれで終わりだす」

一歩前に出た副学長が私に向かって言った。学生たちは何だという顔で見ている。

「申し訳ない。私はもう一年、チャレンジできるように頑張ったんだが、約束は約束だという理事たちが大半でね」

横の学長が低い声を絞り出した。

「十三位では全国大会には出られれね。よって、こいづのプロジェクトは終わりだす」

副学長の言葉に、私は返す言葉がなかった。何を言ってるんだという顔で、学生たちが私と副学長を交互に見ている。

「もう一度、挑戦させてもらえませんか」

私は副学長に深々と頭を下げた。

学生たちが見ていなければ、土下座しても後悔しなかっただろう。いや、学生たちの前でもそうすべきだったのだ。しかし私はできなかった。

「約束は約束だっちゃ。予算追加にＯＢたちの寄付。十分な資金はあったはずだっちゃ。それでも、あんだは失敗した。やはり、あんだにも、うちの学生たちにもムリな話だったでばんだ」

「もう一年。やらせてください。必ず、全国大会で優勝します」

「全国優勝して、わが校の名前ば全国に知らしめる。願ってもないことだす。おらに異議があるはずない。しかし、契約ではそいづぁ今年だったはずです」

副学長は確認するように、学長と理事たちに視線を走らせた。学長は目を伏せたまだ。

「こいづのガレージも返さなくてはいけねえね。こいづのガラクタも片付けねえと」

副学長はチェリー１に視線を向けた。

「そんな言い方はないやろ」

立ち上がった福原を優子と橋本が止めている。

「一週間以内にガレージを片付けて、とりあえず学内に戻りすてば。学生たちの今後についてはそっから考えすぺ」

副学長たちはそう言い残して出ていった。その後を私たちに頭を下げて学長が追いかけていく。

「先生、どういうことです。何かあるのなら話してください」

足音が聞こえなくなってから友美が私に訊いた。他の学生たちも私を見つめている。

「学長たちと何か密約があったんですか」

私は学生たちに向かって頭を下げた。

「予選を通過できなかった時点で、このプロジェクトは中止。私はクビ。これを言うと、あなたたちが動揺すると思って言えなかった」

学生たちは黙って聞いている。長い時間が流れた。

「そやったら、なんでオリエント電気を助けたんや。放っといたら、ギリギリ十二位で予選通過やったんや」

「そうですね。放っておけば予選通過してました。次の全日本ソーラーカーレースでもオリエントIが出なければ戦いやすい。そして、優勝すれば教授なんでしょ。だったら、カナちゃんと一緒に暮らせました」

普段、求められるとき以外は学生たちの前ではほとんどしゃべらない大塚が言う。

私は何も言えなかった。私に取れる行動は、あれしかなかった。

「そやけど、俺はますますこの研究室に来てよかったと思うたわ。みんなとも知り合えたし」

福原が今まで見たことのない神妙な表情で口を開いた。目には涙が浮かんでいるように見える。

「私も同じです」

「先生が悪いんじゃない。俺が言われたとおりに交代していれば、クラッシュも起きなかった。十分に予選通過できた。俺が先生とカナちゃんの生活を壊して、みんなの夢を奪ってしまった」

橋本は直立不動の姿勢から深々と頭を下げた。

「いいんじゃない。早川君がプロ級のドライバーだってことも分かったし。でも、振り出しに戻ってしまった。これからどうすりゃいいのよ」

「そうじゃない。ゼロから始めて、ここまで来たんだ。これで終わりだなんて言わせない」

いままで黙っていた早川が声を上げた。

「そうよ。ボスがここまで引っ張り上げてくれたんだ。それにボスは当然のことをしただけ」

「俺があいつらと直談判《じかだんぱん》したる。今度中止なんて言いよったら、タダじゃおかん」

「ムリよ。あの副学長がいる限り」

学生たちは黙ってしまった。

そのとき、事務所の電話が鳴り始めた。

誰も出ようとしないと、そのうちに鳴りやんだ。そして再び電話が鳴り始めた。

私が腰を浮かしたとき、友美が立ち上がり事務所に行った。

友美はすぐに戻ってきたが、その頬に涙が伝っている。

「副学長のやつ、また何か言ったの」

優子が友美のそばに行って、肩に手を置いて顔を覗き込んだ。

「私たち――予選に通ったのよ。協会からの電話」

「どう言うことよ」

「よく分からないけど、繰り上げなんだって。十二位なのよ。十位の車に規定違反があったのよ。だから辞退を申し出てきたんだって」

そのとき勢いよくドアが開いた。

立っているのは学長だ。肩で息をして、この寒空に額《ひたい》には汗を浮かべている。

言葉が上手く出てこないらしく、口を震わせながら私と学生たちを見ている。

「大丈夫ですか」

「協会から――電話があって――予選を通過したから――明日、正式に書類を送ると――直接伝えたくて、必死で――」

一瞬の間をおいて歓声が上がり、実験室は喧騒《けんそう》に包まれた。

しばらくその歓声の中に身を置いて、私はただ学生たちを見ていた。

「これから宴会しようぜ。コンビニでビールとおつまみ買ってこよう」

「ダメよ。今日はみんな早く帰るの。すごく疲れてるはず。緊張と興奮の連続で気づかないけど。明日は朝一番に集まって反省会よ。さあ、さっさと帰る用意をして」

私は立ち上がり、窓のほうを向いた。

「素直やないな。ほんま、あんな可愛い子の母親とは思えんで」

「バカ、泣いてるの見られたくないだけ」

「可愛いとこあるじゃない。やっぱり女の子なのよ」

「バカ言ってないで、早く帰ろ。一人にしてやろうぜ。おまえらだって、一人でじっくり喜びをかみしめたいだろ」

私は学生たちの声を聞きながらそっと涙をぬぐった。

学生たちの喜びの声に包まれながら、なぜか心底喜べなかった。今まで忘れていた不安が大きく広がり始めたのだ。

データでは、もっと上位に食い込めるはずだった。少なくとも五位以内を目指していたのだ。一瞬だが優勝も狙った。

全国大会では企業や有力大学のさらに性能のいいソーラーカーが多数出てくる。

オリエントⅠは二十分近いハンディを乗り越えて堂々の一位だ。私はオリエントⅠの制御盤の集合体のようなボディー内部を思い浮かべた。一パーセント、二パーセントの効率を上げるためには、あれほどの技術がいるのか。

チェリー1の現在の性能ではトップグループは望めない。では、プロジェクト解散の時期を少し先延ばししただけなのか。

全国大会で好成績を残すためには、大きな「何か」が必要なのだ。

その何かとはいったい何なのだ。

私は帰っていく学生たちに笑顔を見せながら考えていた。


私は自転車を停めて海を眺めた。東北の冬の海。冷たく、暗く不気味な海だ。しかし、空には満天の星が輝いている。

携帯電話が鳴り始めた。加奈子だ。

〈ママ、ゴメンね。黙って帰っちゃって。おばあちゃんが、ママは忙しいからじゃましないで帰ろって〉

「そうよ。すごく忙しかったの。でも、来てくれて有り難うね。すごく嬉しかった。みんなも、また会いたいって」

〈一等にはなれなかったんでしょ。何等賞なの〉

「次は一等賞になるからね」

〈次って、おまえ。予選に落ちたんだろ。大学もクビになるって〉

横から母親の声が割って入る。

私が事情を説明すると、ホッとした空気が伝わってくる。そして神妙な声が聞こえた。

〈でも、ムリしないで帰って来てもいいんだよ。こっちにも就職口はあるだろ。父さんだって、おまえに帰ってきてほしいんだよ〉

「男に騙されたバカ娘って言ったのは誰よ。それにこの仕事が好きなのよ」

無意識に出た言葉だった。でも私は、はっきり感じることができた。私の後ろには学生たちがついている。

〈今度は絶対に一等賞を取ってね〉

加奈子の声に変わった。そして、バイバイという声と共に電話は切れた。

暗い海に向かって深く息を吸い込んだ。冷たく潮の香を含んだ空気が肺いっぱいに満ちる。

私は再び自転車に乗り、力いっぱいペダルを漕いだ。

5

翌日、私が一時限開始前に実験室に行くと学生たちはすでに集まっていた。

「やっぱ、上位に入るチームはすごかったな。学生かてうちの何倍もおるで。チームのトップは有名教授が多いし」

福原は私が入ってきたのに気づき、しまったという顔をしたが、私は気にもならなかった。前ほど教授の地位にこだわりがなくなったのだ。

とにかく、優勝すること。この学生たちを頂点に立たせてやりたい。そして自分もその仲間でいたい、という気持ちのほうが大きくなっている。

「数じゃないわよ。うちだってなかなか優秀な人材がそろってるって思わない。それに、トップだってどこにも負けない」

優子が立ち上がって私を見て言う。

「一位のオリエント電気に見学に行ければな。あの車はやっぱり驚異の走りをしてた。失速から復帰後の走りはすごく安定してた」

「アホ、オリエント電気はボスがクビになった企業やで。敵なんや」

「クビじゃない。私は自分から辞表を出したのよ。あそこじゃ、自分を生かせないと思ったから」

「それじゃ、今は自分を生かせてるってことですか」

「それはまだ分からない。半年と少ししかたってないのよ。でも、生かしたいとは思ってる」

その気持ちはますます強く、確かなものになっている。

「俺らに任しとき。後悔はさせへんで」

「頼りにしてる」

私は心底そう思った。

「さあ仕事や。チェリー1の整備が出来てへんやろ。昨日のレースでガタガタや。怠けたら承知せえへんで」

福原の声が響きわたった。


レースから数日がすぎた。

大学は春休みに入っているが、学生たちは毎日実験室に来ていた。次のレースのためにチェリー1の改良について話し合っているのだ。

友美が私がデスクに置いていたファックス用紙を持って入ってきた。

「大学が予選通過のお祝い会を開くって本当ですか。これによるとマスコミを集めて大々的にやるそうです。来年の大学の募集要項の表紙にするらしいですよ。だったら、走ってるところか、次の表彰式の写真にすればいいのに」

「どうせ、優勝するなんて思ってないのよ。今の段階ならなんとでも説明文を作ることができるでしょ。優勝を目指してとか」

誰からの反論も聞こえない。

「断る理由もないやろ。俺たちのチェリー1のお祝いやで。パーッといこうや」

学生たちが帰った実験室で、私はパイプ椅子を引き寄せて座った。

目の前には淡い光に照らされたチェリー1の流線型の車体がある。

じっと見つめていると、この半年余りの光景が目に浮かんできた。

「先生、まだ帰らないんですか」

突然の声に顔を上げると大塚が立っている。

「大塚さんこそ、奥さんが待ってるんじゃないの」

「今日は娘が東京から孫を連れてきてるんです。今ごろ、うちじゃ大騒ぎだ」

「じゃ、なおさら早く帰ったほうがいいんじゃないの」

「先生こそ、カナちゃんのところへ行かなくていいんですか。落ち着いたら会いに行くって言ってたでしょう」

「一区切りついたらね。分かってくれると思う」

「先生はオリエント電気じゃ、半導体を作っていたんですね」

「ソーラーパネル用の半導体。従来のものより、太陽光を電気に変える効率を上げる研究」

「なぜやめたんですか。最先端の研究なんでしょう」

「私の夢は何万枚という太陽パネルを並べて、発電所並みの電力を生み出すシステムを作ること。メガソーラーよ。メガソーラーを町の各所に作って、生み出した電気を中央のパソコンで制御して必要なところに必要なだけ送るシステムの開発」

「スマートグリッドというやつですね。何年か前にオバマ大統領が提唱して有名になりました。もう実験してる町もあるんでしょう」

私は頷いた。私が関係した町もあるが、もう何年も前のことのような気がする。

「そんな夢があるのに、なぜ辞めたんです。大学よりも企業のほうが研究費は何十倍も多いんでしょう。いや何百倍かな。大学には教育という仕事もあるし」

「私はまだ正規の大学の教員という立場じゃないから。このプロジェクトだけに雇われたのよ」

「今度のレースに優勝すれば教授でしたね。私を含めて学生たちは張り切ってます。必ず先生の希望をかなえる」

「でも、かなり難しい。今までのようにはいかない。強豪ばかりだから」

「そうですね。みんなはかなり楽観的だけど。オリエント電気も新チームで出るって話、知ってますか」

私は無言で頷いた。

レースの翌日、富山から電話があったのだ。おそらく、塚本からレース場でのことを聞いたのだ。彼は東日本選抜レースに出ることを黙っていたことを詫びて、かなり遠慮がちに話していた。オリエント電気が新チームを結成するからには、前回の反省を踏まえて確実に優勝を狙っているのだ。それは企業命令にも等しい。優勝できなければ企業イメージに傷がつく。

しかもそのプロジェクトリーダーは私と同期の松田慎二《まつだしんじ》だ。塚本はナンバー2になるという。

松田は優秀で緻密《ちみつ》な上に、闘争心もある。おそらく、チェリー1についても今以上に調べてくるだろう。

6

三月十一日。

「全日本ソーラーカーレース予選通過祝勝会」が開かれる日だった。

式は港の公民館で午後二時から行われる。

市場と漁業加工工場の横にある、鉄筋コンクリート製の小綺麗な建物だ。三階建てで、屋上からは湾内が見渡せる。

私は学生と町工場の人たちと、実験室でのお祝い会ですませたかったが、大学と町に押し切られたのだ。

さらに本来なら大学構内で行われるはずが、町長のぜひ町全体で祝いたいとの意向で公民館で開かれることになった。おそらく裏でOB会と市議会議員たちが、手を回したのだ。

公民館には五十名以上の町の有力者や大学関係者、マスコミが集まっていた。

「式は二時から始まります。関係者は一時半までに集まってください」

進行係を務める大学総務部の山下《やました》がやってきて告げた。

「これって、どういうことですか」

私は式典の進行表を見て声を上げた。

「何かおかしなことがありますか」

「うちの学生たちと町工場の人たちの席がありません。壇上はすべて大学幹部と来賓《らいひん》席じゃありませんか。チェリー1を作って東日本予選を通過したのは、学生たちと、協力してくれた町工場の人たちの力です」

山下はそれがなんだという顔で私を見ている。

「それに車の名前が違っています」

「東北科学大学ソーラー一号で間違いないです」

山下は書類をめくりながら言った。

「何をもめてだのか。そろそろ理事と来賓が来る時間だ」

モーニング姿に胸に白花をつけた副学長が来た。

私は学生たちと町工場の人たちの席がないことと、車の名前が違っていることを主張した。

「こいづのプロジェクトは、大学の目玉として発足《ほっそく》したことは承知しておりすね。そのために研究開発費も非常勤講師の研究に対しては異例の二百万円が出てるんだっちゃ。そんで、さらに追加された。これは破格の額なんだよ」

「それだけじゃ、チェリー1の製作とレース参戦はとてもムリでした。現在までに学生たちが自前で集めた研究開発費は、百万円以上あります。学生たちが企業に寄付を頼みに回り、Tシャツを売って得たお金です。それに、あの車は近隣の町工場の人たちが利益を度外視して作ってくれたものです。ソーラーパネルは無料提供です。多くの人たちの善意と協力でできたものです」

「んだばら、理事や来賓が多数駆けつけてけろたで」

「学生と中小企業の人たちの席がないのは絶対におかしいです」

「ボス、俺たちはいいよ。チェリー1の名前も、大学が有名になればいいじゃないか。大学に誇りを持てって言ったのはボスだぜ」

橋本と福原が、副学長に食ってかかる私を見かねて言った。

「他の連中も同じ考えや。問題あらへん」

しかし、私は彼らの教師としてこだわりたかった。

「席だけは用意してください。そうじゃないと私も壇上には座りませんから」

「そいづぁ困りすてば。理事や来賓の中には、ぜひ、あんだと会いたいという方が大勢おりすから。中小企業の人らには、改めて大学から礼状を送らせてもらう」

「じゃ、学生たちの席はお願いします。たかが椅子を六脚《きゃく》増やすだけでしょ」

横で山下が、隅であれば問題ありませんと小声で言っている。

結局、来賓の後ろに学生たちの席が急きょ作られることになった。

「カナちゃんは呼ばはらへんのですか」

福原がなぜか改まった口調で聞いた。

「そのつもりだったけど、やめにしたの。イヤな予感がしてたの。こんなお祝い会なんて退屈するだけでしょ」

プログラムには来賓の挨拶がえんえんと続いている。

「別の日に実験室でバーベキューでもしましょ。そのときは呼んでもいいでしょ」

「大歓迎や。ボスに似てなかなか可愛かった」

「僕も由美ちゃんを呼んでいいですか。チェリー1に触りたいって」

「もちろんよ。みんな、女の子大歓迎でしょ」

「急いでください。式開始が予定より三十分近くも遅れています」

進行係が時計を気にしながら私たちのほうにやってきた。

式は学長の挨拶から始まった。

その後、来賓の市長、町長、市議会議員、町議会議員、ＯＢ会会長、招待されている近くの大学学長と続く予定だ。

その様子はローカルテレビ局、ケーブルテレビが撮影している。町をあげての取り組みなのだ。新聞、ラジオなどからも多くの人が来ていた。もちろん大学広報部も来ている。

私は腰を浮かした。何か異様な空気を感じたのだ。

そのとき私は、ドスンという身体の芯にまで響く音を聞いた。それは、確かに音だった。重く鈍い、地中深くでダイナマイトが爆発したような響きだ。

周りの者も次々に立ち上がり、不安そうな表情であたりを見回している。

会場にいる人たち全員の動きが止まった。

風景も空気もそして時間までもが止まった。

激しい揺れが公民館を襲ったのだ。

第七章　悲鳴、そして……

1

「なんだこれは？」

会場の半数がよろめきながら立ち上がり、周囲を見回している。

私は座ったまま椅子の背を握り、天井を見上げた。

そのとき、さらに激しい横揺れが襲った。椅子が床を移動し、身体が飛ばされそうになるほどの揺れだ。

窓のブラインドが大きく揺れ、天井がミシミシ音をたてている。

悲鳴と共に窓ガラスが割れて辺りに散乱した。

「地震だ。かなり大きいぞ。外に出ろ。中は危ない」

「避難訓練通りにやればいい。慌てるな」

「誰か助けて。立てないのよ」

そこかしこで悲鳴と怒鳴り声と助けを求める声が聞こえる。

学生たちを外に連れ出さなければならない。

立ち上がろうとしたが腰と足に力が入らない。椅子につかまり転倒を防ぐのがやっとだった。

周りを見たが、大部分の者が床に座り込むか腰をかがめて何かにつかまっている。揺れはまだ続いていた。

〈落ち着いてください。この公民館は耐震化されています。震度六以上でも大丈夫です。避難所にもなっています〉

アナウンスの女性の声も震えている。

「だったらここにいようぜ」

福原が椅子に座ったまま妙に落ち着いた声で言った。しかし顔は青ざめている。私と同じように立てないのか。

「バカ言ってないで逃げるのよ」

私は立ち上がろうと必死でもがいた。

ずいぶん長い時間がすぎたような気がしたが、まだ二分程度しかたっていない。揺れは収まりそうにない。辺りには椅子が倒れて散乱している。その間を出席者たちがよろめきながら出口に押し寄せた。

「先生、大丈夫ですか」

早川が私の腕を支えて立たせてくれて、やっと出口に歩き始めた。

振り向くと学生たちが助け合いながら出口に向かっている。福原も中腰でなんとかついてきていた。

出口は詰め掛けた人で、大混乱を起こしていた。

「なんだこれは。こんなにすごい揺れは初めてだぞ。それに異様に長い」

前を行く二人の議員の声が聞こえた。

「チリ地震の時よりひどいぞ。あれは大変な犠牲者と被害が出た。私は十歳だったが、よく覚えとる」

一九六〇年にチリで大地震が起き、太平洋を渡って日本に大津波が押し寄せた。この津波は、日本全土に死者・行方不明者百四十二人、家屋全壊千五百戸の大きな被害をもたらしている。

「ウソだろう。揺れなんて感じるはずがない。一万七千キロも離れた海の向こうの国の地震だ。日本に来たのは津波だけだ」

「だったら、ここにいた方がいいんじゃないですか。避難所にもなってるそうだし」

私が言うと、議員たちはジロリと睨んで人をかき分けていった。たしかにこの揺れは尋常ではない。やはり早く出た方がいい。

私と学生たちは手を取り合うようにして会場から外に出た。

公民館前の広場に出ると、電柱がしなるように揺れている。ところどころで電線が切れて垂れ下がり跳ね上がっていた。

電気は止まっているのだろう。通電していればかなり危険だ。

「危ない」

道路を渡ろうとした私の腕を、大塚が強い力で引いた。

道路を隔《へだ》てた家の瓦が降ってきて、音を立てて砕け散った。

路上には瓦とガラスとはがれ落ちた壁が散乱していた。アスファルトにはいたる所に大きな亀裂《きれつ》が入っている。

やっと揺れが収まってきた。十分以上続いたかと思ったが、四分余りだった。それでも地震としては異常な長さだ。

「みんなを集めて」

私は周囲を見回しながら大塚に言った。

すぐに全員が集まった。

「全員、大丈夫ね。怪我はないでしょ」

「俺たちは大丈夫。慌てて壇上から転げ落ちてた来賓がいたぜ」

「離れないで。一緒に行動するのよ」

「すげえ」

福原が声を上げて路上を見ている。

道路一面に泥水が広がっている。アスファルトの亀裂から砂まじりの黒い水が噴き出ているのだ。液状化現象だ。この辺りは昔、浜だったと聞いたことがある。

「誰もいないわよ。みんな、どこに行ったのよ」

友美の言葉で通りに目をやると、町には人の姿はほとんど見られなかった。

公民館前の駐車場を兼ねた広場では、式典に出席していた正装した人たちが集まり、呆然とした表情で町を見ている。

そのうちに我に返ったように、一斉に携帯電話を出してボタンを押し始めた。

私も慌てて携帯電話のメモリーボタンを押した。加奈子は無事だろうか。

携帯電話は通じない。中継局につながろうとする機械音が聞こえてくるだけだ。これだけの揺れだ。近くの中継アンテナが壊れたとしても不思議ではない。それにおそらく、全国から電話がこの地域に集中して通じにくくなっているのだ。

私は諦めて携帯電話をしまい、あらためて町に目を向けた。

そのとき、ひときわ大きな声が響き渡った。

「この地震じゃ、でかい津波が来るぞ。逃げるんだ」

広場は騒然となった。

「逃げるって、どこに逃げるんだ。この公民館は避難所になってるんだぞ」

日之出町地域は、いちばん海に近い公民館、丘のふもとの小学校、丘の中腹の中学校が避難所になっている。この公民館は海抜五メートル、海から五百メートルほどのところにある。鉄筋コンクリートの三階建てで屋上もある。

「いざとなれば屋上に逃げればいい。いくらなんでも、あそこまでは来ないだろう」

「ここは安全だ。食料や水、毛布だって備蓄《びちく》してる。すぐに港から避難する人が押し寄せてくる」

「しかし今の揺れじゃ、かなり大きな津波が来る。昔、婆さんが言うとった」

「まだ大丈夫だ。訓練通りにやればいい。地震から津波まで一時間以上あるはずだ。海には絶対に近づかないように」

町長が怒鳴っている。

「本当なの。ここは安全だってこと」

私は大塚に聞いた。

「この辺りは何度も津波が来てるんです。みんな慣れているし、準備もしてます。落ち着いて行動すれば大丈夫です」

たしかにその通りだ。一九三三年の昭和三陸地震ではマグニチュード8・1の地震が発生し、大津波が太平洋岸を襲い三陸沿岸で死者・行方不明者三千六十四人、家屋《かおく》流出四千八百八十五戸、家屋全壊七千九戸の甚大《じんだい》な被害を出した。被害を大きくしたのは津波だった。しかしそれは、八十年も前の話だ。慣れているとは言えない。

「でも、かなりひどい揺れだったよ。あんなの初めて」

私は再度、通りの方に目をやった。

町は異様に静かだった。いつもなら、この通りはかなりの人が歩いている。

通りを隔てたスーパーでは、地震直後には飛び出してきて店の中を見て呆然としていた店員が、倒れた商品台を二人がかりで元に戻し始めている。私は学生たちに向き直った。

「みんな、家は大丈夫なの」

「携帯電話は通じません。でも、大丈夫だと思います。私の家はここから二十キロ以上離れてますから」

大塚が比較的落ち着いた顔で言ったが、携帯電話を耳にあてたままだ。

「俺は親父が出ました。津波が来るから早く逃げろって。家族はみんな無事でした」

橋本はホッとした表情をしている。

「私はつながりません。家族に電話してるんだけど」

友美が泣きそうな声で言う。

早川と優子もまだ家族と連絡が取れていない。福原の実家は関西だから問題ないだろう。

「落ち着きましょ。もっと情報がそろってから行動したほうがいい」

私は自分自身に言い聞かせるように言った。

揺れが収まって五分もたつと、広場には比較的のんびりした空気が漂い始めた。中には室内から持ち出した椅子に座って、タバコを吸っている者もいる。

「今日の式典は中止ですな。これじゃ議員さんたちも役所に戻らなきゃならないし。町長は役場に戻ってしまった。私も大学が心配です。この辺りの震度は六強というところでしょうか」

学長が落ち着いたというより、間の抜けた声で言った。

「実験室に戻って、チェリー1を運ばへんか。この辺りは津波が来よるで。大阪を出るとき、さんざん脅かされたんや。この辺は津波の名所や。絶対に溺れるぞて」

私は福原がカナヅチだということを思い出した。

大塚に視線を向けた。やっと連絡が取れた彼の家族は無事で、家も大きな被害はなかったそうだ。彼はこの地方出身で詳しいはずだが、無言で首を横にふった。

時計を見ると、地震が起こってからまだ十分ほどしかたっていない。

「時間はあるやろ。チェリー1を助けんと」

「やっぱりダメよ。海岸に戻るなんて」

私は一瞬迷ったが言った。

「私たちはもっと高台に移動するのよ」

「津波が来るんは、地震から一時間くらいって言うとったで。時間なら十分ある」

私は再度、大塚に視線を向けた。

「たしかにそうも言われてます。でも、もっと早いかもしれない」

「急げってことや。まだ間に合う」

福原が走り出した。そのあとを、橋本と早川が追い掛けていく。

「やめなさい。早く高台に逃げるの。津波が来るのよ」

私は叫んだが三人は走っていった。

「連れ戻してくる」

優子が言い残すと、三人を追っていく。

周りの議員や大学職員たちは驚くほど落ち着いて、会場の片付けをしながら今後どうするかを話し合っている。

「あなたたち、先に逃げてて。高台に行くのよ」

私が走り出すと、大塚と友美もついてくる。

「こうなると思ってました。先生の性格からして」

「彼らをおいて逃げられないでしょ」

大塚の言葉に、私は言い訳のように応じながら走った。

やはり町は静かだった。人通りも極端に少なく、時折数人で集まって話しているのを見かけるだけだ。

玄関先で屋根から落ちた瓦を片付けている婦人がいた。

「津波が来るそうです。早く逃げたほうがいいですよ」

友美が声をかけたが、頭を下げただけで片付けを続けている。

「こういうの正常性バイアスっていうんです。危険から目を背《そむ》けようとする心理です。ある程度の危険は無視して、危険な状況ではないと思い込もうとする無意識の行為。心理学の授業で習いました」

走りながら友美が言う。

港に近づいて私たちの足が止まり、顔色が変わった。

いつもは堤防越しに見える海面が見えない。岸壁に打ちつける波のしぶきの音も聞こえない。引き波で海面が下がっているのだ。その下がり方も尋常ではない。

堤防に上がって声を失った。港の端の浜では水位が下がり、海底が見えているところもある。

浜には十人近くの人の姿が見えた。魚を拾っているのだ。

「でかい魚が跳ねてる。俺たちも取りに行くか」

私の横で浜を見ている若者たちの一人が言った。

「バカ言わないで。死ぬわよ」

私は怒鳴りつけた。

道の前方に目を移すと、福原たちが実験室に駆け込んでいくのが見えた。

「早く逃げるのよ。チェリー1は放っておきなさい。また作ればいいでしょ」

私は声の限り叫んだ。

「私が連れ戻してきます」

大塚が走り出した。

私と友美も懸命に走って、すぐに大塚に追いついた。

「チェリー1を救うよりみんなで高台に逃げるのよ」

「分かってます。あの引き波ではすごい津波が来る」

大塚が息をはずませながら言った。

2

実験室では学生たちがチェリー1を運び出していた。

アングルで組まれた棚が倒れ、床には工具が散乱している。天井のスレートの一部がはがれ落ち、床に散らばっていた。しかし幸運にも、チェリー1は無傷だった。

「あんたたち、逃げるのよ。大津波が来るわよ」

「せっかく傷一つないんです。なんとか運びます」

橋本たちはチェリー1を運びだそうとしている。友美がチェリー1を押し始めた。

「十分くらいなら大丈夫です」

大塚までがチェリー1に手をかけて言う。

「みんななんとかして、ソーラーカーを続けたいんや」

福原の言葉に私は部屋の中を見回した。車だけが残っても、今後のレースは続けられない。

「十分だけよ。測定器とパソコン、濡れるとダメになるものはすべて屋根の上に上げるのよ」

私と学生たちは事務所に駆け込んで電子機器類を集めて、ゴミ袋で包んだ。

「予備のソーラーパネルも忘れないように」

大塚が大声を出した。

学生たちはハシゴを使って、次々に屋根の上に運び上げている。屋根は三メートル以上の高さがある。

「チェリー1は屋根には上げられない。高台まで押していくしかないぞ」

「早よせんと。道路はすいとったけど、すぐにいっぱいになりよる」

「なにのんびりしてるのよ。時間はないのよ」

私は福原と橋本の背中を叩いた。

「もう地震から二十分以上たちました。急ぎましょう」

大塚がチェリー1を入り口に向かって押しながら怒鳴っている。

全員でチェリー1を押して高台に向かって走った。


「どこに運ぶんや」

「スーパーの駐車場が海抜五メートルだ。あの辺りでいいんじゃないか」

「いや、コンビニにしようぜ。海抜七メートルだ」

私たちはチェリー1を押す腕に力を込めた。


コンビニの駐車場には十台以上の車が停まり多くの人がいた。

店内にもかなりの人が入っている。

「ここは海抜七メートルです。公民館より高いですよ」

チェリー1を駐車場の端に停めると、学生たちはその横に座り込んだ。

「お握りとサンドイッチを買ってきて。みんなお腹がすいてるでしょ」

私は福原に千円札二枚を渡した。

コンビニ横の坂道を登る人が増えている。みんなさらに高台に上っていくのだ。

「食料と飲み物は買い占めがあったみたいや」

戻ってきた福原がお握り数個と菓子パン、ジュースが数本入った袋を差し出した。

「先生、ちょっと」

友美が私を呼びに来た。

「あなたも食べなさいよ」

お握りとジュースを渡したが、曖昧《あいまい》に頷くだけだ。

私は友美について駐車場の端に停めてある車の側に行った。

〈地震の規模はマグニチュード8．4。津波の高さは十メートルが予想されています。海岸には絶対に近付かないでください〉

「あんた、こんなの信用できるか。十メートルの津波だってよ」

カーラジオを聞いていた初老の男が言った。

私は運転席に手を入れて、ラジオのボリュームをいっぱいに上げた。

〈繰り返します。東北沿岸の各地を高い津波が襲います。場所によっては十メートルを超えるところが出ます。急いで高台に避難してください。緊急地震放送です。東北地方、太平洋沿岸に巨大地震が――〉

「三陸日之出町に十メートルを超える津波が来るなんて言ってねえぞ」

〈気象庁は宮城県三陸海岸を襲う津波は十メートルを超えると予想。海岸近くの人は急いで避難をしてください。宮城県東部の沿岸地方には——津波到達予想時刻は三時二十分すぎ——〉

ラジオは同じ内容を繰り返している。

「間違いなくこの辺りです。もっと高台に避難した方が安全です」

男の顔色が変わった。やっと事態を理解したようだ。

私は学生たちの所に駆け戻った。

「ラジオじゃ十メートル以上の津波だって。宮城県の海岸に津波が到着するのは三時二十分すぎ」

「十メートルって。ウソでしょ」

「ラジオじゃ言ってたわよ。気象庁がそう予想してるんだって」

「町にはまだずいぶん人が残ってましたよ。公民館は避難所になってるし」

「公民館は海抜五メートルだったね。危ないでしょ。人も大勢集まってるはずよ」

私は腕時計を見ながら言った。

「手分けして町の人に知らせるのよ。十メートル以上の津波が来るの。公民館に避難している人たち、それに町に残ってる人たちにも。ここに戻ってくるのは三時ちょうど。まだ十五分ある。時間厳守よ。今度だけは私の言うことを聞くのよ。必ず時間を守って」

私は学生たちに言うと、走り出していた。

クラクションの音が聞こえる。振り向くと優子が車から顔を出して私を呼んでいる。

私と友美が乗り込むとすぐに車は走り出した。

「いつもこの近くに駐車してるんです。もっと高台に移そうかと思ったんだけど、先に公民館に行ってもいいです」

いつの間に取りに行ったのか聞こうとしてやめた。

〈津波は十メートルを超える予想です。ただちに避難してください〉

たしかに車のラジオは告げている。どの番組も同じだ。私は急ぐように言った。

車はクラクションを鳴らしながら公民館前の広場に入っていった。

人が増え、百名を超えている。

「ここは危険です。十メートルの津波が来るそうです。直ちにもっと上に避難してください」

私は車の窓から身を乗り出して叫んだが、広場の人たちは怪訝《けげん》そうな顔で見ているだけだ。

私は車を飛び出して顔見知りの中年女性をつかまえた。

「ラジオで言ってるのよ。十メートルを超える津波だって」

「ここらにそんな津波は来ないわよ。せいぜい四、五メートル。それ以上だと屋上に避難するつもりよ」

「誰かラジオを持ってませんか。それを聞いてください。車にラジオがあるでしょ。ラジオで宮城県三陸海岸の津波は十メートル以上って言ってます」

　周りの者たちが私の方を見ている。

「ウソだろ。この辺りでそんな津波なんて聞いたことがないぞ」

「ラジオがウソを言ってるっていうの」

「ウソじゃなくて間違ってるんだろ」

「福島も宮城も岩手も、太平洋側に面しているところは十メートルを超える津波が来るって言ってます」

　私が繰り返すと、次第に周りの者たちの表情が変わってくる。

「はよ逃げえ。十メートル以上の津波やぞ。おまえら、宮城の海岸に住んどるんやろ。ほんまやで。大阪の友達がメールしてきとる」

　息を切らしながら広場に走り込んできた福原が、スマホを読み上げた。

「俺、実験室の隣の婆さん見てきますわ。ぎょうさん差し入れもろうたから。先にコンビニに戻っててください」

私が止める間もなく、福原は駆け出していった。

「サイレンも鳴らない。町もこんなに静かだし。そんな大津波が来ると言われても」

「あれだけ揺れたんです。サイレンが壊れたんでしょ。ラジオを聞きなさいよ。カーラジオがあるでしょ」

「先生、時間です。早く避難しましょ」

友美が泣きそうな顔で私をうながした。

「でも、福原君が――」

「コンビニに戻ってきます。彼は体力だけはあります」

私たちは、何人かの者たちが車に向かうのを見てから、公民館を後にした。しかし、町に残っている人たちは他にも多数いる。

コンビニに続く片側一車線の道路はすでに渋滞が始まっていた。丘に続く道には車が整然と並んでいるが、反対車線にはほとんど車は見られない。時折クラクションの音が聞こえるが、みんなわりと冷静だ。

助手席の窓を叩く音がする。見ると福原が覗き込んでいた。

「あんた、なんで私の言葉が聞けないのよ」

窓を開けると、助手席に顔を突っ込んできた。

「車を降りて走った方がええで。渋滞は先まで続いてる。これじゃ進まへんで。隣りの婆さん、消防団の人に預けてきました」

「そうしましょ。車を脇に寄せて」

「車を捨てるんですか。私はイヤです」

優子はハンドルにしがみついた。

「死にたいの。十メートルの津波が来るのよ」

「でも車は――」

「生きてれば、また買ってもらえるわよ。二台でも三台でも」

私はいやがる優子を車の外に連れ出した。

「走って逃げた方がいいですよ」

私たちは停まっている車に声をかけながら坂道を上ったが、誰も降りてはこない。

坂道を上りながら下を見ると公民館が見える。

前の広場にはまだ人が溢れていた。中にはもっといるだろう。私はできるだけのことはやった。そう思おうとしたが、やりきれない思いが湧き上がってくる。

坂道の途中の石にお婆さんが座っている。

「お婆さん、ここ危ないですよ。一緒に避難しましょ」

優子が声をかけたが、お婆さんは応えず海のほうを見ている。

「十メートルを超える津波だそうです。ここも危ないですよ」

「わしはええ。家に帰りたいけど腰が痛うなって」

「家って、どこですか」

「あの工場の横じゃ」

お婆さんの視線を追うと、工場の横には土塊《つちくれ》の山があるだけだ。

「ちょっと出かけて帰ると、あの状態じゃった。地震で潰れてしもうたらしい。爺さんの位牌《いはい》を取って来たいけどあれじゃあのう」

お婆さんはため息をついた。

「爺さんと一緒に建てた家じゃったけど」

「とりあえず一緒に行きましょ」

「わしはええと言うとるに」

お婆さんは動こうとしない。

「あんたら、急いだ方がええ。ここはまだ海抜五メートルのところだ」

二人の子供の手を引いた初老の男が坂道を上っていく。子供は孫なのだろう。

私たちは再び上り始めた。

でも、一生あのお婆さんの顔を忘れられないだろう。そう思うと足は止まっていた。

「福原君。お婆さんを担《かつ》いで先に中学校に行って。私はコンビニに行って、みんなと追いかける」

「でも、本人はイヤやて」

「このまま放っておくと、あのお婆さん、あなたのところに毎晩出てくるわよ」

福原は戻ってお婆さんを担ぎ上げると走り出した。

3

コンビニに着くと学生たちが集まっていた。

すぐに福原が戻ってきた。

「小学校に預けてきました。あそこやったら、大丈夫やと思います。二階に上がったら海抜十メートル以上やし」

「あんた、すごくいいことしたのよ。絶対に天国に行けるから」

学生たちが不思議そうな顔で見ている。

「すぐに逃げましょ。あと十分と少しで津波が来る」

「チェリー1も連れてっていいでしょ。せっかくここまで一緒に来たんです。絶対に助けたい」

優子の言葉に学生たち全員が私を見ている。

「でも、危ないと思ったらすぐに逃げるのよ」

私は迷ったが言った。たしかに、ここまで来たのだ。できることなら、安全なところまで一緒に行きたい。

私たちはチェリー1を押して、懸命に坂道を上った。

そのとき、モーニング姿の男が私たちを突き飛ばすように押しのけると、坂道を走っていく。副学長だ。

「なんや、あのおっさん。ほんま、イヤな奴やな。どついたろか」

福原が副学長の後ろ姿に向かって拳を振り上げた。


「手を貸してくれ。老人ホームの入居者が逃げ遅れてる」

駆け下りてきた中年男が私たちに言った。

「車を置いて、お年寄りを助けるのよ」

私はチェリー1を坂道の横に移動させるよう指示した。

「でもここはまだ危険だし――」

「急ぐのよ。津波はすぐそこまで来てる」

振り返ったが、海の方は静まりかえったままだ。何の兆候も見られない。気象庁の発表が間違っているようにさえ思えてくる。しかし、不気味な静けさであることには間違いない。

「あそこのホームの婆ちゃん、お握り差し入れてくれたわ」

福原が中年男について走り出すと、他の学生たちも施設に向かって走り始めた。

私たちが老人ホームに着いたとき、ホームは大混乱に陥《おちい》っていた。

「すぐに入居の人たちを高台に移しましょ。何人くらい残ってるんですか」

私は指示を出している年配の男性に聞いた。

「あと、八人です。自分で歩ける者とちょっとした支えがあれば歩ける者は、他の職員が連れていきました。残っているのは車椅子か、自力では歩けない者ばかりです」

入居者は全員で四十人くらいと聞いていた。大部分の者はすでに避難している。

「残っている人たちには、最上階に移動してもらいます。手伝ってくれると有り難いんですが」

「最上階といってもここ、二階までしかありませんよ。屋上でもせいぜい七、八メートルでしょ。津波は十メートル以上なんです。やはり高台に移った方がいい」

「しかし、これだけの人数をどうやって――」

「なんどがしてけろ。母親がいるんだ」

いつのまにか副学長が、私の背後でか細い声を出している。横に車椅子に座ったお婆さんがいた。副学長とはまったく似ていない、上品な顔つきのお婆さんだ。

「車はないの。残ってる人、全員が乗れるくらいの」

「車はダメです。高台への道はどこも渋滞して動けないと連絡が入っています。前に出発したグループは途中で降りて歩いてるって」

「俺が中学校への抜け道を知ってる。表に大型バンがあっただろ。あれ動くのか」

「動きますが――。私、普通免許しか持ってなくて。だから――」

「みんなを早くバンに乗せてくれ。俺が運転する」

橋本が私を押しのけるようにして前に出てきた。

「抜け道って、確実なことなの。人命がかかってるのよ。いい加減な話じゃないのね」

私が真剣な表情で訊くと、橋本は無言で頷いている。

「そうしてけろ。おらからもお願いする」

副学長がすがるような目で私たちを見ている。

ただちに八人の入居者と介護士、副学長と学生たちがバンに乗り込んだ。

橋本がバンを運転をして、早川が老人ホームの自転車で走りだした。

「気を付けてよ。乗ってるのはお年寄りばかりよ」

私は助手席に座ってシートベルトを握り締めていた。

前方の道路には車の列が続いている。早川に続いて、橋本の運転するバンも手前の細い道に入っていく。自転車が途中でわき道に入ると、バンも後についていく。かなり狭い道だ。その道が、さらに狭くなっていく。

出発前、橋本と早川が地図を見ながら話していたが、二人は打ち合わせをしていたのだろう。

「こんな道、通れるの」

「通れないです、狭すぎて。進入禁止の道です」

ブロック塀でガリガリと車体をこする音がする。しかし、そんなことに構っている余裕はなかった。職員と介護士も何も言わず、座っている。

五分ほど走って、少し広い道に出た。そこには自転車に乗った早川が待っている。彼が対向車の有無を確かめながら、先導しているのだ。

前方に軽自動車が、道を三分の一ほどふさいで斜めに停まっている。すれ違うには無理だが、橋本はスピードを落とそうとはしない。

「車の中に人はいますか」

「誰も乗ってないわよ」

「全員、何かにつかまれ」

橋本が叫ぶと同時に、強い衝撃で身体が跳ね上がった。

バンは停まっている軽自動車の後部にぶつかり、路肩《ろかた》に押し上げて走っていく。

「あんたの運転、だんだん大胆になってる」

「研究室の影響です。運転って楽しいです」

「海に煙が立ってる」

老人の一人が声を出した。

海を見ると水平線に沿って白波が横一直線に続き、陸に向かって押し寄せてくる。立ち上る飛沫《しぶき》が煙のように見えた。

私は初めて見る光景に、声が出なかった。

「あれが津波か。海が押し寄せてきよる」

福原がかすれた声を出した。

「見て」

私の後ろに座っていた優子が大声を出した。

窓の下方には日之出町が広がっている。銀行もスーパーも公民館も見える。防潮堤の上に烈《はげ》しい水飛沫が上がった。

「波が堤防を超えてくるぞ。急げ」

避難所と決められていた公民館と小学校からも、避難していた人たちが逃げ出してくる。

少し前まではほとんど車も通っていなかった道にも、車がぎっしりと停まっている。

「裏道はこれで終わり。ここは海抜十五メートルってところかな。あと百メートルほど歩けば中学校です」

橋本がバンを停めて言った。前方には車の渋滞が続いている。

「全員バンを降りて、歩いて坂を上れ」

私は学生たちと一緒に老人たちを車から降ろした。

全員で協力して車椅子を押し、自力で歩けない人を助けながら坂道を上っていった。

4

中学校に近い空き地で足を止めた。眼下には日之出町が一望できた。私たちの他にも数十名の人が町の方を見ている。

一度防潮堤でせき止められた海水は膨れ上がり、高さを増し、防潮堤から溢れ始めた。バスタブを超える水のように溢れだしてくる。その水の塊に乗って、大小の漁船が町に流れ込んできた。

防潮堤下の道路に停めてあった数十台の車が水に押されて動き始めている。

「車って浮くんだ」

優子が低い声を上げた。私も車が浮くとは知らなかった。

「ひょっとして、ここもヤバいぞ」

橋本が言った。

「絶対にヤバいぜ」

「もっと高く上りましょ。急いで。時間はないわよ。福原君と橋本君はお年寄りをおぶって中学校に連れてって」

「背負うんですか」

「そのくらいの力はあるでしょ。そのほうが絶対に速い。とろとろしてたら蹴飛ばすわよ」

私の形相《ぎょうそう》に冗談ではないと悟った二人は、慌てて腕を支えていた老人を背負い上げた。

「津波が来るぞ」

介護士の声が聞こえる。

私たちは再び坂道を上り始めた。

「空が暗くなってる」

突然、優子が叫んだ。たしかに薄暗い雲が低く広がっている。

「あれが、津波ですよ。煙のようなのは津波が家や木や色んなものを呑み込み、吹き飛ばして、その残骸が巻き上がってるんです」

大塚が海に目を向けて呆然とした表情で言う。

まるで大地を這う黒い絨毯《じゅうたん》に乗った砂塵《さじん》が迫ってくるかのようだ。家や木々、船や車を破壊し、砕き、それらを空中に巻き上げながら迫ってくる。海水の塊とは思えなかった。

道路に流れ込んでくる津波に乗って、車や船がかなりのスピードで家や塀にぶつかっていく。しばらく耐えるように踏ん張っていた家も、水流と共にぶつかってくる家の残骸や船や車に押されて傾き、土台から外れて流されていく。

「家があんなにもろいとは知らなかった。どんな雨風からも護ってくれる超安全な場所と思っていたのに」

友美の呟《つぶや》きが聞こえる。

津波はさらに勢いを増して町の内部にまで押し寄せている。

「やっぱり公民館はダメだったな。残ってた奴ら、大丈夫かな」

「公民館どころか、小学校も危ないんじゃないか」

早川の言葉で、突然福原がおぶっていたお年寄りを早川に押しつけた。

「どうしたのよ」

「道端に座り込んで自分の家を見とった婆さん、小学校においてきてもうた」

「やめなさい。危険よ」

福原は私の言葉を振り切るように走り出していった。しかし、すぐに立ち止まった。坂道の途中が、津波に押し流されてきた瓦礫《がれき》で埋まっている。

「見ろ」

私と学生たちは橋本の視線のほうを見た。

高台に上がってくる道の横に停めたチェリー1に津波が迫っていく。

私は駆け出そうとする優子の腕をつかんだ。細かい震えが伝わってくる。

津波はチェリー1を持ち上げ、押し上げるように私たちのほうに運んでくる。そのとき、一緒に流れていた材木がチェリー1のボディーにぶつかった。ボディーの側面を砕き、突き刺さる。

車や家の一部が次々とチェリー1にぶつかっていく。そして、扉の開いた冷蔵庫がチェリー1にかぶさると、その赤い車体は瓦礫の下に隠れていった。

私は耳を覆《おお》いたい衝動にかられた。チェリー1の悲鳴が聞こえてきそうだった。

「行くわよ。さあ、お年寄りを助けてあげて」

私は声を出して歩き始めた。

私と学生たちは介護士、老人ホームの職員と協力して、八人の老人たちを高台の中腹にある中学校に連れていった。

「全員、そろってるわね」

私は学生たちに向かって声を上げた。

私たちはお年寄りを介護士たちと共に教室に運び込んだ後、運動場のすみに集まっていた。

中学校は避難してきた人で溢れていた。他の避難所は津波を被り、この辺りで残っている避難所はここだけなのだ。

「橋本君と福原君がいません」

友美の声で全身から血の気が引いていった。たしかに二人の姿が見えない。

「あの二人、どこに行ったのよ。まさか、チェリー1を捜しに行ったんじゃないでしょうね」

チェリー1が流されていったとき、二人は食い入るように見つめていた。

「どこまで心配させれば気がすむのよ、あの二人」

私は完全に冷静さを失っていた。どうしていいか分からない。

「みんな、あの二人を捜して」

私は無意識のうちに立ち上がり、坂道を下りかけた。

「先生、落ち着いてください。他の学生が見ています」

大塚が私の腕をつかんで低い声で言った。

「二人がいないのよ。あの津波、見たでしょ。福原君は泳げないし」

私はその場に座り込んだ。

視線を下に移すと、瓦礫の流れのようになった津波はまだ町を覆っている。

「二人は、あの津波に――」

そのとき、坂道を上ってくる二人の姿が目に入った。橋本と福原だ。

私は二人の前で振り上げた拳を下ろした。ずぶ濡れの福原の姿を見て私の心は萎《な》えていったのだ。しかし、安心と腹立たしさが同時に私の中に湧き上がってくる。

「あんたたち、なんで私の言うことが聞けないの」

涙が止まらない。二人は何ごとが起こっているのかという顔で私を見ている。

「君たち、何をしてたんだ。みんなどんなに心配してたか分かってるのか」

大塚が声を上げる。初めて聞く強い口調だった。

「チェリー1を捜してました。せっかくあそこまで運んだんだから、どこかに引っかかってないかと思って」

橋本が神妙な声で言った。福原も無言で下を向いている。

5

「何もないやないか。もとの町は、って意味やけど」

福原の言葉を聞きながら私は眼下を見回した。

私たちは中学校の運動場の隅にあるベンチに座っていた。そこからは町の様子が一望できる。

家々が建ち並び、車や人が行きかっていた町は消えている。

目の前に広がっているのは、家の残骸、タンス、椅子、机、木くず、洗濯機やテレビや冷蔵庫など電化製品、車と自転車、布団、衣服、なんだか分からない布きれ、ありとあらゆるものが形を変えて、大地に積み上げられ、へばりついている。そしてまだ、いたるところに水が溜まっていた。

その中にかろうじて残ったビルや家が突き出していた。今までは多くの建物にさえぎられ、その隙間からしか見えなかった港と堤防が一望できる。

「すごいもんだな、津波っていうのは」

橋本が呟くように言った。

「爺さんにはさんざん聞かされてたけど、これほどじゃなかった」

「私、どうやって家に帰ればいいの」

優子のマンションは大学から車で十分ほどの海寄りだ。私の部屋から裸足で浜まで行けるのよ。優子の自慢の一つだった。おそらく……。

福原は何も言わないが、アパートが流されたことは分かっているだろう。

「怪我もなかったし、生きてるだけで満足しなさいよ」

友美が強い口調で言った。友美はやっと家族と連絡が取れたのだ。友美の家は屋根瓦が半分落ちたが、家族は無事だった。全員が近くの避難所にいるという。

私は他の知り合いたちの状況を思い浮かべようとした。谷本先生や中小企業の人たちだ。しかし住んでいる地区からすると、被害はまぬがれないだろう。この様子だと死傷者が出ているかもしれない。


少し落ち着くと、実家のことが急に心配になってきた。あいかわらず、私の携帯電話は通じない。加奈子や両親は死ぬほど心配しているはずだ。これだけの災害だ。きっと日本中、いや世界中に放送されている。

「通じないんですか」

大塚が携帯電話を持ってやってきた。津波の後、一時通じていた彼の携帯電話もまったくつながらなくなったのだ。

「家族に無事を知らせたいんだけどムリみたい」

「この辺りの中継基地は、地震と津波で軒並《のきな》みやられたんでしょう。それに全国から電話が集中して混み合ってるし」

「先生、これ使ってください。今、通じています」

友美が私に携帯電話を差し出した。ボタンを押すと呼び出し音と同時に受話器が取られる。

「私――」

〈陽子か。無事なのか〉

一瞬、言葉に詰まった。出たのは父親だ。

「私は大丈夫。ケガもしてないから。加奈子とお母さんに安心するように――」

携帯電話は唐突に切れた。それ以後はいくらボタンを押してもつながらない。

「町に行かへんか。水はかなり引いとるし、瓦礫の上を歩けばなんとかなるやろ。それに、助けを求めとる人がおるかもしれへん」

福原が橋本と早川に話している。

「あなたたち、ここを離れちゃダメよ。津波は一度じゃないのよ。二度、三度来るんだから。次は――」

涙が流れ出した。これ以上、誰の心配もしたくない。学生たちが私を見ているのに気づいて、慌てて涙をぬぐった。

やがて陽が沈み始めた。あたりから急速に光が消え、熱が奪われていく。

「車も流されたし、これから歩いて帰ろうかな」

優子がわざとらしく声を上げた。しかし声には元気がなく、本音かもしれない。

「アホか。こういうときはじっとしとるのがいちばんなんや」

「お腹がすいた」

「こんなときによう腹なんてすくな」

「コンビニで買ったお握りやジュース、どうしたの」

「食べたんじゃないですか。私、記憶にないですが」

友美の声が返ってくる。

身体が何かに突き飛ばされたように、大きく揺らいだ。ベンチの背をつかんで、何とか倒れるのを防いだ。

近くで女性の悲鳴が上がり、同時に子供の泣く声が聞こえ始める。

「余震だ。何かにつかまれ」

その声で近くにいた半数はしゃがんで地面に手をつき、半数は何かにつかまって転倒を防いでいる。

余震は一分近くだったが、その十倍も長く感じた。

「とりあえず、私たちを受け入れてくれる避難所を探しましょ」

私は学生たちに言ったが、辺りは瓦礫の山で私たちがどこにいるかすら満足に分からない。

老人ホームの人たちを、中学校の避難所の事務室に連れていったとき、避難所はいっぱいで、私たちの受け入れは難しいと言われたのだ。

「あんだたち、東北科学大学の学生さんたちなの」

横で一緒に流されていく町を見ていた中年女性が私に聞いた。

「そうです。海岸にある昔の自動車修理工場を実験室に使っていました」

「んでは、ソーラーカーを作ってだ学生さんと先生なの。どごがで見たことがあると思ってた」

そうですと答えると急に愛想が良くなった。

「おばさんの家は？」

中年女性は無言で指差した。その先には瓦礫の流れの中に二階屋の屋根がかろうじて見えている。まわりの家もほとんどが泥水の中だ。

「町のみなが流れてく。なにも残らねえ」

おばさんは低い声でかみしめるように言う。

「こげんところさいると風邪を引くだべが。中学校に行ぐだべ」

「私たち、他を探します。あそこは満員のようだから」

「断られたんだべが。あんだたち、若いからね。でも、こすたな中をどこに行けっていうの。いいがらついてきんさい」

私たちはおばさんの後について、避難所になっている中学校に行った。

私たちは割り当てられた体育館に入った。おばさんが係の人を叱り飛ばしたのだ。こんなとき、詰め込まれても文句を言う人なんていやしない。一畳を分けあって眠るのが人ってものだ。

体育館にはすでに二百人以上の人が入っている。

あたりはすっかり暗くなり、入口に懐中電灯の光が見えるだけだ。火の気のない広い空間には冷気がたちこめていた。

「誰か助けを呼びに行ってるの。このまま夜になると、私たちどうなるの」

優子が闇の中で消えていきそうな細い声を出した。

「もう夜だよ。このままだと風邪ひくよな。福原は大丈夫か。おまえ、ずぶ濡れだったたろ」

橋本の声にも答えは返ってこない。

「福原の奴、小学校におぶっていったお婆さんが心配なんです。ここまで連れてくればよかったって。チェリー1を捜しに行ったのも、本当はお婆さんを見つけたくて」

橋本の声が聞こえた。

「私にも責任がある。もっと早く避難すべきだった。教師として失格。あんなに大きな津波が来るとは思わなかったから」

「誰だってそうです。誰の責任でもない」

大塚がポツリと呟いた。

寒さで全身がしびれたようだ。時折聞こえていた子供の泣き声が多くなった。

私は立ち上がって懐中電灯を点けた。橋本が瓦礫に埋まっていた車から持ってきたものだ。

「舞台の緞帳と窓のカーテンを外して。身体にまいていれば少しは寒さがしのげる。緞帳を外すときは気を付けるのよ。重くて取り外しも難しそうだから」

私は学生たちに指示して、緞帳とカーテンを外した。それらをいくつかに切って、子供と老人に配った。

横になっていると、お腹が鳴り始めた。朝、出てくるときにパンを一枚と、コンビニで買ったお握り一個しか食べていないのを思い出した。長い一日だった。

目の前に手が伸びてきた。

「アメです。なめますか」

友美の声だ。

「有り難う。でも、小さい子にあげて」

「もうあげました。先生の分です」

「福原君たちは」

「俺たち、男や。レディーファーストやろ」

私はアメを受け取って口に入れた。ミカンの味が口中に広がる。アメがこんなに美味しいとは知らなかった。加奈子がほしがるわけだ。

夜がふけるにつれて、寒さが増してくる。

あちこちで小声で話す声や寝返りの音が聞こえてくる。誰も眠ってはいない。寒さと不安で眠れないのだ。

「これじゃ、寒さで死んじゃうわ」

このままではまずいと思って、私は学生を連れて外に出た。

「なんでもいいから燃えそうなものを集めて」

校舎の入口前に机や椅子が集められた。

焚火《たきび》をしようとしたが煙が出るだけで、火種の新聞紙が燃えると消えてしまう。

「こんなに湿ってちゃムリだな。足踏みしてるしかないか」

橋本が私の前にペットボトルを出した。

「ガソリンです。車から抜いてきました」

「早よ言えよ。こんな便利なもんがあるんやったら」

福原がひったくって、机と椅子の残骸にかけた。

焚火は勢いよく燃え始める。

熱が周囲に広がっていく。焚火の火がこんなに心地よく、心強いものだとは思わなかった。

教室から、子供たちや母親、お年寄りが出てきた。

彼らを中に入れて、私たちは火と彼らを取り囲んだ。

火を見つめる人たちの顔が赤く輝いている。

第八章　希望の灯

1

私の浅い眠りは、低い地鳴りのような呻《うめ》き声で覚めた。図太さと図々しさの塊のよう数人を隔てて眠っている福原がうなされているのだ。図太さと図々しさの塊のような福原も、うなされることがあるのだ。やはりあの地震と津波は、学生たちにも相当な恐怖とストレスを与えている。

翌朝、私はラジオの音で目が覚めた。窓からは光が差し込んでいる。明け方になって、少し眠ったようだ。

〈昨日十一日、午後二時四十六分。三陸沖を震源とする巨大地震が発生しました。気象庁によると震源の深さは約十キロ、マグニチュード８・８。最大震度七を記録したところもあります。地震により発生した津波は、青森から千葉に至る広範な地域に甚《じん》大《だい》な被害をもたらしています〉

私たちはラジオの前に集まって聞きいった。

〈この東日本を襲った巨大地震は大津波を引き起こし、三陸海岸はほぼ全域にわたり

大きな被害を受けています。現在、確認されている死者は九百人に及んでいます〉

死者、行方不明者は時間とともに増えている。

三陸海岸に沿っての公共交通機関は、ほぼ完全に止まっていた。

三陸日之出町の被害も甚大だった。町の海側半分がほぼ壊滅状態だ。

避難所の三陸日之出町中学校には、五百人近い住人が避難していた。避難所は町役場から職員が派遣されて運営されるはずだったが、誰も到着していない。役場は流されたという噂も広まっていた。暫定的《ざんていてき》に校長がトップに立って運営していくことになったが、実質的に動いているのは教師たちだった。

中学校は丘の中腹にある。

校庭の端に人が集まっていた。そこから海が見えるが、海に続く町並みは瓦礫《がれき》の連なりに変わっている。町を横切って内陸に行こうにも道が見当たらない。瓦礫で埋まっているのだ。

「この避難所、完全に孤立してるぞ」

「瓦礫の海に浮かぶ孤島ってわけか」

「そんなに悠長《ゆうちょう》なもんじゃない。一食につき、水のペットボトル一本に乾パン十枚って言ってた。そんなんじゃもたないだろ。それに、昨夜の寒さで体調を崩した年寄りが十人以上いるらしい。幸い医者が二人いたが、クスリは保健室にあるものだけ

「ここは避難所のはずだ。備蓄食料や毛布があるだろ」

「二百人が二日間暮らせる水と食料を備蓄している。しかし、五百人だぞ。計算してみろ、何日もつか。避難所だった公民館と小学校がやられたんだ。他の避難所もいくつか水没したって聞いてる。ここら一帯の避難住民がこの中学校に来たんだ。仕方がないだろ」

　集まっている人たちが話し合っている。私もどうしていいか分からなかったが、学生たちに対して責任がある。

「インターネットによると、ちょっと内陸に入ればスーパーやコンビニなんかも開いてるそうよ。かなり品不足らしいけど」

「集まれる者は集まってくれ」

　教師の一人が体育館前で大声を上げている。

　私は学生たちを連れていった。

「水と食料は、切り詰めれば明日の分までは確保できそうです。しかし、その後の分はありません。全国からの支援物資が、町の高校に集められているそうです」

　校長が説明した。

「じゃ、早く取りに行けばいいじゃないか。毛布やストーブはあるのか」

だ」

「取りに行きたいんですが、見ての通りです。道は瓦礫で埋まってるし、車の用意も難しい」

「助けを待った方がいい。ムリして出かけてケガ人が出ればどうする」

「助けが来なかったらどうなるんだ。寒さで犠牲者が出るぞ」

「二百メートルほど先に一部県道が見えとるで。あそこまで瓦礫を取り除いたら、車が通れるんちゃうか」

福原が声を張り上げたので、周りの目が集中した。

「どうやって取り除けっていうんだ。道は完全にふさがってるし、瓦礫といったって、家の残骸や潰れた車や漁船だ。大型家電も足場の悪い状況じゃ、動かせっこないぞ。重機なしでやれなんて無理な話だ」

「それやったらここにおって、いつ来るか分からん救出を待つだけや」

話はまとまらない。寒さと空腹で半数の者が帰っていった。

「道はできても車はどうする。ここにある車のガソリンはほとんど抜いて焚火の種火と発電機の燃料に使ったぞ」

「町に行ったら、動く車はあるやろ。まず、道を作ることが先決や」

「ケガ人が出れば取り返しがつかない。運動場にSOSのサインを書いて、救助を待った方がいい。ラジオだと自衛隊が災害派遣されてる」

「食料も切り詰めればもっと持つだろ。冬山の遭難と同じだ。こういう場合は、動かずじっとして体力を温存するのがいちばんだ」

二時間近く議論したが、結局この言葉が避難所運営者たちの結論だった。

避難住民たちは肩をすぼめて各自の教室や体育館に帰っていった。

乾パンと水の昼食後、運動場に出たが学生たちの姿が見えない。

私は校庭の隅にあるベンチに上がって、周囲を見回した。人が動く気配は感じられない。瓦礫には霜が降りて、海からの冷たい風が全身に突き刺さる。

丘の下から子供たちの声が聞こえた。福原の声も交ざっている。

声の方に行くと、正門を出た辺りに子供たちが集まっていた。

子供たちをかき分けて前に出ると、学生と若者たちが瓦礫を取り除いている。全員で二十人近くいた。正門から町へと続く道をふさぐ瓦礫を両側に移しているのだ。

「三、四日もあれば県道まで開通や。そしたら、内陸の避難所に行って腹いっぱい食えるで」

「ニュースじゃ、ここら一帯ひどいことになってる。死者、行方不明者も相当数出てるらしいし。僕らがここで助けを待ってるだけじゃ時間の無駄です。早いとこ抜けだして、まだ見つかってない人を救出しなきゃ」

「そうだぜ。俺たち生き残った者の務めだ」

「気をつけるのよ。ケガしても病院は流されてるんだから」

学生と若者たちの半数は、素手で瓦礫を持ち上げている。そして大半はスニーカーや革靴だった。みんな着の身着のままで逃げだしてきたのだ。泥水に入ってケガでもすれば、破傷風《はしょうふう》にもなりかねない。

私は体育館に戻った。

「若い人たちが瓦礫を取り除いて道を作ろうとしています。彼らは素手で瓦礫一つひとつを運んでいます。軍手か手袋があれば、貸してくれませんか」

「兄ちゃんたち、本当に県道まで道を作る気か」

「早くここを出て、自分たちも行方不明者の救助に加わりたいそうです。生き残ってる者の務めだって」

どこからか、すすり泣きの声が聞こえてくる。ここに避難している人たちの中にも、家族の安否が分からない者が多数いるのだ。

「兄ちゃんたちに渡してけろ。おらも行きたいだきと、婆様に付いていなくてはなんねえ」

七十年配の男性が立ち上がり、自分の手袋とマフラーを取って私に持ってきた。

「ちょっと小さいかもしれませんが」

中年の女性がはめていた手袋を取った。革製の高そうなものだ。

それを合図のように、次々に手袋やマフラー、ウインドブレーカーが私のもとに集められた。

私はそれらを持って、学生と若者たちの所に引き返した。

短時間のうちに作業をしている者は倍に増えていた。

「この調子でいけば、二日もあれば県道まで通じそうです」

大塚が腰を伸ばしながら言った。

「ムリしないでね。若い人のペースでやってると腰を痛めるわよ」

私も覚悟を決めて、軍手をはめて道作りに加わった。

作業は陽が沈み始めると中止になった。暗くなると危険だし、急激に寒さが増してくる。おまけに、十分に食べていない。こんな状況での作業は事故につながる。

私たちは夕食の乾パンを食べ終わって体育館に横になっていた。

床から冷気が伝わってきて、そのまま眠ってしまうと目覚めないような気さえした。備蓄してあった毛布二百枚は、お年寄りと小学生以下の子供たちに配ったらなくなっている。

「他の学生たちは?」

横に寝ている友美に聞いた。

「外の焚火のところじゃないですか。寒くて眠れないって言ってましたから。福原君が戻る前に寝てしまったほうがいいですよ。彼、今夜もうなされそうですから」

「悪い夢でも見るのかしら」

どこからか小さな悲鳴が上がり、ざわめきが体育館全体に広がっていく。余震だ。こんな中では満足に眠れない。

私は飛び起きた。耳元で声が聞こえたのだ。

「脅かさないでよ。ただでさえ、びくびくしてるんだから」

私は懐中電灯の光の中の福原に言った。

「先生、腹、減っとるやろ。俺についてき」

友美を連れて運動場に出ると、ドラム缶の焚火の周りに若者たちが集まっている。辺りには肉を焼く匂いがたちこめていた。

横に発泡スチロールの箱が置いてあって、牛肉の塊が入っていた。その横には缶ジュースの箱も積んである。

「瓦礫の中にあったんや。どっかの店か倉庫から流れてきたんやろ。この寒さやし腐ってへん」

「黙って持ってきたんでしょ。それって、泥棒よ」

「誰に断ったらええんですか。拾得物や。誰も文句は言いませんて——

「放っておいても腐るだけか。じゃ、みんなにも配りましょ」

「そらムリですわ。どうやって配れ言うんです。ぎょうさんあっても全員にはムリや」

「明日の朝、考えましょ。でも、今夜はあなたたちはお腹いっぱい食べて。昼間、働いたんだし、あなたたちが見つけてきたんだから」

学生たちは黙っている。

「しっかり食べなさい。そのかわり、明日も頑張って働くのよ」

福原は肉をつまむと口に入れた。

そのとき、ラジオを聞いていた橋本が私の方を見た。

「福島で原発が爆発したらしい。放射能はここまで飛んでくるんだろうか」

「根拠のない話はやめるのよ。みんな不安がるでしょ。ただでさえ怯えているのに」

今朝から福島の原発が危険だという話は聞いていた。しかし自分たちの厳しい現実に、深く考えることができなかった。余震は小さなものまで含めると日に何十回もある。そのたびに、子供たちは怯える目を向けている。

「しかし、日本中が大騒ぎらしいです」

学生たちが私と橋本のやり取りに目を向けている。彼らも断続的な情報は得ているのだ。

「何百キロ離れてると思ってるの。ここは大丈夫」

私は言い切ったが百パーセントの自信はない。放射能に関してはまったくの素人《しろうと》だ。もうこれ以上の心配事は抱えたくない。

2

道作りの作業は順調に進んだ。すでに幅三メートルほどの道が中学校から百メートル以上続いている。作業は二時間制にして、三十人ずつ二班が交替に作業を進めた。私も学生たちに交じって作業をやった。

三月とはいえ東北の朝夕は零度近くまで冷える。身体を動かしている間はいいが、手を休めると寒気が全身に広がってくる。おまけに全身が痛んだ。今までこんな労働はしたことがない。

昼食から戻ると、運動場に学生たちが集まって騒いでいた。

私が覗き込むと、ミニバイクがある。

「瓦礫の中に埋もれてました。キー付きですよ。橋本が直せるというんで運んできました」

「ほんま、瓦礫って宝の山やな」

「潮を被ってないようなんです。蓄電池も生きてるし。流されたんじゃなくて、道路にあったのが、余震で瓦礫の上に転がり落ちたんじゃないかな」

橋本は外したプラグをハンカチで丁寧に拭きながら言った。

それとも、乗って逃げていた持ち主が転倒して津波に呑まれた。私は思ったが、口には出さなかった。学生たちも考えているに違いない。

「蓄電池が弱ってるかもしれないけど、走れないことはないだろ」

「ガソリンはどうするのよ」

ラジオではガソリン不足が問題になっていた。海岸沿いのガソリンスタンドはほぼ壊滅的で、全国からガソリンを積んだタンクローリーが向かっているというが、まだ届いたという話は聞かない。内陸のガソリンスタンドでは長い行列ができ、給油できる量も十リットル程度と制限されているという。そのため、必要な車も思うように動かせないらしい。

「その辺にいくらでもあるで。潰れた車から抜いたらええんや」

福原はいつもペットボトルとポンプを持ち歩いて、灯油やガソリンを持ってくる。ストーブや焚火には欠かせないものなので黙っていたが、いつか注意しなければと思っていた。

「それって、窃盗《せっとう》よ。普通なら警察に捕まるの」

「せやけど、ガソリン入りの車が潰れて放ってあるんや。なんかの拍子に爆発したらどないします。気仙沼《けせんぬま》じゃ石油タンクが爆発して一日中燃えてたっていうやないですか。一面火の海やったって。危ないですやん。やっぱり、抜いとかんと」

私に反論の言葉はなかった。モノは考えようだ。

作業を始めて二日後には、県道まで徒歩で行くことができるほど瓦礫の撤去は進んだ。その間、救助と支援物資の要請は続けていたが、しばらく待つようにと言う返事ばかりだ。

「しかしこれじゃ、狭すぎて車は通らないぞ。あと、二日はかかる。徒歩で支援物資を運ぶわけにもいかんだろ」

「とりあえず、バイクで偵察に行ってこようぜ」

「こないな道、バイクで走れるんか」

「おまえにはムリだ。でも僕ならどんなところでも走れる。モトクロスをやってたこともある」

東日本予選のレースで早川のドライブテクニックには全員が一目《いちもく》置いている。だから、「僕が行く」という早川の言葉に誰も反論できなかった。

「ダメよ。教師が付いてて学生がケガでもしたら、責任問題なの」

「だったら、先生も一緒に来てください」

これで決まりだった。早川はどこから見つけてきたのか、もう一つヘルメットを出した。

「どうせなら、支援物資の集まってる高校まで行ってみましょ」

早川はバイクに乗りキーを回した。エンジンは一回で勢いよく回り始めた。

「日が暮れるまでには帰ってくる。あなたたちもムチャしちゃダメよ」

早川の運転はレース場と同じ、大胆で繊細だった。残る瓦礫をたくみに避けながら一定のスピードを維持して走った。

港に出ると一気に視野が開けた。

「あの建物、見たことがある」

「漁業組合の事務所ですよ。四階建ての立派なのがあったでしょ」

そう言われればその名残《なごり》を感じる。

港付近にはいくつかのコンクリートの基礎があるだけで、ほとんど何もない。その一角で残っているのは、漁業組合の四階建てのビルだけだった。それも、海側の壁は大半が津波で破壊され、一部残った窓枠の周りに何本かのブラインドがぶら下がっているだけだ。

「ひどいな」

早川の視線を追うと、ビルの屋上から赤い乗用車のフロント部分が突き出している。

「屋上は駐車場になってたの」

「津波で押し上げられたんです」

早川が目を向けたまま呟くように言う。屋上までは十メートル以上ある。

県道に出ると急に自衛隊の車両や自衛隊員が目につくようになった。

私はバイクを停めるよう言った。

バイクを降りて、長い棒を持って瓦礫の中を歩いている自衛隊員に声をかけた。

「三陸日之出町中学校の避難所に、五百人余りの住人が孤立しています。至急、救助に来てください」

「水と食料の備蓄は」

「備蓄していたものと瓦礫の中から拾ってきたものとで、なんとか食いつないでいます」

「医者はいますか」

「二人います。でも、クスリはまったく足りません」

「我々はここで救助活動を行っています。この瓦礫の中にもまだ生存者がいるかも知れません。申し訳ないがあとしばらく自力で頑張っていただきたい」

「でも避難所にはお年寄りや子供が多数――」

「生存者発見、近くの者は来てくれ。担架《たんか》も持ってこい」

百メートルほど先で声が上がった。

自衛隊員はわずかに頭を下げると、行ってしまった。

瓦礫に埋もれた家の周りに数名の自衛隊員が集まっている。中を覗き込みながら話し合っていたが、一人が入っていった。

「生きてるのかしら。もう、三日もすぎてるっていうのに」

私は自衛隊員に目を向けて言った。

すぐに担架を持った自衛隊員がやってきた。

「大丈夫らしい。死んでたら遺体袋だ」

早川は言うと、私にバイクに乗るよう合図した。


「先生、落ちないように」

バイクは瓦礫に乗り上げ、何度も勢いよく跳ね上がった。

「もっと、スピードを落としなさいよ」

「これでも二十キロ出てないんです。道路が悪いんです」

私は舌を噛まないように歯を食いしばって、早川の腰にしがみついていた。

町に近付くと、途端に走りがスムーズになった。瓦礫が消えている。津波はここまでは来なかったのだ。しかし、道路の両側には瓦が落ちたり、壁が崩れた家が並んでいた。

バイクは県道を外れ海に向かった。見慣れた道に入っていく。

「やっぱりダメだ」

バイクを停めて早川は言った。

私のマンション前だ。海が見えるとはしゃいでいたが、残っているのは建物の鉄骨だけだ。

「ちょっと待って」

私はエンジンをかけようとした早川に言って、バイクを降りてマンションの跡地に行った。一階部分は泥で埋まり、異臭が漂っている。ヘドロ混じりの海水が溜まっているのだ。この場所に半年と少し住んでいたと思うと、涙が流れそうになった。

「早く、支援物資が集積されてるっていう高校に行きましょ」

私は涙を見られないようにバイクに乗った。

バイクのスピードが上がった。

「高校の場所は分かってるんでしょうね」

「県立日之出工業高校。僕の出身校です」

道の両側に全壊、半壊した建物が所々に目についたが、道路はすでに片付けられ、一見、普通の生活が営まれている。しかし、町に人の姿はほとんど見えない。避難所に避難しているのか。

高校には、私のマンションを出て三十分かからないで着いた。

早川はスピードを落として運動場に入っていく。

校庭には数張の大型テントが張られ、段ボールが積み上げられている。

「すごい量の支援物資だ」

「全国から送られてくるんでしょ。日本もまだ捨てたもんじゃない」

私たちは校舎の入口に設置された受付に行った。

「三陸日之出町中学校の避難所です。避難住民は五百人近くいます」

「はっきりした人数が必要なんです」

「そんなの分かるわけないじゃない。十以上の教室に分かれてるし、体育館は雑魚寝《ざこね》よ。食べ物はなくて夜は冷え込むの。お年寄りも子供も多い。それに、避難所で亡くなった人だっている」

私の勢いと言葉に初め事務的だった事務員の顔色が変わった。

「分かりました。必要な分を紙に書いて持っていってくださいね。ごめんなさいね。私たちだって、もう何がなんだか分からないの」

私と早川は全国から送られてきた支援物資の入った段ボールの山に取り残された。

「先生どうする。持ってっていいと言われても、俺たちバイクだぜ。デイパックに入るのは知れてる。それに中身さえも分からない」

「トラックがあればいいんだけど」

「ガソリンがないそうですよ」

避難所前の道幅が車が通れるほどになる前に、なんとか運搬手段を考えなくては。

「おなご先生んでないか」

声に振り向くと片山社長が立っている。

「先生のとごろ、三陸日之出町だべ。あの辺りはそうとうひどかったな。学生たちはどうだった」

「大丈夫だった。みんなも、家族もね」

「そいづぁよかった、と素直に喜べないのが、この地震と津波の辛いとこだ」

「社長のところはどうなんですか」

「社員は全員、無事だった。しかし、うちのお母ちゃんがな。流されちまった」

私は何も言うことができなかった。社長のお母ちゃんというのは奥さんのことだ。

「まだ上がってねえんだ。自衛隊も消防も必死で捜してくれてる。有り難いことだ」

私が聞こうとして聞けなかったことを言った。

「先生の家族は大丈夫だったか」

「仙台の内陸側なんで」

「帰らないのけ」

「まだ、こっちに学生たちがいるし、避難所には大勢避難してきてるし」

「早く帰って家族の顔ば見だほうがええ。ちっちゃな娘さんばいるんだろ」

「落ち着いたら、すぐに帰ります」

私は社長に頭を下げた。


「なんだ、コンビニもスーパーも開いてるじゃないか」

早川が高校と道路を隔てたところにあるコンビニを見て声を上げた。私も思わず目を向けた。ほんの三日前までは当たり前だった風景が、かけがえのないもののように見える。

私は迷ったが早川に一万円札を渡した。

「これでお菓子を買ってきて。子供たちが喜ぶでしょ。あなたたちもね」

「いざというときにね」と、加奈子にもらったお守りの中に母親が小さく畳《たた》んで入れてくれたのだ。今こそ、いざというときだ。しかしこれで仙台の実家に帰る電車代はなくなった。財布は地震の日にコンビニで学生たちに食料を買ったとき以来見ていない。上着のポケットに入れたと思ったのだが。運転免許証もカードも瓦礫に埋もれているか海の中だ。どうせ当分は、すべての公共交通は動かないと言い聞かせた。

携帯電話を見ると、アンテナマークが出ている。避難所ではなかったものだ。

私はメモリーボタンを押した。

〈ママ、元気にしてる?〉

ホッとする声が聞こえてくる。

「ゴメンね。電話できなくて。いま、避難所にいるの」

〈おじいちゃんからママは大丈夫だって聞いてる。すごかったんでしょ、地震と津波。それに爆発したのよ。ママもしってるでしょ。テレビじゃ一日中やってる。毎日よ〉

「おばあちゃんとおじいちゃんは」

〈ずっとテレビの前に座ってる。日本の危機なんだって〉

〈陽子なの。何度も電話してるのにつながらないんだ。早く帰っておいでよ。すごい死者が出てるんだよ。知ってるの〉

突然、母親の声に替わった。

「学生たちをおいて帰れない」

〈みんな無事なんだろ。だったら早く実家に帰したほうがいいよ〉

「交通機関は全面的に止まってるのよ。いちばん遠い学生は尼崎だし。あとの子たちは地元だけど実家が流された子もいる。家族が他の避難所にいる子も。放っておくわけにはいかないでしょ」

〈そりゃそうだけど、おまえには加奈子がいるってことを忘れちゃダメだよ〉

「心に刻んでる」

気がつくと両手にコンビニの袋を下げた早川が立っている。

彼の家は半壊で、家族は別の避難所に避難している。

「私はとにかく元気だから。心配しないで。加奈子を頼むわね」

私は母の声を待たず携帯電話を切った。

「あなたは実家に帰らなくてもいいの」

「大丈夫です。親父に言われました。家は半壊で住めないが、家族は全員無事だ。みんなでこっちの避難所を助けている。だから、おまえもそっちを手伝えって」

思いついて、谷本先生の番号を押した。

電源が入っていないか、電波の届かない――女性の声が聞こえる。

大学にいたのなら、津波には遭っていない。彼のことだから地震騒動で携帯電話をなくしたか壊したのだろう。

陽が傾く前に帰らなければならない。

何を持って帰ろうか早川と相談していると、クラクションが鳴った。

軽トラックから片山が手を振っている。

「五百人分の食料、そのミニバイクで運ぶ気か」

カップラーメンとお握り、水とお茶のペットボトルのケース、毛布を積めるだけ積んだ。

早川が先導して、私はトラックの助手席に乗った。

トラックは瓦礫の中を走った。捜索を続ける自衛隊の姿が見える。

片山は運転している間中、無言だった。私は片山の「お母ちゃんがまだ上がってねえんだ」という言葉を噛み締めていた。

帰りは一時間ほどで中学校についた。

学生と若者たちは、まだ瓦礫の撤去作業を続けていた。出かけた時より、かなり道幅が広くなっている。

早川のバイクとトラックを見つけて、学生たちが寄ってきた。

「トラックはここまで。あとはどうする」

「若い人たちにリレーで運んでもらいます」

すでに、学生たちは荷台から食料の箱を降ろして運び始めている。

「ありがとう。先生とあいづらを見てると、元気ば出っとよ。何でも言ってけれ。おらにできることなら力になるっちゃ」

片山は私に言うと、トラックに乗り込んで帰っていった。

私は運営所に行って、支援物資を運んできたことと集積所になっている高校について話した。コンビニで買ったお菓子類は、避難所のお年寄りと子供たちに優先的に配るよう言ってある。

その日の夜、私は学生と若者たちと一緒に焚火のドラム缶を囲んでいた。今日見てきたことを話すように頼まれたのだ。

私は高校での様子や、そこで聞いた最新情報で、死者・行方不明者が二万人を超えていることを話した。全員が深刻な表情で聞いている。中には肉親とまだ連絡が取れていない者もいるはずだ。

「みんな、家族とは連絡は取ってるの」

私は最後に聞いた。

学生たちの家族は全員無事なことは分かっている。しかしすでに三日がすぎているのだ。やはり一度、家族のもとに帰ったほうがいい。私はその旨《むね》を学生たちに話した。

「ここでしばらく暮らします。俺たちだってけっこう役に立ってるみたいだし」

「うちの家族も別の避難所にいます。おまえは、そっちにいろって。生きてることさえ分かれば安心だって」

　なぜか涙が出そうになって、ドラム缶から上がる炎を避ける振りをして横を向いた。

「大塚さんは帰るべきよ。ご家族が心配してるでしょ」

「一区切りついたら帰ります。子供たちも家内も、ここでボランティアしてたらって言ってます。無事だって分かったら、冷たいもんです」

　半分冗談めかして言っているが、電話が通じるまでは青い顔をしていた。

「先生は帰らないんですか。カナちゃんが心配してるでしょう」

「電話してるから大丈夫よ。電車はまだ止まってるし。それに――お金ないし。いくらひどい状況でも電車、ただで乗せてはくれないでしょ」

「せやな。ここにおると金のことなんか、考えたことなかったわ。アパートに置いとった金も預金通帳も流されてるやろな。ぜんぶ使《つこ》うといたらよかった」

　福原の言葉と表情には実感がこもっている。

避難所には様々な人がいた。老人や子供も多かったが、学生たちはすぐに溶け込んでいった。食事の炊き出し、年寄りや子供の世話、避難所の運営に手を貸した。そしてすぐに、学生たちは避難所の運営に欠かせない存在になった。

友美は優子と協力して、「三陸日之出町中学校、避難住民名簿」を作ってインターネットに流している。日に何百件も安否の問い合わせが来るそうで、その対応に追われている。

数日のうちに、避難所の高校生たちも二人を手伝うようになった。

インターネットで他の避難所に避難している住人の安否情報を共有し始めたのも学生たちだ。

私は学生たちと福原が拾ってきた、正確には流された車から外してきた、まだ使える蓄電池を利用して、携帯電話とパソコンに充電できる装置を作った。

レンガを積み重ねてコンロを作り、大鍋をかけて温かいスープやみそ汁を飲むことができるようになったのは福原の働きが大きい。

昼間は避難住民の多くはドラム缶の焚火の周りに集まり、暖を取っている。

生活は確実によくなっていった。しかし相変わらず避難所の夜は寒く、暗かった。

体育館には石油ストーブが二つ。教室にはないところもある。朝起きると何人かの高齢者が亡くなっているということも起こった。寒さ、疲れ、そして絶望は避難住民の身体と精神を確実にむしばんでいった。

「何を始めようっていうの」

学生たちが一・五リットル入りのペットボトルを集めているのを見て聞いた。

「湯を沸かして入れて、簡易湯たんぽを作っています。お年寄りや小さい子は寒さで眠れない人が多そうだから」

「布切れで包むのを忘れんなよ。年寄りは鈍いから低温火傷《やけど》をするんや。うちの婆ちゃんがそうやった」

福原の優しさと気配りは新しい発見であり、驚かされた。

「あなたたち、最初はかなりおかしいと思ってたけど案外まともなのね」

「先生だってそうですよ。料理ができるなんて意外中の意外でした。しかも、美味いだなんて」

今朝は私がみそ汁を作ったのだ。母から教わった唯一の料理だった。

そのとき、福原が立ち止まった。

「邪魔なのよ、でかいのが立つと」

優子の言葉にも福原は一点を見詰めたまま動かない。その先には車いすに座ったお婆さんの姿がある。

突然、福原が走り出して、車いすの前で止まった。

「婆ちゃん、福原、生きとったんか」

「あのときの兄ちゃんかいな。ありがとよ。兄ちゃんがおらんかったら、わしは津波にさらわれてたわ。本当にありがとよ」

お婆さんは福原の手を握り、繰り返した。

「やっと悪夢から解放されるわ。毎晩、婆ちゃんが出てきとったんや」

福原は呟いた。

3

地震から一週間がすぎた。

避難所から県道への道は瓦礫が撤去され、車が通れる道幅が確保されている。町の高校に集められた全国からの支援物資が運び込まれるようになった。片山がトラックを貸してくれたのだ。新しい毛布や、衣類も新品の物がかなりの数入っていた。

しかし、この地域の電気の復旧はいつになるか分からなかった。相変わらず夜は暗く、その闇は多くの避難住民の不安をかき立てていた。

学生たちが騒ぎながら何かを運んでくる。

私の前に泥だらけの板をおいた。住宅の屋根に付いている太陽光発電のソーラーパネルだ。

「盗んだんやないで。流された家の屋根についてたのを外してきたんや。廃品利用の一つや」

「大きな傷はありません。かなり汚れてはいますが」

「だったら、機能するかどうか早く確かめなさい。テスター、銅線とハンダは理科室にあった。急がないと陽が沈むからね」

学生たちはパネルを水で洗い、電球をつないだ回路を作った。パネルを太陽に向けると、歓声が上がった。電球が輝き始めたのだ。パネルは生きている。

「あなたたち、それをどうするっていうの」

「体育館に設置すれば電灯ができます」

「暗いのは夜よ。昼間電気をつけてても意味ないでしょ。ソーラーパネルは夜は発電できないの」

「空になった蓄電池があるやろ。あれ、充電すれば使えるで。ソーラーカーと同じや」

「でも、もっといるな。いいでしょ、先生。蓄電池液が漏れ出たら、環境汚染になります。それを防ぐために車から外してきます」

「働くかどうかちゃんと調べるのよ。海水に浸かって、ダメになってるのも多いと思うから」

私の言葉に学生たちは散っていった。

その日の夜、体育館で歓声が上がった。

学生たちがソーラーパネルで車の蓄電池を充電し、車から外してきたライトを点灯したのだ。

「驚いたわ。勉強も役に立つことがあるんや」

「本当ね。私もビックリ」

福原と優子のしみじみとした響きの声が聞こえた。

明るい光が体育館を照らしている。それは、ただの明かりではなかった。家族を亡くし、家をなくした人たちの心に点《とも》った希望の光ともいえるものだった。

学生たちは流されていた家のソーラーパネルを取ってきて、さらに発電容量を増やしていった。

数日のうちに、廊下や出入口を明るく照らすライトが作られた。

避難住民の心にも小さな希望の灯が点った。

しかし、それも長くは続かなかった。

ここに避難している人たちの半数以上が、家はもとより家族を亡くしている。そして、遺体さえも見つかっていない者も多い。しかし悲しむより先に、生き残っている家族や自分自身が生きていかなければならないのだ。生きることに必死で、悲しんでいるいる時間はない。

日に何体も運ばれてくる遺体のために、一つの教室が遺体置き場になった。避難所にいる人たち、いやこの地に住む人たちの多くの人が、死に対して無感覚になり始めている。そしてそれは非常に怖いことだと思う。

「今は気が張ってますから気丈に生きていけますが、事態が落ち着いて自分の時間が戻ってくると悲しみがドッと出てくるんでしょう」

大塚は静かな口調で言った。

体育館にも昼間から陰鬱《いんうつ》な空気が漂い始めていた。誰とも口をきかず、目を閉じて正座している老人もいる。彼は六十年連れ添った妻を亡くしたと聞いた。

体育館からも明け方に運び出される遺体を何度か見た。寒さ、疲れ、悲しさと絶望で、持病が急激に悪化したり、新たな病気を併発したりで、お年寄りや子供のように弱い順番に死んでいくのだ。

「このままほうっておけば、みんな死んじゃうぜ」

「生きる力をなくしとるんや。無理もないけど。景気づけに、なんかやらへんか」

福原の言葉に全員が注目した。

「でも、ここで何がやれるっていうんだ。周りは瓦礫だけだし」

「中学校といえば運動会だろ。しかし、年寄りが多すぎるよな」

「生きる力を出すいうたら、まずは美味いものを食うことやろ」

「そうよ。私はイヤなことがあったら、ひたすら美味しいものを食べまくる」

「避難所で何が食べられるというんだ。お握りとみそ汁で精一杯だ」

「日本人の好物言うたら、ラーメンやろ。濃厚で火傷しそうなスープとコシのある麵。ラーメン、食いたいなあ。元気出るやろなあ」

「私も食べたくなった。絶対に作ろうよ」

優子が珍しく福原に賛同している。

「材料はどうするんだ。五百人分だぞ」

誰も答える者はいない。

「鍋だってぜんぜん足らないぞ」

現在は三回に分けて食事を作っている。

五百人を超える避難所は、この辺りでも最大の部類に入る。支援物資も特別の配慮をしてもらってはいるが、不足しているモノは多い。

「鍋やったらあるで。下の小学校の給食室。大鍋が三つ、流されずに転がっとった。四、五人おったら運べるで」

「あんた、本当に目ざといのね。材料は何が必要なの」

「まず麺玉が五百玉。スープを作るのに豚肉か鶏肉。チャーシューにカマボコ。それにネギがあればええな」

福原は簡単に言うが、そんなものはどこを探しても見つかりそうにない。

「あんたら、本気で作るつもりか」

横で聞いていたおじさんが私たちのところに寄ってきた。くたびれた作業着を着て無精《ぶしょう》ひげを生やした初老の男性だ。

「材料さえあるんやったらいつでも――」

「ついてこい」

ひげのおじさんは私たちに言って、立ち上がった。

おじさんは慣れた足取りで瓦礫の中を港に向かって歩いていく。

やがて津波で外壁を破壊され、鉄骨の骨組みだけになった建物の前で立ち止まった。鉄骨のいたる所にロープや網などの漁具が絡みついている。

日之出海産、缶詰工場の看板が落ちている。おじさんは拾い上げて、丁寧に泥を払い、鉄骨に立てかけた。

「何もないやん。ぜんぶ、流されてしもとる」

福原が転がっている缶詰の空き缶を蹴飛ばすと、おじさんが睨みつけた。

工場の奥に外壁のコンクリートがむき出しになった大型冷凍庫がある。

おじさんが扉を開けると、中には段ボール箱が詰まっている。

壁から手鉤《てかぎ》のようなものを取って、その中の一つを抜き出して開けた。

顔を近づけてにおいを嗅いでいたが、頷いて私たちのほうに向き直った。

「大丈夫だ。この寒さと冷凍してたので傷《いた》んじゃいない。カニ、サケ、ウニ、イクラ、なんでもあるぞ。持っていけ」

「でもこれは、ここの工場のものでしょ。黙って持っていくと泥棒になります」

「社長がいいと言ってるんだ。わしがこの工場の社長だ。どうせこのまま放っておいても腐ってしまうだけだ。避難所のみんなに食べてもらったほうがいい」

日之出海産、おじさんの作業着の胸に入っている。

「麵はどうするんや。麵抜きのラーメンか」

「これだけの高級食材があるんだ。どんな美味いもんだってできるだろ」

「よっしゃ、まかせとけや。俺、カニ大好きやからな」

数秒考えていた福原が、威勢のいい声を上げた。

「どうやって運ぶ」

「手と足があるやろ。働かざる者、食うべからずや」

福原はカニの入った段ボール箱を両肩に担ぎ上げた。たしかに力だけはある。

他の学生たちは段ボール箱を一つずつ担いで中学校に運んだ。

若者たちが小学校に行って、給食室から三個の大鍋を運んできた。

翌日、福原がカニ雑炊《ぞうすい》を作った。雑炊の上にはウニとイクラがのっている。

「あんた、すごく上手いわね。完全に道を間違えてる」

鍋の前に並んだ長い列を見ながら優子が言った。

「俺、ほんまは料理人になりたかったんや」

「誰にでも取りえはあるものね」

「さあ、おかわり自由やで。ぎょうさん食べてや。豪華海鮮丼やで。明日はサケ鍋や。どっかで野菜仕入れなあかんな」

福原の威勢のいい声が響いた。

避難所はわずかながら元気を取り戻した。

4

「先生、早く来て」

私は子供たちに手を引かれて走った。

瓦礫の中に学生たちと子供が集まっている。

私は彼らをかき分けて中に入っていった。

「チェリー1じゃないの」

思わず声を上げた。瓦礫の間からチェリー1の赤いボディーがわずかに見える。瓦礫の隙間を覗くと、運転席の防風ガラスはあとかたもなく、後部車輪も一つはなくなり、もう一つは大きく歪《ゆが》んでいた。ボディーは傷だらけで、貼られていたソーラーパネルの半分が取れ、残った部分も割れたりヒビが入っている。

「漁船の下に挟まってて、その上にまた瓦礫が乗ってる。下手に引き出そうとすると瓦礫が崩れて漁船に潰されます」

ちょっと触れるだけで、ミシミシという音が聞こえてきそうだった。

「上の瓦礫を一つずつ取りのぞくしかないね」

私たちは慎重に作業にかかった。

二時間がすぎて、チェリー1の姿は三分の一がやっと見えた。わずかの力でボディーが潰れてしまう。フレームとボディーを腕ほどもある材木が突き破っていた。

「諦めましょ。引き出せてもソーラーパネルも傷だらけだし、蓄電池も使えない」

車体の下にはまだヘドロ混じりの泥水が溜まっている。

「下から漁船を持ち上げたらええやろ。その間に押し出すんや」

福原がスニーカーのまま泥水の中に入っていく。

「やめなさい。バカな真似は」

私の声を無視してチェリー1に近づいていった。

橋本と早川が泥水の中に飛び込んだ。そして、優子と友美が続く。

大塚が私のほうを見て、肩をすくめると泥水の中に入っていった。

これでは私も入らざるを得ない。

「後で着替えるのよ。風邪なんか引いたら、避難所から追い出されるのよ」

私たちが泥に浸かって漁船を持ち上げている間に、チェリー1を少しずつ押し出そうとしたがうまくいかない。やはり漁船が重すぎるのだ。

気がつくと周りを避難所の若者たちが取り囲んで見ている。そして次々に泥の中に入ってくる。

チェリー1を押さえていた漁船を全員の力で動かした。

後は冷蔵庫や洗濯機などの家電と、泥水を吸って重くなった布団を取り除くと、車体が現れた。

陽が沈む前には、チェリー1の全容が見え始めた。

「綺麗なもんや」

福原が言ったが、誰も賛同はしない。満身創痍《まんしんそうい》、ずたずたというのが本当の姿だ。

「これが地区予選に入賞したソーラーカーか。でかいもんなんだな」

来た。

「運動場で動かしてみたいな。子供たちが喜ぶぞ」

「注意して運べ。ガタガタなんだから」

私たちがチェリー1を押して運動場に入ると歓声が上がり、避難住民たちが寄って来た。

チェリー1は運動場の中央に置かれた。

「あの車見たことがある。テレビでやってた全国大会に出る車だ」

「カッコいいけど、動きそうもないね。ボロボロだ」

「俺たちが直して動かすさ」

避難所の人たちのバケツリレーでチェリー1に水をかけ、泥を洗い流すと赤い車体が現れた。

「あんたら臭《くさ》いよ。ヘドロの塊が歩いてるみてだ。はよ炊事場の裏に行きんさい」

いつも炊事場を取り仕切っているおばさんについて行くと、簡易トイレの囲いが置いてある。

「トイレでねえよ。シャワー室を作ったんだ。あんたらが第一号。お湯があるがら、身体洗ってきんさい。湯が足らなくなったら声かけんさい。どんどん湯を沸かすてんだばら。フロでねえがら寒いけど、臭いまんま寝るよりいいだべう。早うしんさい。男の子が待ってんだがら」

おばさんの言葉で私と友美と優子は震えながら身体を洗った。

新しい下着と上着をもらって着替えると、生き返った気分だった。


翌日、私は港にある自動車修理工場を改装した実験室に行った。

実験室の壁は左右の二面しかなく、天井も消えていた。津波がシャッターを破り、反対側の壁を突き抜けて内陸へと運んでいったのだ。

床はヘドロのような泥が溜まり、悪臭が漂っている。

大学は高台にあるので津波の被害は受けてないが、地震で天井や壁の落ちた箇所が多数あったと聞いている。

実験室には六人の学生たち全員がいた。

「使えるものがあれば、持っていこうかなと思って」

入口に立っていた橋本が言う。

彼らはチェリー1を修理するために、必要な工具と部品を探しに来ていたのだ。

「工具もない、修理のための材料もない。現実的になってちょうだい。こういう状態ではチェリー1の修理はとてもできない。チャンスは今年だけじゃない。来年を考えましょ」

私はそう言わざるを得なかった。

「ほんまや、何も残ってないで。チェリー1はズタズタやし」

「バカ言わないでよ。ここにあるでしょ、ここに。たっぷりと、とは言わないけど」

優子が人差し指で福原の頭を突きながら言った。

「そうよ。あなたたちが無事なら、いつでも作ることができる」

私は本気でそう思っていた。


その夜、私はドラム缶の焚火の周りに学生たちを集めた。

「みんな、この半月間よく頑張った。私はあなたたちのこと、誇りに思う。この避難所も一応落ち着いたことだし、実家に帰ったほうがいいと思う。一度、みんなの無事な顔を家族に見せるべき。教師としての命令だと思ってちょうだい」

学生たちは神妙な顔で聞いている。これは震災の翌日から考え続けていたことだ。

「私も、娘の所に行きます」

私は強い意志を込めて言った。

東日本大震災と呼ばれるこの悲劇と、福島で起こっている原子力発電所の大事故。人々が積み上げてきた多くのものを破壊し、奪い去った。しかし、私たちにはまだ家族がある。加奈子に会いたいと強く思った。学生たちも家族と会う必要がある。

学生たちは無言で私を見ている。

ドラム缶から時折噴き上がる炎で顔が火照《ほて》った。私は流れる涙を感じて強く頬をぬぐった。

第九章　ライジング・ロード

1

目の前に広がる光景が視野の両側に流れ、消えていく。

声援を上げる人たちの顔が目に飛び込んでくるが、声は聞こえない。スピードは時速百キロをとっくに超えている。ハンドルを握る手は、汗でじっとりと濡れている。一瞬のミスで車はスピンし、壁に激突して砕け、燃え上がるだろう。

ブレーキを踏み込む。減速するどころか、車はさらにスピードを上げる。壁が迫る。危ない！　私は叫んだ。

「ママ、どうかしたの」

目の前に加奈子の顔があり、恐れを含んだ表情で私を覗き込んでいる。

コタツに半身を入れたまま眠り込んでいたのだ。

「ママ、何か言った？」

「変な声出してた。前と同じ」

「そうだよ。家に帰ってきてからずっと寝てると思ったら、時々変な声を出すようになって。それって、何とか障害ってやつかね」

母親がケーキと紅茶のお盆を持って部屋に入ってきた。

「心的外傷後ストレス障害、PTSDでしょ。自分でもよく分からない」

地震や津波の夢じゃない。私は赤い車に乗って走っているのだ。スピードが上がる。そして声援の嵐に包まれ、壁に激突して深い闇の中に落ちていく。

今は暖かい部屋でコタツに入り、家族とケーキを食べて紅茶を飲んでいる場合ではないのだ。

「私、大学に戻らなきゃ」

無意識に出た言葉だった。実家に帰って、三日がすぎていた。

「バカなこと言うんじゃないよ。少しは加奈子のことを考えなさい。こんなとき、父親がいてくれたらねえ」

母親にそう言われると、何も言い返すことができない。

学生たちに家に帰って、家族に元気な顔を見せなさいと言った翌日に、私は気仙沼《けせんぬま》に出て、仙台行きのバスに乗った。旅費のなかった私に、町役場は三万円の見舞金をくれたのだ。

仙台のバス停には加奈子と両親が待っていた。

バスを降りた私はしばらく茫然と街並みを見ていた。ほんの三時間ほどのバスの旅で、被災地とはまったく違う空間に行き着いたのだ。商店が開き、通りを人が行き交っている。みんな、普通の顔をして、普通の声で話し、笑い声さえ聞こえてくる。

その日の夜は加奈子と一緒におフロに入り、一つの布団で眠った。

翌日は、加奈子を幼稚園に連れて行ってからもう一度横になると、夕方まで眠っていた。

加奈子の迎えはいつも通り、母親が行ってくれていた。

全身が重苦しく、重力が地球の倍の惑星で暮らしているようだった。

そして身体《からだ》より重苦しいのは精神《こころ》だった。常に重量のあるドロドロしたもので、いっぱいになっている。それは重さと濃さを増して、私を押しつぶそうとする。

「私は大学の教師なのよ。学生たちのところに戻る義務がある」

「大学に戻っても、授業なんて当分できないんじゃないの」

「今は春休み中。新学期が始まるのは五月から。被災した大学じゃ一律に開始を遅らせてるの。大学も地震で壊れてるから修理しなきゃならないし、学生だって、地元の学生は家族や家に何らかの問題が生じている。私の学生は幸い家族は無事だったけど、三人は親戚を亡くしてる。家は全壊が一人と半壊が三人。残りはまあ無事だった」

「じゃあ、その学生さんたちはどこで暮らしてるの」

「四人とも家族と避難所暮らし」

橋本の家は全壊、早川と友美と優子の家は半壊だった。

「仙台だって原発の放射能で大騒ぎだよ。本当にこれからどうなるんだろ」

「ママ、大学に戻りたいんでしょ。お兄ちゃんやお姉ちゃんも待ってるし」

「そんなことない。カナちゃんの側にいるのが一番」

「ムリしなくてもいいよ。今までも寂しくなかったし。おばあちゃんもおじいちゃんもいるし」

加奈子の言葉に母親の目が潤《うる》んでいる。歳と共に涙もろくなっているのだ。そして私も同じだ。

2

私はゆっくりとダラダラ坂を登っていった。

六ヶ月前の夏の終わりの日、希望と不安を抱いてこの坂を登っていったのを思い出していた。

立ち止まって振り返るのが怖かった。でも、振り返らないわけにはいかなかった。

初めてのときと同様、陽の光を浴びて輝く太平洋が見渡せた。しかし岬に抱かれるように囲まれた港には、あれほど係留されていた船は見えない。

そして港から続く町並みは消え、積み上げられた瓦礫の中をいく本かの道が通っているだけだ。人や車はほとんど見えない。大学の正門を入ったところに立つ創立者の像は、どういう思いでこの光景を見ているのだろう。

大学構内にはほとんど人影はなかった。

春休み中だが、新学期が始められるかどうか、まだ会議中だとも聞いている。学校関係者の被災者はかなり多い。

地震の日、春休み中で学生はほとんどいなかったことと、地震だけで津波に襲われなかったことで大学構内で亡くなったりケガをした者はいなかった。

大学正面の七階建ての建物は一見、何の被害も受けていない。新しい建物なので耐震設計はしっかりできている。しかし、建物内部は被害を受け、天井の落下や壁が剝《は》がれたところもあったらしい。

海岸のガレージに移る前のプレハブ実験室はまだあるだろうか。私は様々な思いを抱きながら、研究棟の裏手にあるプレハブ実験室に向かった。

建物の角を曲がると、ラジオの音楽と笑い声が聞こえてくる。プレハブの前には数台の自転車が停まっていた。

「先生、戻ってきたんですか」

声に振り向くと、友美が立っている。

「あなたも帰ってたの」

「優子もいます。男の子たちも全員」

私たちの声に気付いたのか、実験室から学生たちが出てきた。

「遅いやないですか。いっつも俺たちのこと、遅いて怒鳴ってるのに」

「福原君、本当に尼崎に帰ってたの。戻ってくるの早すぎるんじゃない」

「俺が帰ったら、親父がなんで帰ってきたて言いよるんです。おまえは被災地でボランティアをしとることになっとるて。俺が初めて人様の役に立っとるちゅうて近所に言いふらしてたらしい。生きとると分かったら、家族かて冷たいもんです。それで翌日にはUターンです」

「どこに泊まってるの。避難所にはいられないでしょ」

「私以外は全員、避難所暮らしです。家やマンションが全壊か半壊ですからね。先生もマンションが全壊だから避難所暮らしになります。すぐにどこか、住めるところを見つけます」

大塚が言った。

「このプレハブ、大丈夫だったのね」

「最初はけっこうひどかったんです。かなり傾いてて、もうちょいで倒れそうでした。でも、すぐに元通りです。作りが単純でもろい分、修理も簡単でした。プレハブって意外と便利です」

私は学生たちに囲まれて実験室に入った。

中に入って、思わず声を上げそうになった。中央にチェリー1が置いてある。

その横にはハンマーやペンチ、レンチ、ドライバーなどの工具もあった。それも前の倍近くある。

後部車輪の歪《ゆが》みは取れ、脱落した車輪の軸は木の箱で支えられていた。

「あなたたちが全部――」

「避難所の若い連中が運ぶのを手伝ってくれました。ここだと雨風はしのげますからね。それに修理することもできます」

「工具は？」

「瓦礫の山は宝の山やて言いましたやろ」

「先生に連絡しようと思ったんですが、しばらくはカナちゃんの側にいたほうがいいと思って」

私は学生たちと話した後、谷本の研究室に行った。

すでに電気は来ているが、窓ガラスにひびが入っていたり、壁の亀裂が目立った。まだ地震の跡は生々しく残っている。

ドアに鍵はかかっていない。部屋に入ろうとして立ち止まった。一方の壁一面にあった本棚が倒れて床に本が散乱している。これでは中に入り、奥のデスクに行き着く気力は失せてしまう。

「何をしてる」

声に振り向くと谷本が立っている。ちょっとの間にかなりやつれ、髪にも白いモノが増えたようだが、元気そうだった。

「野口君か。仙台の実家に帰っていると学生たちから聞いたが」

「今日出てきました。先生、生きてたんですか」

「そういう言い方はないだろ。大学は揺れただけで、津波はこなかったんだから」

「携帯がずっと通じなかったから……」

「あの地震でなくした。たぶん、あの中だ。もう電池切れだ」

谷本はデスクの方を目で指した。デスクの周りは本と書類で近寄ることは難しい。

「片付けないんですか」

「時間ができたらな。色々、やることが多すぎた。とりあえず必要なものだけは取り出して、家で仕事をしている」

そう言って、抱えているパソコンに目をやった。

「きみは避難所で暮らすのか。マンションはダメだったんだろ。避難所にプライバシーはないぞ」

「避難所には二週間近くいました。慣れてます」

谷本は私を押しのけ、部屋を覗き込んだ。

「よかったら、ここを使わないか。電気も水道もある」

「谷本先生は？」

「家は無事だった。当分、ここに戻る気はない」

「ぜひ、そうさせてください」

私は優子や友美も誘うつもりだった。三人にはかなり狭いが、避難所暮らしよりいいだろう。

「そのためには部屋を片付けなきゃならないが」

「学生たちに手伝ってもらえばすぐできます」

「学長たちには当分、黙っていよう。彼らは規則しか頭にないからな。しかし、夜は寒いぞ。エアコンが動かない」

大学は集中暖房になっていて、当分は動きそうにない。

「何とかします」

頭に浮かんだのは福原だ。そして彼は期待通りの、いや期待以上の才能を発揮してくれた。

日が暮れるころには、部屋はすっかり片付けられていた。学生たちが一時間ほどで床の本と書類を一ヶ所に集め、本箱を元に戻して入れ直してくれた。同時に、福原が寝袋と下に敷くエアマット、石油ストーブを持ってきてくれた。

「寝袋とエアマットは支援物資にあった新品です。ストーブは宝の山からです」

私はストーブは断った。余震が怖かったのだ。まだ頻繁に起きている。

「しばらく、ここで一緒に暮らさない。避難所よりいいと思う」

私は友美と優子に話した。

二人は一瞬顔を見合わせて、考え込んだ。

「私は皆と一緒にいます。家族と一緒に暮らせるようになるまでの少しの間です。先生はここにいてください」

友美の言葉に優子も頷いている。


その夜、私は寝袋に入って窓に目を向けた。四角く切り取られた空には、無数の星が輝いている。

実験室のチェリー1が頭に浮かんだ。

やはり壊れ方がひどすぎる。一見キズのない部品も、一度は海水に浸かったのだ。まともに使えるのはフレームだけかもしれない。それもよく調べてみなければ、どこにキズがあるか分からない。時速百キロ前後の高速で走るので予想外の負荷もかかるだろうし、走行中に壊れたら大事故につながる。

海から押し寄せてくる津波が頭に浮かんだ。家を巻き込み、車を押し流しながら町を破壊していく。材木がチェリー1を直撃し、津波が押し流していく。私は思わず強く眼を閉じた。

そして、いつの間にか眠っていた。

3

ノックの音で目が覚めた。

寝袋から這い出してドアを開けると、両手にスーパーのレジ袋を持った友美が立っている。

「これ、避難所のおばさんが持ってけって。先生によろしくって。今夜は食べに来るようにとも言ってました」

私と友美は、福原が新しく持ってきた電気ストーブの前でお握り二つとお茶の朝食を食べた。

「正直なところを話してください。チェリー1は動きますか」

「あなたはどう思うのよ。ソーラーカーの知識は私と同じくらいあるでしょ」

友美は考え込んでいる。

「言いたくないの」

友美は頷いた。

「たしかに修理となると一から作り直すのと同じ労力が必要ね。あとのトラブルを考えると、絶対に新しく作り直したほうがいい」

「お金さえあって、発注先の工場が無事で引き受けてくれれば何とかなります。設計図や色んなデータはありますから」

友美はデイパックから新しいパソコンを出して立ち上げた。今までの資料はすべて、クラウドで保管していたのだ。

「パソコンさえあればいつでもどこでも取り出せ、全員が共有できます」

私はパソコンの画面を見ながら、友美の周到さに驚き、感心するばかりだった。

実験室に行き学生たちが集まるのを待って、チェリー1を解体した。

フレームからボディーを外し、モーター、蓄電池、車輪、ブレーキなどの付属品を取り外して並べた。一つひとつに思い出がある部品だ。しかしすでに錆《さび》の目立つ部品もある。やはり一度海水につかっているのだ。

「作ったときを思い出すよ。あのときは、言われるままに部品を集めて組み立てただけだった」

「こないに壊れてたら使えへん。錆かてひどい。新品に替えたほうがええんちゃう」

「あんた、本当にそう思ってるの。じゃ瓦礫の中から新品の部品を探してきなさいよ」

優子の言葉に福原は黙っている。どの部品も最高に近いものを選んで探してきたものだ。簡単に手に入るものではない。

「モーター、蓄電池、電気系は海水に浸かってるから全部ダメね。今は動いても、いつトラブルが起きるか分からない」

「じゃ、残りは大丈夫ですか」

早川の言葉には黙るしかなかった。大丈夫だと言い切る自信など欠片《かけら》ほどもない。

人の気配に振り向くと、入口に片山社長が立っている。

「避難所でおなご先生が帰ってきて、チェリー1がここばあると聞いちゃから来でみたんだっちゃ」

社長は実験室に一歩入って立ち止まった。しばらく無言で解体されたチェリー1を見ていた。

床に並んだ部品をよけながらフレームの前に立った。

腰をかがめフレームに顔を近付けて見ている。そして、横にあるボディーに手を置いた。ボディーのダメージが一番ひどい。全体が傷だらけでひびが入り、材木が突き刺さったときの直径一五センチほどの穴が開いている。鉄よりも強い炭素繊維にこれだけの穴を開けるには、よほどの力が加わったのだ。貼られていたソーラーパネルも半分がはがれ落ち、残りも使えない。

「何とかなりまへんやろか」

福原がためらいながら聞いた。

「こすたなにズタズタなのか。人間なら瀕死の重傷だ」

「やっぱりダメですか」

「どなだが死んだって言った。瀕死の重傷だって言ったんだっちゃ。名医がいたら助かる」

「名医って、片山社長がですか」

「違うか」

じろりと友美を睨んだ。

「しかし、これは大手術だっちゃ。名医も一人じゃ足らね。ボディーは穴だらけ傷だらけだっちゃ。取り代えなならんだべうな。車輪もみな代えなきゃねぇ。ブレーキもウインカーも。要するにフレーム以外はみなだ」

片山は並べられた他の部品に目を移した。

「フレームは大丈夫なんですか」

「溶接部もおがすねえとごろはねえ。ぶつかってきたモンの衝撃はほとんどボディーが吸収したんだべう。んだばら骨格は助かった」

片山はフレームとボディーに目を留めたまま言った。


「八月の鈴鹿のレースは諦めましょ」

片山が帰ってから、私は学生たちを前に言った。

彼らは私の言葉を探るように、黙って私を見ている。まだ諦めきれない顔だ。

「現実的に考えてごらんなさい。たとえ元通りにしても、このチェリー1でどこまでやれるというの。今までのレースだって何とか勝ち残ってきたというレベル。余裕なんてなかった。今度の全日本レースは日本中から強豪が集まるの。そのレースで優勝なんてできっこない」

私は続けたが、やはり学生たちは黙り込んでいる。

「今年が最後じゃない。あなたたちには来年がある。今はその準備のときよ」

今こそ、私が現実を厳しく見つめなければならない。学生たちには他にまだやることがある。

でも、私には次はないということも分かっていた。全日本ソーラーカーレースに出場できなければ、その時点で私は解雇される。しかし、誰か私のあとをついで学生たちを指導し、チェリー1を修理して来年のレースに学生たちを導いてくれる人が現れるに違いない。

「でも俺は、先生とチェリー1が太陽の光を浴びて走るところが見たいんや。そのために頑張りたいんや」

福原の低い声が聞こえてきた。


車のエンジン音が聞こえた。続いてクラクションの音。

外に出るとトラックがバックで入ってくる。

運転席からは濃いサングラスをかけた本田が降りてきた。

「ひどい目にあったな。でも良かったよ、一人も欠けてなくて」

私を見るなり言って、肩をつかんだ。

「陽子ちゃんが無事だってことは、お母さんから聞いてた。しばらく全員で避難所でボランティアしてたんだって」

「そんなに大げさなものじゃない。行くところがなくて、置いてもらってたの」

「すぐに来たかったが、実は俺たちも大変だったんだ」

本田は一瞬、言葉を止めて空を見上げた。今まで見せたことのない表情だ。

「赤ちゃんは――」

「難産でね。社長は一日頑張ったが、結局自力で出てこられなくて帝王切開だ。赤ちゃんがデカすぎた。三月十一日の話だ」

本田は携帯電話を出して待ち受け画面を私に見せた。

「三千七百三十二グラムのジャンボ赤ちゃんだ。医者と看護師が大きいなーって呆れてた。いい奴だ。よく食い、よく眠る。食うっていうのはヘンだな。よくオッパイ飲んでる」

「名前は？」

「智恵里《ちえり》だ。チェリーの当て字。社長がどうしてもって言うんでな。うちじゃ社長命令は絶対だ」

「可愛い名前じゃない。咲子さん好みね。女の子が欲しいって言ってたから」

「男の子だ。カナちゃんと結婚させるって張り切ってるぞ」

「五つも年上よ」

「今、流行ってるんだろ。そういうの」

本田はサングラスを外して携帯電話を眺めている。目尻が下がり、いつもの迫力は微塵《みじん》もない。

本田が携帯電話を閉じて、外していたサングラスを掛け直した。

私と本田の周りを学生たちが取り囲んだからだ。

「ソーラーパネル、全滅したそうだな」

「ゴメン。予備に送ってくれたのは屋根の上に上げたんだけど、津波はそれ以上で持っていかれてしまった」

「いいって。半年前のソーラーパネルなんて、骨董品で使えやしない」

「そう言ってくれるのはありがたいけどね」

「なんだ、やる気なさそうだな」

「軽くて強いフレーム、軽くて空気抵抗を抑えた丈夫なボディー、容量が大きくて軽い蓄電池。そしてその他、最高の機器類、それが全部——」

「チェリー1は無事救出とメールには書いてあったぞ。学生たちがくれたんだ」

私は本田の腕をつかんで実験室に入った。

本田は無言でチェリー1を見ている。

「しかし、よく救出したな。津波は十二メートルを超えてたんだろ。テレビで見たよ。家の残骸や車が波に乗って押し寄せてくる。社長が泣き出して困ったよ。電話は通じないし」

「あのときの話はしないで。胸がドキドキし始めるのよ。学生の中にも急に不安そうな顔をする者もいるし」

「まあ、そうだろうな。あれだけのことにあったんだ。しかし、こいつらはやる気だぜ。だから俺は来たんだ」

そう言うと本田は私をトラックに連れて行った。学生たちもついてくる。

荷台のシートを取ると数十個の箱が積んである。

手伝え、と本田は学生たちに指示した。十分後には新しいソーラーパネルのモジュールが入った箱が十以上、実験室前に並べられた。

「遼からメールがあった。ソーラーパネルの余ってるのがあればくれって」

「余ってるのなんてないと、返事が来ましたよ」

早川がパネルをチェックしながら言う。早川はソーラーパネルの扱いを学ぶために本田のところに泊まり込んだこともあるので、特別に親しくなっているのだ。

「余りモノなんて、うちの研究所にはない。すべて最高級品だ。今年になって作った試作品だ。変換効率を三十パーセント台に上げた世界初のソーラーパネルだ。これを使って、前のよりいいチェリー1を作れ」

「でも蓄電池だって全部使い物にならない」

「そうか。残念だな。このソーラーパネルは世界一のものだと言い切ることができる。おまえらは、最高のチャンスを逃すことになるんだ」

私と学生たちは何も言えず、ただ無言で積み上げられたソーラーパネルの箱を見つめていた。

「じゃ、俺は帰るぜ。智恵里と社長が待ってるからな」

本田はそう言い残して帰っていった。

「これが世界一のソーラーパネルか」

学生たちは、本田が置いていったパネルを手に取って見ている。

「ソーラーカーは総合力の勝負よ。一つの部品がいくら秀《ひい》でていてもダメ。今までのレースでよく分かってるでしょ」

「走ってみなきゃ分からないってことも分かりました。うちのチームなんて、最初はどこからも相手にされてませんでした。でも、全国大会出場まで勝ち上がってきました。レースまで、まだ四ヶ月あります」

「四ヶ月しかないのよ。何ができるって言うの。この状態よ」

「やってみなきゃ分からないです」

友美の声が返ってくる。今まで聞いたことのない自信に満ちた声だ。

「やはり、どう考えてもムリな話よ。今学期からあなたたち四年生でしょ。卒業の準備もあるし、就職活動だってあるでしょ」

「先生こそ、どないするんや。次の全国大会のレースで優勝せんと、大学追い出されるんやろ」

学生たち全員が私の方を見ている。

「私のことは大丈夫。みんなの身の振りかたを考えなくちゃ。卒論はどうするか」

「俺たち、大学院に行くことに決めたんだ」

「試験があるのよ。早瀬さんに聞いてごらんなさい。専門の試験だって、英語だってあるのよ」

「なんか、バカにされてるみたいや。俺たちは論外やて。試験は秋やろ」

「半年しかないのよ」

「まだ半年以上ある」

「大塚さんは？」

「娘たちがびっくりしてました。お父さんが大学院の学生になるなんてって。家内は、好きにしたらって感じです」

私は軽くため息をついた。

「あんた、本気で大学院に行くの」

「おまえも行くんやろ」

「このチームにいたら、テレビに出られるかもしれないし」

優子の声が聞こえた。もう一つは福原だ。

「問題は試験に通るかどうかや。おまえ、なんでか知らんけど、成績だけは抜群にええから」

「データ収集と要領よ、大学の試験なんて。過去問しっかりやって、要点つかんでればスイスイよ」

「おまえにとってはな。俺には芋虫と一緒や」

「なによ、それ」

「手も足も出ん。さっぱり分からん」

「仕方がない、暇なときに勉強見てあげる」

「やっと、俺と付き合ってくれる気になったんか」

「バカ、勉強教えるだけよ」

声を潜めて話しているが全員に聞こえているはずだ。


その日の夜、私は実験室でチェリー1を見ていた。

友美が入ってきた。

「あなた、東北大学の大学院を受験し直すと言ってたけど——」

「今年の試験はもう終わってます。来年もゆっくり勉強してる時間はなさそうだし。それに、この大学にもいい先生がいるし」

「あなたならどこでも立派にやっていける」

「ちょっとだけど、自分に自信を持つことができます。私だって捨てたものじゃないって。今までは、人の中身じゃなくて飾りばかりに目を向けてたって感じです」

「そう、自分を磨けば飾りなんていらない。自分自身が光り出す」

これは私自身にも当てはまることだ。

学生たちを見ていて、つくづくそう思う。しなびて落ちそうになっていた実が、つややかに光り芳香を出し始めている。

二人でしばらくの間、チェリー1を眺めていた。

4

私と学生たちは実験室で、今後チェリー1をどうするか議論していた。

学生たちの表情が変わり、黙り込んだ。振り向くと副学長が立っている。

「車を大学ば運んだと聞いたんで、見に来たんだば」

「俺たちはまだ諦めちゃいないぜ。絶対に走れるようにして見せる」

「八月のレースまでは、この研究室は続くんでしょ。もちろん、私たちは優勝するつもりです」

友美がそうでしょという顔で、私の方を見た。

私は思わず頷いていた。

「がなりダメージを受けてると聞いたんだば。ここまでひどか――」

心なしか、副学長の顔がこわばっている。私たちは立ち上がり、チェリー1を守るように取り囲んだ。

「ボディーと蓄電池とその他をちょっと替えて、ソーラーパネルを貼り替えれば問題ありません。パネルは世界一のものが届いているし」

「俺たち、絶対にこのチェリー1で優勝してみせます」

最近、学生たちの間から優勝という言葉がよく聞かれる。自分たちを鼓舞《こぶ》していることもあるのだろうが、やはりもっと現実を見つめさせたほうがいい。しかし口をついて出たのは正反対の言葉だった。

「大学の名誉にかけても優勝してみせます」

私は自分自身の言葉に驚いた。この男の顔を見ていると、負けてたまるかという気になるのだ。他の学生たちも、へえっという顔で私を見ている。

副学長は何か言いたそうに、学生たちと私を見ていた。

「頑張ってけろ」

副学長は言い残すと、帰っていった。

「嫌味な奴だ。探りに来たんだよ。俺たちが毎日集まっているんで」

「やるしかないんじゃないの、こうなったら。先生だってやる気なんだし」

学生たちの視線が私に集中した。私も頷かざるを得なかった。

やがて五月に入った。

地震と津波から二ヶ月近くがすぎたのだ。

大気は暖かくなったが、地域によってはまだ電気も水道も来ていなかった。とくに三陸日之出町中学校周辺など津波被害の大きな地域と海岸部に近いところは、ライフラインの復旧には時間がかかりそうだった。

避難所にはまだほとんどの人が残っている。半分以上の人が津波に家を流され、着の身着のままで逃れてきた人たちだ。残りの人は住んでいた家が全壊か半壊だ。

余震はまだかなりの頻度で襲ってくる。

私は谷本の研究室に寝袋を持ち込んで夜をすごしていた。

朝は避難所で朝食作りを手伝い、その後学生たちと実験室に行く。チェリー1を前に修理の方法を議論して、今後のことを考えていた。

友美が入ってきてデスクに用紙を置いた。

「フレーム、ボディー、車輪、車自体の製作に必要な金額の見積書です。それに、周辺機器はほとんど流されました。パソコン三台、ビデオカメラ一台、オシロスコープ二台、そして全国レース参戦に必要な費用、その他もろもろ。全部で四百万円近く必要です」

「チェリー1より高くなるの？」

「安くなってます、車自体にかかる費用は。今度は鈴鹿で旅費も倍以上かかるし、周辺機器も必要です。前のときは私たちのパソコンも使ったし、それだけ企業から資金を集めたってことです。でも今回は企業からの寄付は無理かも」

前回寄付をしてくれた企業もダメージを受けて、再度の寄付は難しい。

「やっぱり金か」

福原が呟いた。

「去年の九月の振り出しに戻っただけ。一から頑張ればいい」

私の言葉にも士気は上がらない。

「先生、野口先生じゃないですか」

突然の声で顔を上げると髭面《ひげづら》の男が私を見ている。

私たちは避難所で朝食のあと片づけをしているところだった。

「私、宮城日報の記者の井上《いのうえ》です。ほら、ソーラーカーのテストランで取材をさせてもらった」

思い出した。優子が盛んに売り込んでいた記者だ。

「避難所の取材ですか」

「ここらじゃ、最大の避難所ですからね。二ヶ月近くたってもこの状態です。なんとか、全国にこの現実を知らせないとね」

「支援物資や義援金はずいぶん集まってるんでしょ。ここだって、全国からの支援物資で運営されてるんです」

「それは有り難いことなんですがね。被災地を離れると、話題はもっぱら原発のこと。下手したら自分たちにも被害が及ぶからね。子供を持ってる母親は特に敏感になってる。マスコミの主力も原発に移ってる」

私だって加奈子がいるという言葉を呑み込んだ。

私の母親が私以上に敏感だから、食べ物や飲み水には気をつけてくれている。

「瓦礫撤去さえままならない地域が多い。仮設住宅も言葉だけ。政府の対応は遅れに遅れています。これじゃ、復旧なんていつになるか。復興なんてのは夢のまた夢」

「ずいぶん悲観的ですね。これだけの災害なんです。自分でもあの時のことを思い出すと震えがきます」

「あの日、東日本予選レース通過のお祝い会があったんですよね。私は他の取材で行けなかったんだが、他の記者が行きました。入社二年目の女の子――」

井上は一瞬言葉を切った。

「その方は」

「地震の一報ですぐにカメラマンと海岸の取材に走ったんです。あの公民館は避難所になっていて、大丈夫だと思ったんでしょう。記者としては、より危険なところが気になりますからね。二人ともまだ見つかっていません」

私は言葉を探したが何も見つからない。消防団、警察官の人たちが多く亡くなったことは聞いている。マスコミも含まれるのだ。

「なんだ、記者さん来てたの」

エプロン姿の優子がやってきた。最近はミス避難所と呼ばれ、本人も気をよくしている。

「私のマンションも半壊認定。帰れなくなったので、ここでボランティアやりながら大学に通ってるの」

「やはり、ソーラーカーやってるの」

「それしかやることないでしょ」

「でも、車は流されたって聞いたけど」

「一度はね。でも、瓦礫から掘り出して、今、大学の実験室に置いてある」

井上は考え込んでいたが、私に向き直った。

「それ、ちょっと見せてくれませんか」

「バラバラよ。これからどうするか考えてる」

私たちは井上を連れて大学に行った。

実験室には橋本と福原がいた。

「たしかにひどいね。これを動かすより、新しく作ったほうが早そうだ」

「あんたもそう思うやろ。俺もそう思うんやけど、みんながこのチェリー1を何とかしたいって言い張ってんねん」

「たしか、全国大会は八月の初めでしょう。それまでに修理するってことですか」

「ボディーの穴をふさいで、新しいソーラーパネルを貼り付けて、新しいモーターと蓄電池を買うて、車体に取り付けたらええんや。車輪とブレーキも新品に替えなあかんな。それからデータを取って車を調整したらレースには出られる。簡単なもんや」

福原が同意を求めて橋本を見ると、橋本は大きく頷いている。

井上は驚いた表情で福原の言葉を聞いていた。

「目処《めど》は立ってるの」

「フレームやボディーや足回りを作ってくれた地元の中小企業は、まだ操業してないところが多いんです。操業の目処さえ立っていないところもあります。家族や従業員が亡くなって、遺体も上がってない人もいるし。工場が流されたところもある。新しい機械を入れても、取引先の企業の操業がいつになるか分からないというのが現実」

「うちは、お金がないんで頼めないんだけど」

優子が言った。

「じゃあ、どうするんですか」

「それを考えてるんや。チェリー1は俺たちにとって希望なんや」

井上はメモを取りながら聞いている。そして分解されたチェリー1の写真を何枚も撮り続けた。


翌日、私たちが避難所で朝食の準備をしていると、早川が息を切らしながら自転車で飛び込んできた。

「おい、見ろよ」

早川が橋本と福原に新聞を差し出した。

〈復興のわずかな光、ここに〉の見出しが目に飛び込んでくる。

「救い出された太陽の車。東日本ソーラーカーレースで全国大会の出場資格を勝ち取った東北科学大学のチェリー1が、津波に呑み込まれながらも瓦礫の中から見つけ出された」

橋本が新聞を読み上げた。

レース場で走るチェリー1と、実験室で分解され、各部品が並べられたチェリー1

の二枚の写真が載っている。

さらに避難所で生活する学生たちのことや、チェリー1は現在、大学の実験室に保管されていることが書かれていた。

「あの記者、こんな写真撮ってたんだ。かなりカッコいい。走ってるほうだけど」

「誰だ。八月の鈴鹿のレース諦めるなんて言ったのは」

学生たちが私の方を見た。

「私は何も言ってないわよ。チェリー1のこの状態を見れば分かるんじゃないの」

「あの野郎、勝手なことを書きやがって」

「ほとんど真実よ。むしろ好意的に書いてくれてる。でも諦めるなんて、どこにも書いてない」

たしかに、レースを諦めるとも、参戦を目指して頑張っているとも取れる書き方だった。読者は悩むだろう。

その日の夕方、学生たちと実験室であと片づけをしていると、学長が入って来た。分厚い封筒を私の前に差し出した。

「大学のOB会と個人寄付です。今朝の宮城日報を見てOB会の電話は鳴りっぱなしだったようです。この分ならまだまだ集まります」

学生たちの目が封筒に集中している。尋常な厚さではなかった。封筒というより小さな弁当箱大だ。

「三百七十二万八千円あります。ソーラーカー修理の資金です」

「でも、大学が大変な時なのに――」

「実は、三百万は副学長からだ」

「ウソや」

福原が裏返った声を出した。私も思わず同じような声を出しそうになった。

「ここの学生諸君に母親を助けてもらってえらく感謝していました。こんなことじゃお礼にもならないが、気持ちだけは受け取ってもらいたいと」

副学長の家は内陸にあるので無事だった。今は母親を引き取って暮らしていると聞いている。

「修理費というより、きみたちに喜んでもらいたいんだと思います。これは内緒にと言われているんだが、きみたちも聞かなかったことにしておいてほしい」

「もう聞いてもうたわ。けど、素直やないな。あのオッサン」

しんとして聞いていた学生たちの中で、福原が口を開いた。

「それから、今日の午後緊急理事会が開かれて、先生には東北科学大学ソーラー一号、いやチェリー1が日本一になるまで大学で頑張ってほしいということになりました。これは副学長からの提案です。まず、新学期から正式に講師となることに決まりました。受けてくれますかな」

「教授やないんかい。やめとき、先生」

「有り難うございます」

私は福原を押しのけ深々と頭を下げた。

翌日、学生たち全員を連れて、片山社長のところに行った。

工場はまだ半分の機械は動いていなかった。仕事は震災前の五分の一に減っていると聞いている。彼の仲間の工場も同様とのことだ。

「地震と津波が工場と機械を持ってったり、泥水につけてすまった。おらたちの精神まで持ってったと言われねえように、頑張ってはいるんだばね。なんせ、現実はがなり厳しいよ」

たしかにその通りなのだろう。ただでさえ仕事が減っていたところに、とどめを刺すように地震と津波が襲ったのだ。

「これでチェリー1を再現してもらえませんか」

私は学長が持ってきた封筒を差し出した。

社長は長い時間、その封筒を見つめていた。

そして、封筒を受け取ると中身を数え始めた。

「これじゃダメだ」

「いくら足りませんか」

社長は百万円の束を抜き取って私に返した。

デスクから一枚の用紙を持ってきた。

「ボディーを担当したジャパンカーボンの近藤《こんどう》社長とも相談して、見積書を作っていたんだっちゃ。絞りに絞ってな。これでも大かば、余ったら返すちゃ」

「はよ言うてほしかったわ。俺らだって相談に乗らしてもろたのに」

「谷本て教授から、ボディーを作り直すことがあれば、提案してえことがあるって近藤社長に電話があった」

「振動についてだと思います」

「ジャパンカーボンの社員は、谷本教授に何度か会って話してるらしいっちゃ。指導を受けて作り替える。振動をなくすボディーにするんだっちゃ。フレームはチェリー1のモノを修理して使う。強度はおらに任せてけろ。チェリー1の復活というより、新しいものと合体させて、チェリー2を作るんだっちゃ」

その日のうちに、チェリー1とそのすべての部品を片山鉄工所に運んだ。

工場にはチェリー1の製作に関わった中小企業の人たちが集まっていた。ジャパンカーボンの近藤社長もいる。彼らの工場はどこも大なり小なり被害を受けていた。

私は再度チェリー1の状況について話した。再生はけっして簡単ではないことを。途中で学生たちに代わった。彼らは関わったパーツごとに技術説明をした。参加企業の人たちは、真剣な表情で聞き入っている。十ヶ月前には考えられない光景だった。

5

私が実験室に行くと、ドアの前に立ち中を覗き込んでいる男がいる。

「入っていいですよ。うちに秘密なんてないですから」

私の声に振り向いた男を見て、思わず声を上げそうになった。

松田慎二、オリエント電気の同期の研究者だ。二年前からアメリカの大学の研究所に派遣されていた。

「アメリカじゃなかったんですか」

私は松田がすでに帰国し、新チームのリーダーになることを富山から聞いていたがとぼけて言った。

「先月帰って来た。最初の仕事がソーラーカーチームのマネージャーだ。塚本は僕の下につくことになった」

「異例の人事ですね。ガッカリしたんじゃないですか。でも、日本に慣れるまでのウォーミングアップですね」

「マネジメント能力を見たいんだろ。いずれにしても従うだけだ」

私は、実験室に隣接した事務室に案内した。

「宮城日報を見て、チェリー1が津波に一度流されたってことを知ったんだ。うちのチームの連中も心配してる。特に塚本が。次のレース棄権するんだって」

「誰がそんなこと言ったの」

「だって、新聞を読めば——あのバラバラの写真は——」

「勝手にそう思ったんじゃないの。うちの学生たちはやる気よ。私だって。レースまでまだ三ヶ月もあるでしょ」

松田はホッとした表情になった。そして笑みを浮かべ私を見た。

「また、きみに会えるなんて思ってもいなかったよ。きみが会社を辞めたって聞いて慌てて社に問い合わせたら、誰もきみについて詳しくは知らないって言うし。連絡を取ることもできなかった。どんなトラブルがあったのかと思ったよ」

「トラブルって言うほどじゃないんだけど」

「メガソーラー発電所建設の提案書の却下が原因か。何年もかけてやってた研究開発に突然中止を持ち出されると、誰でも頭にはくるよ。しかし、それから先の行動は人それぞれだ。きみらしいと言えばきみらしいし。しかし、会社は引き止めなかったのか。絶対に大きな損失だ」

「うるさいのがいなくなって、せいせいしてるんじゃない」

「上層部の判断ミスをすべてきみのせいにしてドアを閉めたんだ。しかし、原発がダメになるっていうんで、あのプロジェクトが復活した。現在、慌ててきみの研究レポートをひっぱり出して研究会を開いてる。あのまま続けてれば、ダントツに他社を抜きん出てたんだが。いや、あれでも十分業界トップを走ってる」

そう言って、持っていたカバンからファイルを出した。『次世代型メガソーラーの建設提案書』たしかに私が書いたものだ。そっと名前を見ると、企業ロゴの下に書いてある名前は私とは違っている。

「会社に戻る気はないのか。上の者に話してみてもいい」

「バカなことを聞かないで。私の当面の目標は、チェリー1で日本一になること」

「つまりオリエント電気への敵討《かたきう》ちか」

「そんなつまらないことじゃない。今の最大の望みは学生たちと一緒に、表彰台のいちばん上に立つこと」

「そう言うと思ってたよ」

松田は軽く息を吐いて私の肩を叩いた。

「陽子先輩は僕の神様です。塚本がそう伝えておいてくれって」

「すごい車ね。あれだけのハンディをすぐに取り戻した」

「うちの車が全国大会に出場できるのは、きみのおかげだと聞いている。塚本がパニクッたとき、カツを入れてくれたんだろ。分かるよ。あいつは優秀だけど気が弱いところがある」

「こういう一発勝負のプロジェクトのリーダー向きじゃないわね。サポート役にまわればすごく頼もしいけど」

「同じ意見だ。きみもうちに残れば頼もしい味方だった」

「ここでも十分に楽しんでる」

「楽しむか。しばらく考えたことのない言葉だ」

松田はしみじみとした口調で言った。

「でも、次のレースじゃ、私たちに遠慮することはないからね」

松田は納得したように頷き、私を外に停めてあるバンのところに案内した。バンには十個あまりの箱が積んである。

「前の車で使っていた蓄電池だ。劣化はまったくない。レース仕様ってのは、劣化の兆候を見せるかなり前に取り替えるんだ。なんせ、きみの言葉通りの一発勝負だからね」

「これを使えっていうの」

「使ってくださいって言った方がいいのか。きみが意地っ張りなのは十分に知ってるから」

「敵に塩を送るってことね」

「きみにもらった塩とは比べ物にならない。うちで廃棄するものを利用してくれと言うだけ」

「有り難いわ。うちのは海水に浸かって、どうしようかと思ってたから」

「本田さんから聞いたんだ。かなり苦労してるって」

松田は、ほっとした表情を浮かべた。以前の私なら突き返していたところだ。しかし、今は心底有り難いと思ったのだ。

ところで、と言って松田は私の顔を見た。

「高樹健人《たかぎけんと》さんを知ってるだろ。半導体関係じゃ世界的に有名な研究者だ」

私は頷いた。そして動揺を悟られないように、松田から視線を外した。彼の留学先は高樹と同じ大学だった。

「高樹・ハイマンの理論は半導体を学ぶ者は必ず読んでる論文よ」

「留学時代にずいぶん世話になった。個人的にも公《おおやけ》にも。突然、すごい研究者ばかりのところに放り込まれたからね。僕がそこそこの成果を挙げられたのは高樹さんのおかげだ」

私の胸の高まりは収まりそうにはなかった。

「帰国のひと月前、彼のマンションに招かれた。部屋に入って驚いたよ。デスクにきみの写真が飾ってあった。まだ二十代の初めころかな。誰だか聞いたら、東北大学で同じ研究室にいた女性だと言ってた」

私はすぐには答えることができなかった。自分でもこんなに動揺するとは思ってもいなかったのだ。松田は私の反応を窺《うかが》うように見ている。

「少しの間だけね。彼はすぐにアメリカに行ってしまった。研究室の先輩というだけ」

「彼も大学時代の友人だと言ってたが、ただの友人って感じじゃなかった」

もっと詳しく話を聞きたかったが、言葉が出てこない。

松田は私を焦《じ》らすように、またそれを楽しんでいるように話している。

「今年の新学期、つまり九月から教授になるそうだ。ということは内定は出てるのか。三十一歳であの大学の教授だ。大したもんだ」

「才能もあったし、努力家だった。それに人一倍、自信家だった」

私はそれだけ言うのがやっとだった。

「僕はきみのことを話した。オリエント電気の元同僚だって」

「何か言ってた？」

「驚いてた。そして、彼に聞かれた。陽子さんはまだ独身かって」

「なんて答えたの」

「きみは独身なんだろ。カナちゃんのことは言ってないよ。彼、教授になるまでは日本にも帰らず、誰とも連絡を取らないと決心していたそうだ」

「彼は元気そうだった？　すごく懐かしいから」

「直接聞けばいい。日本に帰ったら真っ先に報告したい人がいると言ってた」

松田は腕時計を見た。

「そろそろ行かなきゃ。世界一になれ。暗黙の社長命令だ。それにはまず日本一にならなきゃな」

「チェリー1を見て行く？」

「今はよすよ。どうせレース場で見られるだろ。うちの調査部が他チームのライバル車を調べたら、半分以上にチェリー1の仕様が入ってる。よほどすごい走りを見せたんだな」

松田は帰っていった。

松田のバンが見えなくなると、学生たちが寄ってきた。

「あの人、オリエント電気の人なんでしょ。先生の何なんですか」

「同期入社の研究者よ。ライバルだった。そして今は、オリエント電気ソーラーカーチームのリーダー。二年間、アメリカの大学に留学してて先月帰国したの」

「でも、先生より年上って感じでした」

「大学院博士課程を終えて入社したから二歳年上かな。すごく優秀な人よ」

「俺らの聞きたいんは、そういうことやなくて、先生の恋人かってこと」

福原の言葉に、優子も友美さえも身を乗り出してくる。

「彼、二人の子持ちよ」

「先生だって子持ちだし」

「入社の翌年、オリエント電気一の美人と社内結婚したのよ」

「でも、先生かなり嬉しそうですよ。ほら、顔がほころんでる。本当は、何があったんです」

学生たちはこういうことには意外とするどい。私も複雑な気持ちを隠すことができない。

私はまだ続いている動揺を隠すために、松田が置いていった箱を開けて蓄電池を出した。

「この蓄電池はどうしたんですか」

「塩よ。オリエント電気がくれたの。オリエントIに積んでたものなんですって」

「東日本ソーラーカーレース一位の車の蓄電池ですか」

「そんな中古品、使えるんかいな」

「それを調べるのは、あなたたちの役割でしょ」

私は学生たちに、蓄電池を実験室に運び込むように言った。

「新品同様ですよ。やはり資金力のあるところは違います。何回か使ったら、劣化に関係なく自動的に新しいものと交換するんでしょうね」

私が事務室に戻っていると、友美が報告に来た。

6

全国大会に向けてのソーラーカー作りが始まった。

「ここまできたんだ。鈴鹿じゃ、絶対に優勝しようぜ」

「と言うことは、世界一や。鈴鹿の次はオーストラリアか。ここ何年間かは、日本は世界でも勝ち続けてるんやろ」

優勝、日本一、そして世界一という言葉さえも学生の間から普通に飛び出し、特別なものとは思えない雰囲気だった。学生たち全員が、去年の九月に初めて会ったときとは別人のようだ。

「どうせ、主要部はほぼ新しく作り替えるんでしょ。チェリー1より何か新しいモノが欲しいな。新技術。せっかく世界一のソーラーパネルを使うのよ」

「本田さんは、さらに新しいパネルを開発してるって言ってたぞ」

さらに新しいソーラーパネルというのは、おそらく私がオリエント電気時代に本田に提案したものだ。

ソーラーパネルは、高温になると発電効率が落ちる。これが大きな欠点だった。本田はかなり改善したが、画期的とはまだ言い難い。私は高温になると発電効率が上がる素材もあるんじゃないかと言った。さらに、「熱で電気を作りだす材料があるって知ってる。そういうのも使ったらどうかしら」と続けたのだ。

本番の鈴鹿の全国大会は八月に行われ、気温は四十度近くになる。パネル温度はそれ以上だ。本田のソーラーパネルを使う我々に有利だが、この熱も利用できないか。

「太陽熱で電気を作る液体を冷却剤として利用することもできるわね。つまり太陽光と太陽熱の両方から電気を取り出すソーラーカーのシステム開発」

「でも、大会の規約に違反してるかも知れない」

「ソーラーカーレースでしょ。太陽を利用した車であればいいんじゃない。光でも熱でも。実はこの大学に来てソーラーカー製作の話があったとき、調べたのよ。ダメだとは書いてなかった」

「それは来年の話にしてください。今年は大きな変更は怖いです」

友美の言う通りだ。全国レースまであとひと月しかない。

「来年は、システムとしてのソーラーカーを考えてみましょ。太陽光、太陽熱を利用した車よ。ソーラーパネルだけより、ずっと効率のいいソーラーカーが作れそう」

私の言葉に、学生たちは信じられないという顔をしている。しかしすぐに、それが当たり前という顔になる。

チェリー2の製作は、チェリー1より遥かに短時間でスムーズにできた。チェリー1製作のノウハウは、私と学生たち、そして片山社長など町の中小企業の人たちに蓄積されていたのだ。

七月に入ると、新しいソーラーカー、チェリー2の雄姿《ゆうし》が実験室の中にあった。やはり色は赤だ。形はよりシャープになっている。谷本の計算では振動はないはずだ。

私は大学の谷本教授の研究室から、近くのアパートに移っていた。しかし、相変わらず朝と夜は学生たちと一緒に避難所の手伝いに通った。

避難所の半数近くの人たちは親戚のうちや新しい住居に引っ越していった。残っているのは仮設住宅を待つ人たちだ。身よりのない高齢者が半数を占めている。

中学校の高台からは、四ヶ月前と同じ瓦礫の山とその間の道しか見えなかった。港にはまだ人も船も戻ってきていない。

しかし春が過ぎ、夏になるにつれて、何かが変わりそうな空気は漂っていた。学生たちは、チェリー2製作の合間に、大学院を受験する準備を進めている。教師は友美と私だ。そしてたまに、谷本が加わった。

私は七月のある日、松田を通じてアメリカから一通の手紙をもらった。「八月には、一度日本に帰るつもりです。必ず会いに行きます」長い長い手紙の終わりに書いてあった。

何が、どう始まるかは分からない。でも、新しい何かが始まることは予感できた。

私たちは徹夜でチェリー2の整備を続けた。

投光器の光が赤い車体を浮かび上がらせている。その周りには私を入れて七人の男女が慌ただしく動き回っていた。

鈴鹿サーキットは三重県鈴鹿市稲生町《いのうちょう》の、緑豊かな森の中にある。隣にある三重県営公園の「鈴鹿青少年の森」は、ナゴヤドーム約十個分の広さで、池を囲む遊歩道や芝生広場、多目的グラウンド、キャンプ場などがある自然に満ちた場所だ。

サーキットは少し高台にあり、その端からは伊勢湾が見渡せる。海の向こうにうっすらと見えるのは知多《ちた》半島だ。レースのない日は周辺も閑散《かんさん》として、最寄り駅の駅前商店街もシャッター通りになっている。一両編成の伊勢鉄道が走る線路脇には、白い百合《ゆり》の花が咲き乱れていた。

「早川君、あなたは休んでなさい。ちょっと仮眠しただけでしょ。先は長いのよ」

「俺だって走るんや。ねぎらいの言葉はあらへんのか」

福原が不満そうに言った。彼は先週、三度目で筆記試験に合格し、やっと運転免許証が取れたのだ。

中心になって走るのは早川だ。そして、食事とトイレ休憩で橋本か福原と代わる。これが私たちの作戦だった。車の性能では、上位車はさほど変わらない。おそらく、オリエントIが総合力ではトップだろう。となると、ドライバーの腕が勝敗を左右する。

「まだ若いですから。高校時代は徹夜で走ってました」

「自慢できることじゃないでしょ。私だって徹夜で勉強したことだってある」

早川の言葉に優子が言うと、福原は意外そうな顔で見ている。

「今日はカナちゃんは来るんでしょ。私の家族も見に来ます」

大塚の言葉に私は大きく頷いた。

深夜とはいえ、八月の熱気がまだ大気中には漂っている。

私は東の空に目を向けた。ダークブルーの空にオレンジ色の輝きが見え始めた。

大気に光が混ざり、辺りの風景が次第に浮かび上がってくる。

ライジング・ロード、太陽の昇る道だ。そして私たちが歩んでいく道。

学生たちの顔もその光の中で輝いている。

真夏の太陽が濃いオレンジ色の輝きを見せている。核融合反応の膨大《ぼうだい》なエネルギーを地球上に叩きつけてくるのだ。ソーラーパネルはその光をいっぱいに浴び、電気を作り出している。

コース上には二十五台の全国から選抜されたソーラーカーが、スタートフラッグが振られるのを待っている。

静寂が漂っていた。アスファルト上の大気が陽炎《かげろう》のように揺れている。

歓声が上がった。

私は右手で加奈子の手を、左手でポケットにある手紙を握り締めた。

本書は二〇一三年三月にPHP研究所より刊行された単行本に、
加筆・修正し、文庫化したものです。
この物語はフィクションであり、
実在の個人・団体等とは一切関係ありません。

著者紹介
高嶋哲夫（たかしま　てつお）
1949年、岡山県玉野市生まれ。慶應義塾大学工学部卒業。同大学院修士課程修了。日本原子力研究所研究員を経て、カリフォルニア大学に留学。79年、日本原子力学会学会技術賞受賞。94年、『メルトダウン』で第1回小説現代推理新人賞、99年、『イントゥルーダー』で第16回サントリーミステリー大賞・読者賞を受賞。
主な著書に、『M8』『TSUNAMI 津波』『風をつかまえて』『原発クライシス』『首都感染』『震災キャラバン』『首都崩壊』『富士山噴火』『世界に嗤われる日本の原発戦略』などがある。

PHP文芸文庫　ライジング・ロード

2016年1月22日　第1版第1刷

著者　高嶋哲夫
発行者　小林成彦
発行所　株式会社PHP研究所
東京本部　〒135-8137 江東区豊洲5-6-52
文藝出版部　☎03-3520-9620（編集）
普及一部　☎03-3520-9630（販売）
京都本部　〒601-8411 京都市南区西九条北ノ内町11
PHP INTERFACE　http://www.php.co.jp/
組版　朝日メディアインターナショナル株式会社
印刷所　共同印刷株式会社
製本所　株式会社大進堂

ISBN978-4-569-76490-0

PHP文芸文庫

書店ガール

碧野 圭 著

「この店は私たちが守り抜く!」。27歳の新婚書店員と、40歳の女性店長が閉店の危機に立ち向かう。元気が湧いてくる傑作お仕事小説。

定価 本体六八六円 (税別)

PHP文芸文庫

ビア・ボーイ

吉村喜彦 著

鼻っ柱の強い若手社員の俺。今日も売上最低の支店での酒屋回り。なんで俺が!? ビール営業マンの奮闘と成長を描く爽やか青春小説。

定価 本体六八六円(税別)

PHP文芸文庫

ファイヤーボール

原宏一 著

リストラされた元商社マンが、町内会で提案した「とんでもない」お祭りとは？　とびっきり熱くて、元気が湧いてくる感動の長編小説。

定価　本体七四〇円（税別）

PHP文芸文庫

海の翼

エルトゥールル号の奇蹟

秋月達郎 著

明治23年のトルコ軍艦エルトゥールル号救出劇は、百年の時を超えて、奇蹟を生み出した。日本とトルコの友情を感動的に描く長編小説。

定価 本体九二〇円（税別）

PHP文芸文庫

いしゃ先生

あべ美佳 著

〝仙境のナイチンゲール〟と呼ばれた女医がいた――激動の昭和を背景に僻地医療を描いた感動作。映画「いしゃ先生」原作本。

定価 本体六四〇円（税別）

PHP文芸文庫

調印の階段

不屈の外交・重光葵《まもる》

植松三十里 著

日本史上、もっとも不名誉な〝仕事〟を買って出た男――降伏文書への調印を行なった外交官・重光葵の激動の生涯を描いた長篇小説。

定価 本体七八〇円(税別)

PHP文芸文庫

霖《りん》雨《う》

葉室 麟 著

辛いことがあっても諦めてはいけない――豊後日田の儒学者・広瀬淡窓と弟・久兵衛が、困難に立ち向かっていくさまが胸に迫る長編小説。

定価 本体七四〇円（税別）

PHP文芸文庫

侵入

検疫官 西條亜矢の事件簿

仙川 環 著

マラリア、狂犬病、鳥インフルエンザ――海外から襲いくる感染症に、検疫官・西條亜矢が体を張って立ち向かう。衝撃の医療サスペンス！

定価 本体六四〇円（税別）

PHP文芸文庫

箱庭旅団

朱川湊人　著

雨が降ると聞こえてくる足音は、亡くなったあの子のものだった——短篇の名手が贈る、泣けて笑えてゾクッとくる16のストーリー。

定価　本体六八〇円（税別）